# 到遠方

「偉大的美國小說家」強納森・法蘭岑的人文關懷

強納森・法蘭岑 著

洪世民 譯

Farther Away

Jonathan Franzen

目次

# 痛，要不了命

## Pain Won't Kill You（2011）

致凱尼恩學院畢業生演說，二〇一一年五月

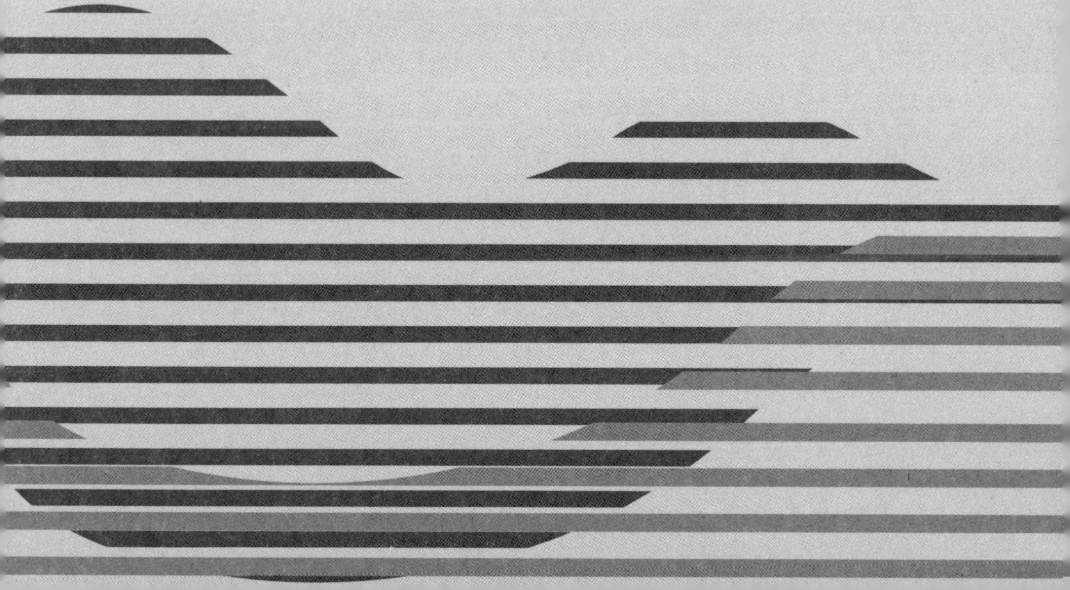

早安，二〇一一年班。早安，各位親友和教職員。很榮幸今天能到這裡來。

我大膽假設你們都知道，當你們選擇一位文學作家來致詞時，會聽到哪些內容。我會比照辦理，說些文學作家會說的，也就是談談自己，希望我的經驗能引起你們若干共鳴。我想努力圍繞「愛」這個主題，說說愛和我的人生，以及你們承接的這個奇特的科技資本主義世界的關係。

兩個星期前，我把用了三年的Pearl款黑莓機換成功能強大得多、內建五百萬畫素相機和3G的Bold款黑莓機。不用說，我對科技在這三年的進展驚異不已。就算在沒人可打電話、傳簡訊或寫電郵的時候，我也想一直撫弄我的新Bold，徹底感受它螢幕不可思議的清晰、小觸控板如絲細緻的操控能力、令人震驚的反應速度，以及迷人雅致的圖像。簡單地說，我為我的新裝置深深著迷。當然，我也曾為我的舊裝置深深著迷；但經過這些年，我們的關係盛極而衰。我和我的Pearl之間已出現信任問題、責任問題、相容性問題，到後期甚至開始懷疑我的Pearl是否精神正常，直到我不得不承認，我們的關係已跟不上我的成長為止。

我需要（排除某些瘋狂、擬人化的投射，比如我的老黑莓因為我對它的愛由濃轉淡而感傷）詳細說明，我們的關係完全單向傾斜了嗎？還是說清楚好了。讓我進一步告訴大家，在形容最新型小機件時，「性感」這個詞用得有多氾濫；以及我們現在可以拿這機件做的那些酷斃了的事（比如唸咒驅使它們動作，或在iPhone螢幕透過「張開手指」讓圖像變大），在一百年前的人們看來，多像魔法師在施咒或比手勢，而要形容心靈與身體完美結合的情慾關係時，我們會說那有如**魔法**。且讓我拋出這個概念：依照科技消費主義的邏輯，也就是市場會找出消費者最想要的東西並給予回應，我們的科技極擅長創造符合我們對情慾關係的夢幻理想：被鍾愛的物品毫無所求地付出所有，絕不遲疑，讓我們感覺自己擁有無上權力，就算被更性感的對手取代而收進抽屜，也不會一哭二鬧三上吊。因此，（概括來說）科技的終極目標，「techne」的「telos」[1]，就是把對我們的願望漠不關心的自然世界——充斥著暴風雨、苦難和容易心碎的世界，會**反抗**的世界——換成對我們的願望一呼百應的世界，儼然「自我」的擴張。再讓我提出這點：由於科技消費主義要與真實的愛競爭，它別無選擇，只好回過來為難愛情。

它的第一道防禦是把敵人商品化。關於愛情商品化，相信你們都可以數出自己最喜歡、最覺得噁心的例子。我的例子包括結婚產業、凸顯漂亮年輕人或送汽車當耶誕禮物的電視廣告，以及，尤其怪誕的，將鑽石珠寶和恆久摯愛畫上等號。上述各例都傳達了這個訊息：如果你愛某個人，就該買東西。

一個相關現象是拜臉書（Facebook）所賜，**讚**（to like）這個詞持續變化，從心理狀態變成用滑鼠執行的動作，從感覺變成消費選擇的聲明。而「讚」，一般說來是商業文化

1 希臘文，techne為「技藝」、telos為「最終目的」之意。

「愛」的替代品。關於所有消費品（特別是電子裝置和電器）的一項驚人事實是，他們設計得令人心動讚嘆。這其實就是消費性商品的定義，與具備功能但製造商不會執著地非要討你喜歡的東西，比如我現在想到的噴射引擎、實驗室設備、嚴肅藝術和文學不同。

但如果你把東西換成人來思考，想像某個人的特質是「拚命想討人喜歡」，你會看到什麼？你會看到一個沒有格調、沒有中心思想的人。在比較病態的案例裡，你會看到一個自戀狂，無法忍受「不被喜歡」對自我形象造成的污損，因此要不就離群索居不與人接觸，要不就不顧一切犧牲格調，只求討人喜歡。

如果你把人生都奉獻在討人喜歡，如果你戴上無論何種必要的人格面具來落實這個目標，都意味著你對真正的你能否被愛感到絕望。如果你順利誘使他人喜歡你，你就很難不對那些人感到某種程度的不屑，因為他們中了你的圈套。那些人固然能讓你對自己感覺好一些，但那感覺若是來自你不真心尊敬的人，又真能好到哪裡去？你可能會發現自己愈來愈憂鬱或愈來愈愛喝酒，又或者，若你是唐納．川普（Donald Trump），你會去參選總統（然後棄選）。

當然，消費性科技產品絕不會做不吸引人的東西，因為它們不是人。不僅如此，它們還是自戀狂的堅定盟友與靠山。除了內建被喜歡的渴望，它們也內建了充分反映我們心理的渴望。被性感的臉書介面過濾後，我們的生活看來有趣多了。我們主演自己的電影，不停幫自己拍照，按一下滑鼠，機器便會確認我們的主控感。另一方面，既然科技其實是自我的擴張，我們就不會因為它容易操控而輕視它，不會對它感到不屑。這是一個超大的無限迴圈，我們喜歡鏡子，鏡子喜歡我們。我們會用大量諂媚的鏡子布置自己的私人大廳，加某人為友，只是把他納入廳中。

我或許言過其實，太誇大了一點，很可能，你聽性情乖戾的五十一歲叔叔阿姨大肆批評社交媒體已經聽膩了。我說這些的主要目的，是要將「科技的自戀傾向」和「真愛的難題」做對比。我的朋友艾莉絲，希柏德（Alice Sebold）喜歡說：「下礦坑去，找個人愛。」她覺得，愛，難免會把爛泥濺上我們用來盯著自己的鏡子。事實很簡單，「試著無懈可擊地討人喜歡」與「親愛關係」並不相容。例如，遲早你會發現自己捲入驚聲尖叫的爭吵，會聽到你說出自己一點也不喜歡的話，會粉碎你公道、親切、酷、吸引人、自制、搞笑、**令人喜愛**的形象。你會聽到比博取好感更真實的話衝口而出，忽然間，人生回歸現實；忽然間，你得做真正的選擇，不是選黑莓機或iPhone這種假性、消費性的選擇，而是：我愛這個人嗎？以及幫對方問：這個人愛我嗎？世上沒有哪個人的真實自我，會讓你每絲每毫都願意按讚，這就是為什麼「讚」的世界終究是個謊。但世上**確實**有某個人的真實自我，令你每絲每毫都愛；這就是為什麼「愛」會是科技消費主義秩序攸關存亡的威脅——它揭穿了那個謊。

手機的瘟疫也蔓延在我居住的曼哈頓地區，而一件振奮人心的事情是：人行道上除了滿是傳訊殭屍和聒噪籌辦派對的人之外，我有時會遇到正和所愛之人真心誠意爭吵的人。我相信他們並不想在眾目睽睽下大吵，但事情就是發生了，而他們的言行舉止非常、非常不冷靜。叫囂、指責、抗辯、辱罵。就是這樣的事讓我覺得世界還有希望。

這不是說會吵架才叫愛，或極度自我陶醉的人不會指責、不會辱罵。真正的愛是深不可測的同理心，出自心底的這層體悟：對方的點點滴滴都和你一樣真實。這就是為什麼就我了解，愛總是有特定性。試著去愛全人類或許是種高尚的情操，但妙就妙在，這反而會讓焦點集中在自己，專注於自己的道德或靈性是不是夠好。反之，要愛一個特定對象，要感同身受他們的掙扎和喜樂，你必須放棄一些自我。

我念大學四年級時，修了那所大學第一次開設的文學理論研討課，愛上班上最優秀的學生。我們倆都喜歡文學理論讓我們頓覺自己力量強大——這跟現代消費科技類似，我們志得意滿地以為，比起那些還在細讀冗長乏味老派文本的孩子，我們成熟世故得多。基於種種假設性的理由，我們覺得結婚應該滿酷的。我的母親，她花了二十年讓我變成一個渴望全心投入愛情的人，這時卻一百八十度大逆轉，建議我三十歲之前應該（照她的說法）「無拘無束、自由自在」。很自然地，既然我覺得她什麼都錯，這件事當然也不例外。我經歷了一番艱苦才明白，全心投入是多麻煩多混亂的事。

我們拋棄的第一樣東西是理論。我即將過門的妻子曾在一次不愉快的床上經驗後說了一句令人難忘的話：「你不能一邊解構文學一邊脫衣服。」我們有一年時間分隔兩個大陸，很快發現，即興揮灑理論，填滿給對方的信固然有趣，但讀起來就沒那麼有趣了。而真正為我殺死理論——開始全方位治療我、讓我不再執著自己在他人心中模樣的，是我對小說的愛。修訂一篇小說，或許跟修訂你的網站頁面或臉書檔案有異曲同工之妙，但一頁文稿並沒有亮麗的平面藝術幫你提升自我形象。如果你被別人的小說深深打動，也提筆寫一篇，寫到後來你會無法忽視自己的稿子中虛假或二手的成分。你筆下的內容同時也是一面鏡子，真心愛小說的人會發現，值得保存的只有反映真實的你的那幾頁。

當然，這裡的風險是拒絕。我們都能消化偶爾的不被喜歡，因為喜歡你的人可能有無限多。但一旦你暴露完整的自我而不只是討人喜歡的表面，卻遭到拒絕，就可能痛不欲生。就是這種可能的痛，舉凡失去的痛、分手的痛、死去的痛，讓我們亟欲避免去愛，只想安全地待在「讚」的世界。內人和我，太年輕就結婚，最終放棄了太多自我而帶給對方太多痛苦，以致彼此都有理由後悔當初的不顧一切。

然而，我實在沒辦法讓自己後悔。首先，我們難以信守承諾的掙扎，正說明了我們何以為人。我們不是氦分子，一輩子了無生氣地漂浮；我們會結合，會改變。其次——或許這才是我今天要傳達給大家的主要訊息——痛固然痛，但要不了命。當你考慮另一種選擇，放棄被科技點燃自信的醉人幻夢，痛，就成了活在你所抵抗的世界的自然產物及指標。無痛地度過人生，就等於沒有活過。就算只是對自己說：「噢，我晚幾年再來經歷愛情和痛苦，或許三十幾歲吧。」也是把自己託付給另一個十年，在這顆星球徒占空間耗用資源的十年，當個（我用的是這個詞最該死的意義）消費者。

我前面所說，全心投入所愛的事會如何迫使你面對真實的自己，或許特別適用於小說寫作，但也適用於任何你用「愛」去做的工作。我想在這裡談談我的另一個愛，做為總結。

我從念大學到畢業很多年後，很喜歡自然世界。不算愛，但肯定是會按讚的。大自然有非常非常美的一面。既然我被文學批評理論煽動，一直在想方設法挑世界的毛病，尋找厭惡世界經營者的理由，我自然而然受環保思想吸引，因為我們的環境無疑問題重重。而我愈是檢視不對勁的地方——世界人口爆炸、資源消耗程度爆炸、全球暖化、海洋垃圾污染、最後幾片原始林慘遭砍伐——就愈怒火中燒，愈討厭人。最後，約莫在我婚姻崩解，覺得痛是一回事，但要在更憤怒、更不快樂中度過餘生是另一回事時，我做了一個清醒的決定：不再擔心環境的事。我無法以一己之力對地球做出任何有意義的拯救，但仍想繼續為我愛的大自然奉獻心力。我仍試著減少碳足跡，不過，那是我不再掉回憤怒和絕望的極限了。

然後，發生了一件有趣的事。說來話長，但總歸一句，我愛上鳥了。我不是沒有竭力抗拒過這份愛，因為當個鳥類觀察家很不酷，因為任何洩漏真情的事一定不酷。但一點一滴，不由自主，我發展出這股熱情，雖然這股熱情有一半是著迷，但也有一半是愛。所以，沒錯，我就我見過的鳥類列了一份嚴謹周密的清單；沒錯，我竭盡所能觀察新鳥種，但同樣重要的是，每當我看著一隻鳥，不管哪種鳥，就算是鴿子、麻雀，我都能感覺到心裡洋溢著愛。而愛，一如我今天試著說明的，是我們麻煩的開始。

因為現在，我不只喜歡大自然，還對它明確而重要的一部分有了深切的愛，所以別無選擇，只好又開始擔心環境。環境的消息並未比先前我決定不再擔憂時來得好——事實上是糟得多——但現在，那些受威脅的森林、濕地、海洋不只是讓我徜徉的明媚風光，還是我愛的動物的家。而且，這裡浮現了奇怪的矛盾：我對這顆星球的憤怒、痛苦和絕望，固然隨著我對野鳥的關注而變本加厲，但，當我開始投身鳥類保育、深入了解鳥類面臨的諸多威脅後，說來奇怪，我卻變得更容易，而非更難與我的憤怒、痛苦和絕望相處。

為什麼會這樣？我在想，首先，我對鳥的愛儼然成為一個入口，通往心中一個重要、但沒那麼自我中心的部分，我從不知道有這東西存在的地方。我不能再以地球居民的姿態一輩子漂流，不能再只管喜不喜歡而把承諾留給未來，反而被迫面對「要不就徹底接受，要不就斷然拒絕」的自我。這就是愛會對人做的事。因為我們每個人都不脫這個基本事實：我們會再活一陣子，但終有一死。這個事實才是我們憤怒、痛苦和絕望的真正根源。你可以逃避這個事實，或者，透過愛來擁抱它。

前面說過，鳥完全出乎我意料。大半輩子，我未曾為動物費過多少心思。或許我那麼晚才找到通向鳥的路算是不幸，也或許能找到就算幸運。總之，一旦你撞上那樣的愛，不論早晚，它都會改變你和世界的關係。以我為例，經過幾番嘗試，我仍放棄新聞寫作，因為真實的世界不像虛構的世界那樣令我興奮。但在皈依鳥類令我奔向痛苦憤怒絕望，而非逃之夭夭後，我開始接受一種新的新聞寫作類型。在某個時候，我最憎恨的東西成了最想要的東西。二〇〇三年夏天我去華盛頓，當時布希政府正對這個國家做一些令我火冒三丈的事；幾年後我去中國，因為那段時間，中國對環境造成的浩劫讓我輾轉難眠；我前往地中海，採訪宰殺鳴禽（一種候鳥）的獵人和偷獵者。在以上的例子裡，每當面對敵人時，都會遇見我真的很喜歡——甚至立刻愛上的人。搞笑、大方、優秀的男同志共和黨幕僚；無所畏懼、不可思議、熱愛自然的中國年輕人；還有一個愛槍成癡的義大利國會議員，眼神非常溫柔、會對我引用動物權倡導者彼得·辛格（Peter Singer）的話。在上述的例子裡，過去那麼容易在我心底蔓延的全面性憎惡，已不再那麼輕易滋長了。

當你像我過去很多年那樣，一直待在自己的房間裡憤慨、冷笑或聳肩，這世界和它的問題依然那樣驚心動魄。但當你走出去，讓自己和真實的人，甚或只是真實的動物發展真實的關係後，你便會面臨非常真實的危險：最後可能交付出「愛」的危險。誰會知道接下來可能發生什麼事呢？

謝謝各位。

# 到遠方

**Farther Away（2011）**

在南太平洋，智利中部沿海八百公里外，有一座高聳險峻的火山島，長十一．三公里、寬六．四公里，棲息著數百萬海鳥和數千海豹，但無人居住，除了比較溫暖的幾個月會有少數漁人過來捕龍蝦。要到這座官方名稱為亞歷杭德羅．塞爾寇克（Alejandro Selkirk）的島嶼，得從智利的聖地牙哥搭每週兩班的八人座小飛機，到東方一百六十公里外的一座島，再從那座簡易機場搭小艇到這個群島唯一的村落，等待，再搭上偶爾往外行駛十二小時的汽艇，然後，通常要再等待，有時要連等幾天，等天氣利於登上岩岸。六〇年代，智利觀光當局把島名改為亞歷山大．塞爾寇克（Alexander Selkirk），也就是曾於群島獨居、故事可能是丹尼爾．笛福（Daniel Defoe）《魯賓遜漂流記》（*Robinson Crusoe*）藍本的蘇格蘭水手的名字，但當地人仍沿用原名馬薩芙拉（Masafuera）：遠方。

去年秋末，我處於需要遠離的狀態。我為一本小說馬不停蹄宣傳了四個月，無可選擇地按行程表前進，覺得自己愈來愈像多媒體播放器進度條上的那個菱形。我的個人史已有很多地帶開始從內枯死，因為講得太頻繁。還有每天早上都劑量大增的尼古丁和咖啡因，每天晚上都攻擊我的長排電子郵件，每天夜裡都喝同一種泡沫飲料來麻痺腦袋，換得愉快。偶然讀到馬薩芙拉，我開始想像走得遠遠的，像塞爾寇克那樣獨自待在一座連季節性居民都沒有的島嶼內陸。

我也覺得，在那裡重讀那本公認為第一部英國小說的書應該不錯。《魯賓遜漂流記》是激進個人主義的偉大早期文本，一個平凡人歷經身體與心靈上的深刻孤獨，終而倖存的故事。與個人主義——以寫實的敘事追尋意義——有關的長篇小說創作，繼續成為未來三百年稱霸英國文化的文學模式。魯賓遜的聲音可以在簡．愛（Jane Eyre）、「地下人」[2]、「隱形人」[3]和沙特（Jean-Paul Sartre）的羅昆丁（Roquentin）[4]的聲音裡聽到。這些故事都曾令我興奮而住了下來，住在**小說**（novel）這個詞所提供的**新奇**（novelty）保證裡；那青春回憶引人入勝到我可以靜靜坐在那裡好幾個小時，完全不無聊。伊恩．瓦特（Ian Watt）[5]在他的經典《小說的興起》中，認為十八世紀小說創作的蓬勃發展和女性家中娛樂需求的成長息息相關——許多女性已從傳統家務解放出來，手邊時間變多了。據瓦特的說法，英國小說是非常直接地從「無聊」的灰燼中冒出。無聊正是我的一大困擾。愈追求消遣，消遣的效果就愈差，因此我不得不增加各種消遣的劑量，不知不覺，我開始每十分

---

2 地下人（Underground Man），指杜斯妥也夫斯基（Fyocor Mikhailovich Dostoyevsky，1821-1881）《地下室手記》（*Notes from Underground*）的主角。這部小說由地下人以第一人稱的方式敘述，探討自由意志、人的非理性、歷史的非理性等哲學議題。

3 隱形人（Invisible Man），或譯看不見的人，指美國小說家拉爾夫．艾里森（Ralph Ellison, 1914-1994）一九五二年同名小說的主角，本書以第一人稱探究二十世紀早期非裔美國人的民族主義、種族改革及身分認同等問題。

4 指沙特小說《嘔吐》（*Nausea*）的主角，本書亦以第一人稱探討人類存在於世的荒謬及孤寂感。

5 伊恩．瓦特（1917-1999）為英國文學評論家、文學史學家及史丹佛大學英文系教授，一九五七年出版的著作《小說的興起：笛福、理查遜及費爾丁研究》（*The Rise of the Novel: Studies in Defoe, Richardson and Fielding*）是文學批評史上的經典作品，亦被當代許多文學學者視為小說起源和文學寫實主義的重要研究。

鐘檢查一次電子郵件，菸愈捲愈大，原本一晚兩杯的小酌惡化成四杯，電腦單人紙牌遊戲愈玩愈拿手，以至於目標從贏一局變成連贏兩局、三局、四局——彷彿「後設單人紙牌遊戲」，魅力不在玩紙牌，而是查看連勝或連敗紀錄。目前為止我最長的連勝紀錄是八局。

我安排好到馬薩芙拉的行程，打算搭幾位愛冒險的植物學家包租的小船前往。然後我到REI戶外用品商場，沉溺於一場小小的消費主義歡宴。在那裡，魯賓遜的傳奇還遺留在超輕型求生裝備中，或許，尤其存在於特定的「荒野文明」符號裡，例如杯腳可拆的不鏽鋼馬丁尼雞尾酒杯。除了新背包、帳篷和刀，我也給自己配備了若干最新款專業用品，例如外緣為矽膠材質、輕輕一彈就能變成碗的塑膠盤，可中和水加碘消毒後所產生的味道的維他命C錠，可收進極小袋子裡的微纖維浴巾、素食的有機冷凍乾燥紅番椒，以及一支不會壞的叉勺。我也集結了一大堆堅果、鮪魚和蛋白質棒，因為有人告訴我，如果天氣轉壞，我可能無限期流落馬薩芙拉。

動身往聖地牙哥前，我拜訪了朋友凱倫，也就是作家大衛・福斯特・華萊士（David Foster Wallace）[6]的遺孀。離開前，她突然問我願不願意帶一些大衛的骨灰去撒在馬薩芙拉。我說好。她找來一只古意盎然的木製火柴盒，宛如一本有著可滑動抽屜的小書，放了一些骨灰進去，說她很喜歡「一部分的大衛在遙遠而杳無人跡的荒島安息」這樣的想法。直到我開著車離開她家後，才明白她給我那些骨灰不只是為了她與大衛，也為了我。她知道，因為我告訴過她，我這樣逃離自己，是從兩年前大衛死後不久開始的。當時，我決定不去消化我愛得那麼深的人駭人聽聞的自殺，一頭躲進憤怒和工作裡避難；但工作完成後，想忽略這件事就變得更加困難。關於他的自殺，一種可信度很高的解釋是：大衛是死於厭倦，以及對他未來的小說絕望。那股絕望徐徐湧向我最近的倦怠，會讓我違背對自己的承諾嗎？我曾許諾，一旦忙完我的書，就讓自己去感受大衛的死所帶來的恆常悲傷，以及歷久不衰的憤怒……

於是，在一月的最後一個上午，我在濃霧中抵達馬薩芙拉島上一個名叫拉古恰拉（La Cuchara，湯匙之意）、海拔九百多公尺的地點。我帶了一本筆記本、雙筒望遠鏡、平裝本《魯賓遜漂流記》、裝了大衛遺骸的小書、塞滿露營裝備的背包、資訊不充分到詭異程度的這座島的地圖，沒帶酒、菸、電腦。我不是自己爬上去，而是跟著一位年輕保育巡查員走，背包則有騾子載運；我也拗不過很多人的堅持，帶了雙向無線電、年屆十歲的GPS、一支衛星電話和好幾顆備用電池；除此之外，我完全與世隔絕，徹底孤獨。

我和《魯賓遜漂流記》的第一次接觸是要求父親唸給我聽。除了《悲慘世界》（*Les*

---

6 華萊士（1962-2008），美國小說家，作品擅長嘲諷，亦有深刻的知識和精密的邏輯思辨。長期為憂鬱症所苦，二〇〇八年在家中自殺。一九九六年出版的小說《無盡的玩笑》（*Infinite Jest*）觸及藥癮與戒斷、自殺、家庭關係、娛樂和廣告、電影理論、美加關係和魁北克獨立，以及網球等主題，二〇〇五年被《時代》（*Times*）雜誌選為「一九二三至二〇〇五年百大小說」。

*Misérables*），這是唯一對他有意義的小說。從唸故事時的愉悅神情看來，他顯然與魯賓遜感同身受，就像他深深認同《悲》書主角尚萬強一樣（他無師自通地把「Jean Valjean」唸成「Gene Val Gene」）。一如魯賓遜，父親覺得遺世獨立的人，會堅決地自律、相信西方文明比其他「野蠻」文化優越，把自然世界視為可征服、可開發利用的東西，也堅信凡事都該自己動手。在被食人族包圍的荒島嚴以律己地生存下來，是他心目中完美的冒險故事。他出生在由父執輩拓荒建立的粗陋小鎮，長大後在北方沼澤開闢道路的營地裡工作。在聖路易家中的地下室，他有一間井然有序的工坊，在裡面磨尖他的工具、修補他的衣服（他是出色的裁縫師），還拿木材、金屬和皮革為居家修繕問題即興創作出堅固耐用的解方。他一年帶我和朋友去露營好幾次，趁我和朋友在樹林裡奔跑時獨自一人整理營地，用粗糙的舊毛毯把自己的床鋪在我們合成纖維的睡袋邊。我想，某種程度上，我是他出門露營的藉口。

我哥湯姆喜歡自己動手的程度不亞於父親，去外地上大學後，他成了認真的背包客。我什麼事都想模仿他，聽他說他獨自跋涉科羅拉多和懷俄明十天的故事後，也嚮往當背包客。第一次機會在快滿十六歲那年夏天來到，我說服爸媽讓我參加名叫「西部露營」的暑期課程。我和朋友韋德曼坐上巴士，跟其他青少年及指導老師到洛磯山脈參加為期兩星期的「研習」。我帶了湯姆淘汰的紅色Gerry背包、一本和湯姆帶過一模一樣的筆記本（記錄我有點隨機挑選的研究領域：地衣）。

長途跋涉走入愛達荷州鋸齒荒野第二天，我們全都被邀請獨處二十四小時。指導老師帶我到一片稀疏的黃松林，留我一個人在那裡。不一會兒，雖然天還很亮且沒什麼威脅感，我還是在帳蓬裡縮成一團。顯然，只要失去人類同伴幾小時，就足以讓我體會人生的虛無和存在的戰慄。隔天我才知道，韋德曼，雖然比我大八個月，卻承受不了孤獨而走回看得到營隊基地的地方。讓我撐下去——甚至覺得可以獨處超過一天——的是寫東西：

## 七月三日星期四

今天晚上我開始寫筆記。如果有人讀到這篇，我相信他會原諒我用了太多「我」。我不由自主。東西是我寫的。

今天下午當我吃過晚餐回到營火這裡，我一度覺得我的鋁杯是個朋友，坐在一塊石頭上打量著我……

今天下午，確實有一隻蒼蠅（至少我覺得是同一隻）繞著我的腦袋嗡嗡作響好一陣子。沒多久我就不再把牠當成惱人、討厭的昆蟲，潛意識開始以為牠是我真心欣賞的對手，正跟我一起玩遊戲。

也在今天下午（這是我的主要活動），我坐在外頭一塊岩石上，試著用十四行詩描述我在不同時期所認定的（三種——跟敘事觀點一樣）生命意義。當然，現在我知道我連用散文都寫不出來，那只是徒勞。不過，在我那樣做的時候，我開始相信生命只是浪費時間或之類的東西，那讓我好難過，覺得糟透了，不管改變念頭想什麼都沒用。但接下來我觀察了一些地衣、寫了一些心得，便平靜下來，然後明白我難過不是因為失去目標，而是因為不知道我是誰或者不知道我為什麼是我以及我沒有對爸媽表達我的愛。我往第三個論點靠近，但我接下來的想法又有點偏離，因為我覺得原因是時間（生命）太短促；這點當然沒錯，但我的悲傷不是從這裡來。突然間，這個念頭侵襲了我：我想念家人。

診斷出思鄉病後，我就能靠寫信來對治。剩下的旅程，我每天寫日記，同時發現自己和韋德曼漸行漸遠，反而受同行女隊友吸引。我從來沒那麼長袖善舞過。一直以來，我對自己的認同始終帶有不安，透過以第一人稱把心裡的話寫在紙上，這份安全感在獨處時獲得了。

往後幾年，我渴望再去當背包客，但沒有渴望到讓它實現。事實證明我透過寫作發掘的自我，和湯姆的很不一樣。我確實抓著他的舊Gerry背包不放，即便它已經不是實用性高的多用途旅行袋；而我也藉由購買便宜的非必要露營裝備，例如特大號瓶裝布朗博士（Dr. Bronner's）薄荷皂，維持我的荒野夢不死。當我搭巴士回學校讀大四時，我把那瓶布朗博士放在背包裡，結果瓶子在中途破了，浸濕了衣服和書本，我試著在宿舍的淋浴間沖洗背包，它的布料又在我手裡碎裂了。

當船逐漸駛近，馬薩芙拉看起來並不吸引人。我手中唯一一張這座島的地圖，是信紙大小、從Google Earth列印下來的，而我馬上發現，我樂觀地錯誤解讀了它的等高線。看起來像陡峭山丘的實為懸崖，看起來像緩坡的實為陡峭山丘。十多間捕龍蝦漁夫的棚屋擠在一座巨大峽谷的底端，峽谷兩側，這座島的綠色肩膀拔高一千多公尺，聳入徘徊不散、翻來攪去的雲端。海，一路行來似乎相當平靜的海，此刻洶湧地衝擊棚屋底下那片岩層的豁口。為了上岸，植物學家和我跳進一艘捕蝦船，開到離岸不到一百公尺處，在那裡，船夫把舷外馬達拉上來，我們緊抓一條延伸到浮筒的繩索，把自己拉近。接近岩層時，船劇烈地搖晃，東倒西歪，水湧進船尾，船夫好不容易才幫我們繫上一條纜索，把我們拖過去。岸上，蒼蠅多得令人屏息——這地方有個綽號叫蒼蠅島。數間棚屋打開的門裡，音箱競相迸出南北美洲的音樂，送往峽谷和冷漠起伏的海，回擊那令人窒息的龐然。讓氛圍更添抑鬱的是棚屋後方那片樹林，那些巨大、枯槁的樹木，都老到呈現骨頭的顏色。

我往內陸跋涉的同伴，是年輕的保育巡查員丹尼洛和一頭有著撲克臉的騾子。想到這座島險峻的程度，我連假裝為不能自己背背包而失望都辦不到。丹尼洛捆了一把獵槍在肩上，希望能獵到一隻引進種山羊——某個荷蘭環境基金會最近試圖撲殺，但仍有一些倖存。晨間灰色的雲很快變成霧，我們在雲霧下走過無盡蜿蜒的山路，穿過一個智利酒果（maqui）生長茂盛的溝壑，這種從外地引進的植物可拿來修補捕龍蝦的羅網。小徑上的騾糞多得令人沮喪，但我們舉目所及唯一會動的東西是鳥：一隻嬌小的灰脅抖尾地雀（gray-flanked cinclodes）和幾隻當地亞種的變色鵟鷹（Juan Fernández hawk），馬薩芙拉五種陸禽之二。這座島也是兩種有趣的海燕和世上最稀有的鳴禽之一：馬薩島雷雀（rayadito）已知唯一的繁殖地，我希望能見到牠們。事實上，前往智利時，只有觀察新鳥種是我唯一絕對能仰賴、不會無聊的活動。雷雀的族群——大部分居住在這座島上一小塊名叫「愚人」（Los Inocentes）的高海拔地區——據說數量僅剩五百隻，見過的人少之又少。

比我預期的快，丹尼洛和我抵達拉古恰拉，在霧中望見「庇護所」（refugio），即保育巡查員臨時營房的輪廓。我們只花了兩個多小時就爬到九百多公尺。我聽說過拉古恰拉有間「庇護所」，想像中那是一間簡陋的棚屋，並未預見會有什麼問題。它的屋頂陡峭，用鋼索拴在地面，屋裡有一具丙烷火爐、兩張有泡沫塑料床墊的上下鋪、一只不吸引人但耐用的睡袋，和一個存有乾麵條和罐頭食品的櫥櫃；顯然，除了碘片，我似乎什麼都不用帶就能在這裡過活。「庇護所」的存在，讓我本來就有點造作的獨居自足計畫更顯矯情，於是我決定假裝它不存在。

丹尼洛把我的背包從騾子背上取下，領我走下一條霧濛濛的小徑到達溪流，一處有足夠溪水慢慢流淌、形成小池子的地方。我問他從這裡可不可能走到愚人，他指了指高處，說：「可以，沿著『cordon』走，三小時。」我想問能不能現在就去，好讓我在更靠近雷雀的地方紮營，但丹尼洛似乎急於回到岸邊。他帶著騾子和槍離開，留下我專心進行魯賓遜任務。

第一件事是收集並淨化飲用水。我帶著過濾幫浦和帆布水袋，沿著我認為會到池子的小路前進，我知道那離「庇護所」頂多六十公尺，但隨即在霧裡迷路。當我試了好幾條路，終於找到池水時，幫浦上的管子破裂了。那個幫浦是我二十年前買的，認為它會在我獨處於荒野時派上用場，卻沒想到它的塑膠從那時起就逐漸脆弱。我用水袋裝滿多少有點混濁的水，然後，棄先前的決定於不顧，走進「庇護所」，把水連同一些碘片倒進大烹飪鍋。這個簡單的任務不知怎麼花了我一小時。

既然進了「庇護所」，索性換下爬山途中被露水和霧氣浸濕的衣服，並試著用一大堆我帶來的衛生紙把靴子內裡吸乾。我發現GPS，那個我沒帶任何備用電池的裝置，已經被打開而耗了一整天電，那觸發了焦慮，使我得再拿好幾團衛生紙把「庇護所」地板上的泥水擦乾淨才能緩和情緒。最後，我冒險登上一塊岩岬，四處張望，搜尋「庇護所」騾糞勢力範圍以外的營地。一隻猛禽朝我頭頂上空俯衝而來；一隻抖尾地雀在一塊巨礫上冒失地啼叫。在走了好些路、衡量利弊得失後，我挑了一塊能稍微抵禦風襲且看不到「庇護所」的凹地，在那裡野餐，吃乳酪和薩拉米香腸。

我已經獨處四小時了。我搭好帳篷、用繩子把骨架牢牢紮上礫石，用我搬得動的最重的石頭把樁打進去，然後在小丁烷爐上煮咖啡。回到「庇護所」，我繼續致力於弄乾鞋子的工程，每一兩分鐘就停下來打開窗戶，把始終找得到進屋途徑的蒼蠅攆出去。我似乎未能讓自己割捨「庇護所」的便利，也無力擺脫我來這裡應當逃離的現代器物。我又取來一袋水，用大鍋子和丙烷爐燒了一些洗澡水，沖完澡到室內拿微纖維浴巾擦乾身體、穿衣服，真的比在泥土和霧中愉快多了。既然已經妥協這麼多，我索性把一張泡沫塑料床墊搬下地岬，放進帳篷裡。「但就這樣了，」我大聲對自己說：「到此為止。」

除了蒼蠅嗡嗡嗡和偶爾傳來的灰脊抖尾地雀鳴，我的營地的寂靜不容置疑。有時霧消散一點，就能看到岩石構成的山腰，和潮濕、長滿蕨類的山谷，直到雲冪再次低垂。我拿出筆記本，草草寫下過去七小時所做的事：取水、吃午餐、搭帳篷、洗澡。但當我想要用「我」的聲音寫自白時，卻發現很不自在。顯然，過去三十五年來，我太習慣把自己藏在敘事背後，把生活經歷當成故事，以至於現在，日記只能用來開解問題和自我評估。即便十五歲在愛達荷那次，我也沒有在絕望中寫日記，而是在安然度過之後才寫；現在，我更覺得重要的故事都是事後回溯的故事——挑選過的，淨化過的。

我隔天的計畫是去尋找雷雀。光是知道這種鳥在島上，就足以讓這座島變有趣。我出外尋找新鳥，是在搜尋一種幾乎喪失的真實，搜尋這已被人類蹂躪大半，但仍滿不在乎地對我們展現美麗的世界遺跡。瞥見一隻稀有鳥類以某種方式過著生育和覓食的生活，是久久不退、無可比擬的樂事。我決意，隔天早上要黎明即起，奉獻一整天（如果必要）尋找往返愚人的路。發現這並非不可能的任務後，我深受鼓舞，給自己弄了一碗紅番椒，然後，即使天色還沒暗，我仍進入帳篷，拉上拉鍊。在非常舒服的床墊上，在我高中就有的睡袋裡，借助額頭上的小燈，靜下心來讀《魯賓遜漂流記》。這一整天，我第一次覺得快樂。

《魯賓遜漂流記》最早的超級書迷之一是盧梭（Jean-Jacques Rousseau），他在《愛彌兒》（*Emile*）一書中建議拿這本書做兒童教育的初級讀物。秉持法國任意刪改的優良傳統，盧梭並不記得完整的文本，只記得大篇幅的主要情節，即魯賓遜敘述他在荒島存活四分之一世紀的章節。相信沒幾個讀者會爭論這不是小說最精彩之處，對照之下，魯賓遜前後的冒險（被土耳其海盜奴役、抵禦大野狼的攻擊），似乎就黯然失色且顯得生硬。這部求生故事的魅力有一部分來自魯賓遜明確的敘述，包括溺死同船船員的全部遺物：「三頂……帽子、一頂無邊帽和兩隻不成對的鞋子」，他從失事船隻打撈到的有用裝備清冊，跟蹤島上野生山羊的複雜技巧，重新建構製作家具、船、陶器和麵包等家常技藝的具體細節。但真正賦予這些非冒險段落的冒險生命力、讓它們緊張懸疑得令人吃驚的是，它們是普通讀者很容易想像的事。我不知道萬一我被土耳其人奴役或面臨野狼威脅時會怎麼做，很可能驚嚇過度而做不出魯賓遜的反應。但讀到他對飢餓、暴露、疾病和孤獨等問題的實用解決方案，我們就被邀請進入敘事，想像如果換成**我**受困會怎麼做，並衡量自己的毅力、智謀和勤奮與他相較起來如何（相信我父親也會這樣）。在外頭更廣大的世界以食人族劫掠的形式衝擊這座島的孤立之前，就只有兩個人，魯賓遜和他的讀者，非常愜意。動感十足、詳細記錄魯賓遜日常工作和情緒的那幾頁可能會被評論家弗蘭克．莫瑞替（Franco Moretti）語帶挖苦地識為「補白」（filler）。但，莫瑞替所說的這類「補白」的戲劇性擴張，正是笛福的偉大創新；這種司空見慣的故事成了寫實主義小說的固定配備，奧斯汀（Jane Austen）和福樓拜（Gustave Flaubert）如是，厄普岱克（John Updike）和卡佛（Raymond Carver）亦如是。

建構並某種程度滲透笛福的「補白」，是更早以前其他主要散文形式的元素，包括古希臘一些船難及奴役情節的小說、天主教及新教的性靈自傳（spiritual autobiography）、中世紀和文藝復興時代的騎士文學（romance），以及西班牙的流浪漢小說（picaresque）。笛福的小說也沿襲以真實公眾要人的生平為基礎（或這樣宣稱），以及帶誹謗意味的敘事傳統，《魯賓遜漂流記》中的亞歷山大．塞爾寇克就是一例。甚至有人主張笛福打算以這部小說宣傳烏托邦思想，頌揚英國新世界殖民地的宗教自由和經濟機會。《魯賓遜漂流記》的「突變」（heterogeny），顯示出要討論「小說的興起」或鑑定笛福的作品是否為第一部小說有多困難，甚至荒謬。畢竟，《唐吉軻德》（*Don Quixote*）早一百多年出版，而且顯然是小說無誤。另外，既然騎士文學在十七世紀已廣為出版、閱讀，既然多數歐洲語言並未區分「romance」和「novel」的差異，騎士文學為什麼不能叫小說呢？早期英國小說家的確常強調他們的作品不「僅僅是騎士文學」；但後來很多騎士文學作家轉而如此標榜。不過，到十九世紀初，斯科特（Walter Scott）等人首度將小說的頂尖作品收錄進權威性選集時，英國人不僅非常清楚他們所謂「小說」的定義，也將大量小說翻譯輸出至其他國家。至此，一種前所未有的文類確實存在了。那麼，小說到底是什麼，這種文類又為什麼會在這時出現呢？

最具說服力的解釋仍是伊恩．瓦特五十年前的提出的政經論。現代小說形式的誕生地碰巧也是歐洲經濟最強勢、社會發展最先進的國度，而瓦特對於這個巧合的分析雖唐突但有力，他把對個人積極進取的讚頌、亟欲閱讀與自己有關的故事的識字中產階級日益擴張、社會流動增加（邀請作家開採這現象所引發的焦慮）、勞工專業化（創造出具有趣味差異的社會）、舊社會秩序瓦解成彼此隔離的各種族群，當然還有新興的安適中產階級能用來閱讀的閒暇時間大幅增加等現象，通通綁在一起。在此同時，英國也迅速世俗化。新教的神學，透過將社會秩序重新想像成將所有「靠自己和上帝產生直接連結」的個人結合在一起的群體，為新經濟奠定了基礎；但一七〇〇年時，隨著英國經濟繁榮興旺，個人對上帝的需要也愈來愈不明顯。正如任何靜不下來的兒童讀者可能會告訴你的，《魯賓遜漂流記》有許多篇幅是主角的心靈旅程。魯賓遜在島上見到上帝，會在危急關頭一再向祂求助，並心醉神迷地感謝祂提供解救之法。但，每當危機解除，他又會恢復那個務實的真面貌，忘了上帝；甚至到故事尾聲，勤勉和獨創個性給他的幫助似乎多於神的眷顧。讀魯賓遜一再搖擺和遺忘的故事，無異於見證性靈自傳逐漸拆解成寫實小說。

關於小說起源最有趣的一面，或許是英國文化對「逼真」（verisimilitude）這個問題的答案逐漸演變：一個奇怪的故事應該**因為**它很奇怪而被採信，還是它的怪應被視為不真實的證據？對這問題的焦慮，至今仍和我們糾纏不清（例如詹姆斯．傅萊〔James Frey〕的回憶錄醜聞[7]），一七一九年笛福出版第一卷，也是最有名的一卷《魯賓遜漂流記》時，當然也無能倖免。作者的真實姓名完全沒在書中出現，這本書被認定為「魯賓遜的生平和離奇驚人冒險自述」，許多第一批讀者把這個故事當成非虛構，但也有夠多讀者懷疑它的真實性，致使隔年笛福出版第三卷和末卷時覺得有必要捍衛它的真。他拿他的故事和「故事都是捏造」的騎士文學相比，堅持他的故事「雖是諷喻，亦為史實」，也斷言「這個人還活著，且為人熟知，他一生的遭遇正是這幾本書的主題。」就我們所知笛福的真實人生（一如魯賓遜，他也在追求高風險的事業計畫，例如養麝香貓製香水時陷入困境，兩度因破產而入債務人監獄，在獄中體驗孤獨的滋味），以及他在書中其他地方的聲明：「人生，大致上是，或應該是，普遍一致的孤獨作為。」我們斷定那位「知名」人士就是笛福本人（笛福〔Defoe〕和魯賓遜．克魯索〔Robinson Crusoe〕的字尾都是「oe」，更是驚人的巧合）。現在我們了解，小說是在細細勾勒作家作一場白日夢的經驗，而這樣的領悟也來自於笛福的遲疑：他猶豫再三才出面維護那個算不上嚴謹史實的事實——小說家的「事實」。

評論家凱瑟琳・蓋勒格（Catherine Gallagher）在〈虛構小說的興起〉（The Rise of Fictionality）一文中提出與這事實有關的奇妙悖論：十八世紀不只是從笛福開始（姑且這樣稱之）的小說作家放棄宣稱他們的敘事並非虛構的時刻，也是他們開始絞盡腦汁讓他們的敘事看起來**不**像虛構的時刻——「逼真」開始大行其道。蓋勒格對此悖論的解析還繫於另一個現代面向：承擔風險之必要。當事業開始仰賴投資，你必須權衡未來各種可能的結果；當婚姻不再是媒妁之言，你必須衡量準伴侶的優缺點。而小說，在十八世紀的發展，為讀者開闢了既投機又無風險的遊戲場。這樣的發展一面宣揚小說的虛構性，一面讓主角典型得可被視為作者的變體，又特殊到**不是作者**。因此，十八世紀文學領域的重大發明不只是一種文類，還有**接受**那種文類時的態度。今天我們拿起一本小說，既知道那是想像力的結晶，也願意暫時放下對它的懷疑，這其實就是小說的一半本質。

近來有不少學術研究暗中顛覆了「敘事詩（epic，或稱史詩）是所有文化，包括口語文化的核心特色」這個舊觀念。小說，無論童話或寓言，似乎主要是給孩子讀的；在尚未步入現代的文化中，閱讀故事是為了傳遞資訊、教化或挑逗。較嚴肅的文學形式，詩和戲劇，需要精通某種程度的技術，而小說，只要有筆有紙就能完成，但它帶來的愉悅，又有

7 作家詹姆斯・傅萊在二〇〇三年出版回憶錄《百萬碎片》（*A Million Little Pieces*），因書中有許多加油添醋的情節而備受爭議。

獨一無二的現代感。純為娛樂而閱讀虛構故事，成了大人現在也可縱情（也許有時帶著罪惡感）享受的活動。這種逐漸把閱讀當成樂事的歷史性轉變是如此深刻，之後我們幾乎再也沒見到過。的確，隨著小說擴散至電影、電視乃至最新影音遊戲等次分類（大多凸顯其虛構性，提供既典型又特殊的角色），說當代文化和過去文化的差異在於娛樂的飽和度並不為過。小說，這種具備二元性且能轉化態度的創作形式，已經如此徹底改變我們的態度，反而令它面臨不再被需要的危險。

馬薩芙拉有個姊妹島，原名馬薩蒂拉（Masatierra），「較近陸地」之意，現稱魯賓遜．克魯索。在這裡，我看到智利酒果、木莓（Murtilla）和黑莓這三種大陸植物帶來的傷害，它們蔓延至島上所有山丘和溝渠，兩種原生植物已絕種，除非進行大規模復育計畫，還會有更多植物步入後塵。走在魯賓遜島上，留意黑莓樹的邊緣尋找嬌嫩的本地蕨類時，我開始把小說視為一種已產生突變的有機體，在英格蘭島上蛻變成一種含有劇毒、會大肆蔓延的生物，從一個國家擴散到另一個國家，直到征服全地球為止。

亨利．費爾丁（Henry Fielding）在《約瑟夫．安德魯斯》（*Joseph Andrews*）中把他的人物稱為「物種」——比個體多一點，比全體少一點。但，隨著小說逐漸改變文化環境，人類這個物種已被由個體組成的普遍性群體取代，最明顯的特色就是人人皆「被娛樂」。這就是大衛在他史詩般《無盡的玩笑》中想像並開始抗拒的單文化幽靈。他在那部小說中使用的抗拒模式——註釋、離題、非線性、超連結——領先一步預示了更惡毒、更激進地展現個人主義的侵入者，正逐漸取代小說和它的後裔。魯賓遜・克魯索島上的黑莓固然像攻無不克的小說，在我看來也很像網際網路，黑莓機載運的侵入者，不是在敘事裡刻劃自我，而是把自我刻劃到世界上。新聞不再是新聞，而是**我的**新聞。足球賽不再是一場足球賽，而是把十五場比賽裂解成個人夢幻聯盟數據。螢幕上出現的不再是《教父》（*The Godfather*），而是「我家貓咪的滑稽把戲」[8]。個人主義瘋狂失控，每個人都變成查理・辛（Charlie Sheen）[9]。《魯賓遜漂流記》讓自我成了孤島；而現在，孤島又成了世界。

帳篷的側面不斷拍打我的睡袋，令我在夜半醒來；起風了。我塞上耳塞，但仍聽得到拍打，後來更變成大聲抽打。當白晝終於來臨，我發現帳篷部分解體，有一段桿子懸在門簾上搖來晃去。風驅散了下方的雲，露出一隅海景，近得讓我吃驚，曙光在它鉛灰色的水面上劃出一片紅。我振作起追尋稀有鳥類時才有的獨特效率，很快吃過早餐，把無線電、衛星電話和兩天份食糧收進背包，在最後一分鐘弄倒帳篷，因為風實在太強，只好拿大石頭壓住四個角，讓它不會在我離開時被吹走。時間短促——馬薩芙拉的上午通常比下午清朗——但我還是在庇護所停留一會兒，把此地座標標在GPS上，才匆忙上山。

---

8 泛指各種藉由Youtube等影音串流網站迅速傳播的有趣短片。

9 查理辛（1965-）為美國演員，以風流倜儻、私生活多彩多姿著稱，二〇一五年承認感染愛滋病毒。

馬薩島雷雀是棘尾雷雀（thorn-tailed rayadito）的表親，體型較大、羽色較黯淡，來外島前，我曾在智利大陸的數座森林中見過嬌小玲瓏的棘尾雷雀。一個那麼小的物種怎麼會有足以繁殖（以及後續進化）的數量在八百公里外海處落腳，恐怕永遠不得而知。馬薩島雷雀必須生活在不受干擾的原生蕨林中，本來就不多的數量似乎正在減少，或許是因為當它在地面築巢時，容易被貓、鼠獵食（要消滅馬薩芙拉的老鼠，得先捕捉並保護島上全部的猛禽，再用直升機在崎嶇的地表覆上毒餌，總成本約五百萬美元）。有人告訴我只要找對棲息地，雷雀不難見到；難就難在怎麼到達棲息地。

島的高處仍在雲中，我希望風很快會把雲清走。從地圖判斷，為了繞過兩座擋住南往「愚人」去路的峽谷，我得爬到大概一千一百公尺高。算出要爬的淨高度只有一點點，我深受鼓舞，但我才把庇護所拋在後頭，雲就又匯聚起來了，能見度降到幾十公尺。我開始每十分鐘停下來在電子儀器上標記所在位置，就像《糖果屋》的漢賽爾（Hansel）在樹林裡扔麵包屑一樣。有一陣子，我揀地上有騾糞的小徑走，但沒多久地面全變成忽高忽低的岩石，遍地都有山羊足跡，讓我根本沒辦法確定自己是否還在正確的路上。

到一千一百公尺高時，我轉往南，穿過濃密、濕漉的蕨林，赫然發現路被一條照說該在底下的溝渠擋住。我查看地圖，但Google Earth的色調變化跟上一次查看時一樣模糊。我試著從旁繞過峽谷，但蕨掩蔽了滑溜的岩石和頗深的洞。我在霧中的判斷是，這斜坡似乎愈來愈垂直，所以我轉身，努力爬回稜線，拿GPS確定方位。走了一個小時，我渾身濕透，距離出發的地方卻只有三百公尺。

對照著也變得很濕的地圖，我想起丹尼洛用過的一個我不熟悉的詞：「cordon」，意思一定是稜線！我該沿著稜線走！我再次加足馬力往上，只在撒電子麵包屑時才停下來，直到來到一支太陽能動力無線電天線前，這應該是當地最高峰了吧。現在變得更強的風把雲吹到島的後半部去，我知道那裡有驟降九百多公尺、直抵海豹群落的懸崖。我看不到它們，但一想到距離那麼近就頭暈目眩；我很怕懸崖。

幸好，從天線往南的「cordon」相當平緩，就算狂風大作且能見度趨近於零，擇路而行並不太難。這半小時我頗有進展，想到自己能從貧乏的資訊推斷出往愚人正確的路，不禁得意起來。但後來這條稜線出現分岔，給了我「較高」和「較低」兩種路線選擇。地圖相當清楚地顯示我該去九百七十五公尺，而非一千一百五十八公尺的地方。但當我沿著較低的稜線走，試著降低所在海拔時，卻來到陡峭得惱人的死路。我回去走較高的稜線，它有個附帶好處是直接往南，朝愚人而去；令我感動的是，它終於開始下坡了。

這時，天氣真的糟透了，霧已轉成雨，近乎水平地打來，風也強到超過每小時六十四公里。當我沿著稜線向下走，路開始令人擔憂地變窄，最後發現它被一個小山頂堵住。我多少能判斷在小山頂的另一端，這條稜線會繼續下降，但非常陡。該怎麼繞過去呢？如果走背風面，可能會捲進風裡再被吹落。而迎風面，就我所知有個陡峭的九百公尺下坡；但至少，在這一面，風會把我往岩石吹，而不是吹下山谷。

穿著進滿雨水的靴子，我慢慢沿著迎風面前進，腳要踩、手要扶的地方都仔細檢查過才行動。當我繼續緩慢行進，總算能看得稍微遠一點時，小山頂後方的稜線顯露出死路一條，前方和兩側除了一團漆黑，什麼都沒有。雖然下定決心要看到雷雀，但那一刻我害怕到不敢再踏出一步，而我忽然可以看見自己：整個人大字形貼在滑溜的岩壁上，風強雨驟，完全不確定方向是否正確。一個清楚到簡直衝口而出的句子湧現腦海：**你做的事危險至極**，然後我想到我的摯友。

大衛寫天氣寫得跟任何會寫作的人一樣好，他愛他的狗比愛任何人事物更深刻，但大自然引不起他的興趣，對鳥更是漠不關心。一次，當我們開車行經加州史汀森海灘（Stinson Beach）附近，我停下來，遞給他望遠鏡觀看一隻長嘴杓鷸（curlew）；對我來說，這種鳥的華貴不證自明。他用鏡筒看了兩秒便轉回頭，一臉厭倦，「噢，」他以他特有的虛情假意語氣說：「很漂亮。」他過世前的那個夏天，有一次我和他一起坐在他家露台，他抽著菸，我的視線移不開附近的蜂鳥，並為他的視若無睹而悲傷；還有一天，他在睡他下了重藥的午覺，我在為即將到來的旅行研究厄瓜多的鳥類時，恍然明白，他無法控制的苦痛和我可以管理的不滿足，之間的差異就在我能在愉快的鳥事中逃避，他不行。

他生病了，沒錯，在某種意義上，我和他的友誼故事就是我愛著一個患有精神疾病的人。那個憂鬱的人後來用讓他最愛的人遭逢最大痛苦的方式，結束了自己的生命，我們這些愛他的人只能留在原地，感受憤怒和背叛。不僅因為我們的愛投資失敗覺得被出賣，更因為自殺把他從我們身邊帶走，讓這個人變成眾所皆知的傳奇。從沒讀過他的小說，甚至連聽都沒聽過他的人，讀了《華爾街日報》刊登、他在凱尼恩學院畢業典禮上的演說後，開始哀悼失去一個優秀而高貴的靈魂。從來沒把他的哪本書列入全國性獎項決選名單的文學團體，現在異口同聲說他一**直都是**國家的寶藏。身為作家，他不「屬於」讀者，一如他不屬於我。但如果你碰巧知道他真實的個性比他獲得的好評來得複雜而可疑，如果你知道他本人比世人宣稱的「心地善良、對道德有卓越洞察力的藝術家／聖徒」來得討喜——更滑稽、更糊塗、更深刻酸楚地和他的惡魔交戰、更悵然若失、更幼稚地不思遮掩自己的矛盾和謊言——那麼，對於某一部分的他選擇接受陌生人的吹捧，而非最親近的人的愛，你很難不覺得受傷。

對大衛認識最淺的人最可能用神聖的詞彙談論他。讓這點更顯怪異的是，在他的小說中幾乎完全找不到平凡的愛。親密的愛的關係，儘管對我們很多人是生命意義的基本來源，在華萊士的小說宇宙中卻無立足之地。反之，我們看到書中人物一再壓抑、不讓愛自己的人知道他們內心無法克制的冷酷真相；也看到書中人物刻意、狡詐地**表現**愛，或者向自己證明感覺像愛的東西其實只是偽裝成的私利；又或者，將抽象或靈性的愛投向令人深深嫌惡的對象——《無盡的玩笑》裡那個腦漿一直滴的妻子，最後一場醜惡男人專訪裡的那個精神病患。大衛的小說充斥著偽君子、操控者和情緒孤立者，但那些跟他只有一面之緣或點頭之交的人，卻對他煞費苦心的過度體貼和道德觀念信以為真。

然而，關於大衛的小說，最玄的一點是：大部分全心投入的讀者，會在閱讀時感覺被理解、被安慰，**被愛**。我們每個人或多或少都擱淺在自己的存在之島，我想，一個大致正確的說法是，最容易被他感動的讀者，正是那些熟知上癮症、強迫症或憂鬱症會對社交和靈性產生孤離影響的人，我們會滿懷感激地抓住每一封從大衛這座最遙遠的島嶼送來的快信。大衛透過小說內容給了我們最糟糕的他，以強烈得足與卡夫卡（Kafka）、齊克果（Kierkegaard）和杜斯妥也夫斯基（Dostoyevsky）並論的強烈自我審查態度，攤開自己的各種極端：自戀、厭女情緒、強迫症、自欺、剝奪人性的道德觀和神學觀、對可不可能有愛的懷疑，以及一再深陷自我意識註腳中還有註腳的羅網。但就形式和意圖來看，他一一細數對自身純善的絕望，卻讓讀者收到一份純善的禮物，我們在他帶有藝術感的事實裡感覺到愛，因而愛他。

大衛和我的友誼是既比較、又對照、又（如兄弟般的）競爭。他過世前幾年，曾幫我在他的兩本精裝本新書上簽名。其中一本，我看到他在扉頁描摹手掌輪廓；另一本的則是勃起的輪廓，碩大得超出頁面，旁邊還加了小箭頭和這句話：「比例尺100%。」我曾聽過他當著交往中女孩的面，熱切地描述某人的女友是他心目中的「女性典範」，大衛的女友好一會兒才反應過來，說：「**你說什麼？**」於是，字彙和任何西半球居民一樣多的大衛，深吸了一口氣，吐出來，然後說：「我忽然發現，我從不真的明白**典範**這個詞是什麼意思。」

他像孩子般討人喜愛，也能以孩子般的純粹回報愛。如果愛終究被排除在他的作品之外，那是因為他未曾真正覺得自己值得被愛。他一輩子被囚禁在自己的孤島上。遠看和緩的地勢，其實是陡峭的懸崖。有時只有一點點的他瘋了，有時幾乎整個人，但他這個人從來沒有完全正常的時候。他試圖藉助藥物和酒精逃離囚島，卻發現自己被上癮監禁得更嚴密時，以為見到了自我，那個自我似乎從未停止侵蝕他對愛的信念，始終阻止他覺得自己有能力去愛。就算勒戒後，就算青少年後期嘗試自殺數十年後，就算他緩慢而英勇地為自己建造了人生之後，他仍覺得不配。這樣的感覺與自殺的念頭緊緊糾纏，終至難以分辨。自殺，是脫離囚籠的一條可靠途徑，比上癮可靠，比小說可靠，最後，也比愛可靠。

我們這些自我涉入（self-involvement）程度沒那麼激進到病態的人，我們這些居住在可見光譜裡、可以想像超越紫光的感覺但不會實際去超越的人，可以明白大衛不相信自己愛的能力是錯的，也可以想像不相信的痛苦。如果你身心健康，愛是多簡單、多自然的事；如果你不健康，愛則何等艱難——看起來就像結合私利和自欺的新玩意，令人打從心底卻步！但大衛的作品（以及身為他的朋友的我）有個課題是，健康與不健康的差異，在很多方面是「程度」而非「本質」的問題。儘管大衛會嘲笑我輕微得多的癮，也喜歡告誡我不能自以為節制，但我仍能從這些癮，從伴隨癮而來的遮遮掩掩、唯我獨尊、徹底的孤立和對動物粗鄙的熱愛中推斷，他的癮有多極端。我可以想像那場病的心理路徑：意識上的壓抑特質移不走，自殺便循線而來。要擁有某種與眾不同的東西，要有祕密，要對自己的優秀出眾義無反顧、自我陶醉地認定，然後是讓人痛快憎惡自己的、對總成績的預期，終至切斷與這世界的聯繫，因為它不讓你享受自我涉入的樂趣——我能理解大衛到這裡。

誠然，要將孩子氣的憤怒，和他無法控制、終至成功的自殺衝動連結起來，是比較困難的。但就連這裡我也能看出華萊士的邏輯在哈哈鏡裡的反射，那是一種渴求，渴望自始至終都能忠於自我，只是比較任性而已。為了配得上他給自己宣判的死刑，執行上必須對他人造成深刻的傷害。為了一勞永逸地證明他真的不值得被愛，盡可能惡劣地背叛最愛他的人是有必要的，所以他在家裡自殺，讓他們成為他犯行的直接目擊證人。自殺也是一種生涯移轉，是那種「他雖然痛恨、會否認（也許他以為這樣就不會受罰）是蓄意，但隨後（如果你逼問他）又會嘻皮笑臉或皺著眉頭，好啦，對啦，他的確做得到」的那種渴求奉承的算計。我幻想大衛有兩面，一面主張走柯特·科本（Kurt Cobain）的路線，用理性到勾人的聲音談《地獄來鴻》（*The Screwtape Letters*）[10]裡的惡魔（那是大衛最喜歡的書之一），同時又認為，死在自己手裡既可滿足他對事業優勢的饑渴，也可進一步證明他死有餘辜。因為那代表他投降了，投降於被良善但四面楚歌的一面判定為邪惡的另一面。

這不是說他最後幾個月和幾星期都在和自己以《地獄來鴻》或《宗教大法官》（*Grand Inquisitor*）[11]的風格，生氣勃勃地進行理智對話。最後那段時間他病得很厲害，以致每一個新的、清醒的想法，不論關於什麼，都會立刻像螺旋一樣轉成同一種認定自己毫無價值的信念，讓他繼續畏懼、痛苦下去。不過，他有一個偏愛的比喻，在他的〈美好的舊日霓虹〉（Good Old Neon）短篇小說和研究康托爾（Georg Cantor）的論文中敘述得尤其清楚，即一剎那時間的無限可分性，不管時間多短，都可以一直分割下去。他的最後一個夏天，即便持續不斷地受折磨，在這一個痛苦的念頭和下一個同樣痛苦念頭之間的空檔，仍足以讓他思考自殺的念頭，飛快閃過自殺的邏輯，並啟動務實的執行計畫（他至少做了四個）。當你決定做一件大壞事，做那件事的論據會在你決定的同時一湧而出，完整成形；任何打算再度淪陷的上癮者都能作證。雖然自殺本身想來是件痛苦的事，但它也成了——呼應大衛另一篇短篇小說的標題——一種送給自己的禮物。

大眾對大衛的諂媚之言，把他的自殺視為「這個世界根本配不上美好如你的人」（唐．麥克林〔Don McLean〕對梵谷〔van Gogh〕的歌詠）的證據，而這個需要一體感的大衛，一個美好而天賦異稟的人，在戒掉服用二十年的抗憂鬱劑腦定安（Nardil）後敵不過重度憂鬱，因此自殺的**不是他自己**。我會跳過診斷的問題（他很可能不是單純的憂鬱），以及一個這麼美好的人何以如此深刻精準地知道醜陋的人在想什麼的問題。但，心

---

10《地獄來鴻》是C．S．路易斯（Clive Staples Lewis, 1898-1963）的作品，透過大小魔鬼的書信往來，以狡黠反諷的手法刻畫人類的生活和弱點。

11 杜斯妥也夫斯基著作《卡拉馬助夫兄弟們》（*The Brothers Karamazov*）裡的劇中劇。

中惦記著他對《地獄來鴻》的熱愛，和他顯而易見的自欺欺人的傾向（這在他復原那幾年抑制有成，但從來沒有根除），我猜想，曖昧不明、搖擺不定的敘述比較符合他作品的精神。從他寫給我的話來看，他始終活在害怕回到精神病房的恐懼中——他先前的自殺未遂送他進去的。自殺的誘惑、終場前大顯神威的誘惑，或許被埋入地下，但從來沒有徹底消失。當然，大衛有「好」的理由揮別腦定安：怕腦定安對生理的長期影響會縮短他努力為自己創造的美好人生，懷疑它的心理影響可能會干擾他生命中最美好的事物（他的工作和他的人際關係）。但也有比較「不好」的、涉及自尊的理由：完美主義者會想降低對物質的依賴，自戀似的厭惡看到精神病跟著自己一輩子。我難以置信的是他沒有真的「很糟」的理由。在他美好的道德智商和可愛的人性弱點底下忽隱忽現的，是長年上癮者的自覺，隱藏的自我在被腦定安壓抑數十年後，最後仍瞥見機會衝破束縛，重獲自由，一償自殺宿願。

這種分裂感在他戒斷腦定安後一年浮上檯面。對於他的煩惱，他做了詭異且看似弄巧成拙的決定，投入極大心力哄騙他的精神科醫師（你只能同情他們吸引了如此複雜絕頂的病例），最終順利塑造了完全不為人知、致力於自殺的生活。那一整年，我相當了解、也愛得毫無保留的那個大衛，勇敢、努力地奮鬥，一面為他的工作和人生建立更安定的基礎，一面對付令人心碎的焦慮和痛苦。而我比較不了解，但仍了解得夠深又始終不喜歡、不信任的那個大衛，卻有條不紊地策劃自己的毀滅，以及對愛他的人的復仇。

決定戒絕腦定安之後，他的創作受阻——厭倦了老招數、無法為新小說鼓起足夠的勁，以找出攜手前行之路——並非小事。他向來喜愛寫小說，尤其是《無盡的玩笑》，我們多次討論小說目的時，他都非常明確地表達出他的信念：小說是解決人類存在孤獨的問題解方，**最好的**解方。小說是他離開孤島的方式，只要那行得通——只要他能把滿腔的愛和熱情注入書寫寂寞的快信，只要那些快信能化為緊急、新鮮、真誠的消息捎至大陸——他就能為自己獲取一定程度的快樂與希望。當他對小說的希望，在和新小說搏鬥多年後灰飛湮滅時，他除了一死別無出口。如果煩悶是癮種子萌芽生長的土壤，如果自殺的現象學（phenomenology）和目的論（teleology）與癮的現象學和目的論無異，說大衛是因煩悶而死似乎相當公道。在他早期的短篇〈比比皆是〉（Here and There）中，一個追求完美的年輕人布魯斯的兄弟請他想想：「完美是多麼**無聊**的事」，而布魯斯告訴我們：

> 我尊重李納德辛苦得來的、關於無聊的廣博知識，但也要說，既然無聊是不完美，那麼十全十美的人就絕對不可能無聊。

這是個不錯的笑話，但邏輯多少有點狹隘而箝制。這是「全部又更多」（everything and more）的邏輯，恰巧呼應大衛另一篇短篇的標題；而全部又更多，正是大衛希望能從他的小說，也為他的小說得到的東西。以前這曾對他有效，在《無盡的玩笑》中，但試著在已經是全部的東西上增添更多，就會有失去一切的危險——讓自己百無聊賴的危險。

魯賓遜有一件好玩的事情是，待在他絕望之島的二十八年間，他從來沒有覺得無聊。沒錯，他提過他早期做的那些工作單調沉悶，承認在島上找食人族找得「累個半死」，悲嘆在島上發現菸草卻沒有菸斗可抽，還把他有「星期五」[12]作伴的第一年形容成「我在這地方生活最愉快的一年」。但他完全沒有現代人對**刺激**的渴望（這部小說最驚人的細節或許是魯賓遜讓「三大桶蘭姆酒或烈酒」撐了二十五年才喝完；我恐怕不到一個月就會把三桶喝光，就此終結）。雖然從未停止逃離的夢想，但他很快對這座島全歸自己所有「暗自竊喜」：

現在我把世界看成遙不可及的東西，是我毫無相關、毫無期待，甚至毫不渴望的東西。簡單地說，我跟它一點關係也沒有，也不想有關係；我想今後我們就這樣看待它吧。

魯賓遜能熬過孤獨是因為他很幸運，他能和環境和平共處是因為他很平凡，而且他的島是有形的。大衛，因為不平凡，而且島是虛構的，最後只有他那有趣的自我存活下來。而創造一個屬於自己的虛擬世界，所產生的問題就跟把自己投射到電腦網路世界的問題類似：在虛擬空間追求刺激，是沒有盡頭的，但這無窮盡、無休止、無法真正被滿足的刺激，卻會禁錮人心；成為「全部又更多」，也是網際網路的抱負。

我在雨中回頭的那個令人頭暈的地方，距離拉古恰拉不到一千六百公尺，但這段回頭路卻花了我兩個小時。現在，雨不僅水平打來，更下得滂沱，而我簡直無法迎風站立。GPS正給我「電量不足」的訊號，但我必須開著它，因為能見度差到沒辦法直線前進。即使那裝置顯示庇護所離這裡只有四十五公尺，我還是走過頭了才辨認得出它的屋頂。

把濕透的背包扔進庇護所後，我往下跑到帳篷，發現它成了雨水坑。我費了好大力氣才把泡沫塑料床墊搬出來，帶回庇護所，再回去拔掉帳篷的樁，把水倒空，再把全部東西抱在懷裡，試著讓裡面的東西不要全濕，穿過水平的雨衝上山。庇護所成了充滿濕衣服和濕裝備的災區。我花了兩小時進行多項烘乾計畫，再花一小時在地岬搜尋我瘋狂衝刺時遺落的一個帳篷的重要零件，無功而返。然後，短短幾分鐘後，雨停了，雲散了，這時我才發現，自己一直待在畢生見過最美的地方。

時間已近傍晚，風正吹拂著藍得瘋狂的海洋，是時候了。拉古恰拉看來比較像懸在半空，而非連著陸地。有種幾近無限的感覺，太陽從山坡誘出我覺得超出可見光譜能容納的

12 在獨處數年後，魯賓遜於某個星期五解救了一個被野人俘虜的印地安人，給他取名為「星期五」，是他在島上遇到的第一個朋友，兩人結為夥伴。

綠和黃的層次，令人目眩神迷、近似無限的繽紛；天空浩瀚無垠，即使在東方地平線上見到陸地，我也不會訝異。一條條白絲般的殘雲從山峰滾落，迅速飄過眼前，消失無蹤。風正往外吹，我哭了，因為我發現時候到了卻毫無準備，根本忘了這回事。我走進庇護所，拿出那一小盒大衛的骨灰，那本「小書」——他曾搞笑地用這個詞來形容他那本並不簡短、探討數學無限大的著作——帶著它走下地岬，風打著背。

我無時無刻不一心多用。就連哭的時候也在掃視地面尋找失落的帳篷零件，一面從口袋拿出相機，試著捕捉光線和風景絕倫的美，同時譴責自己在該全心哀悼時做這件事，又告訴自己，沒辦法看到雷雀也**沒關係**，就算這必定是我唯一一次造訪這座島，我告訴自己這樣比較好，是該接受有限及不完整，並讓那些鳥永遠不被看見的時候了，我告訴自己，接受現實的能力，是我被賦予的才能，是我逝去的摯友沒被賦予的天賦。

在地岬的盡頭，我來到合構成某種聖壇的一對巨石前。大衛選擇離開愛他的人，把自己獻給小說和小說讀者的世界，而我準備祝福他在那個世界過得安好。少許灰色骨骸落到我腳下的斜坡，但塵土隨即被風捲起，消散在藍色天穹，往海的彼岸飄送。我轉身，慢慢上山往庇護所走去，因為帳篷已不敷使用，我今晚得在那裡過夜。我已無憤怒，只剩落寞，跟島的關係也就此完結。

和我一起搭船回到魯賓遜．克魯索島的是一千兩百隻龍蝦、兩隻被剝了皮的山羊，以及一位老捕蝦人，他在船起錨後對我吼說海浪很大。是啊，我同意，有點大。「**不是有點！**」他嚴肅地大叫：「**是很大！**」其他船員圍著血淋淋的山羊顛來簸去，這時我才發現，我們不是走直線返回魯賓遜，而是向南轉四十五度，以免翻覆。我搖搖晃晃走下船頭一間狹小而散發惡臭的船員艙，把自己塞進一個鋪位。在抓住床鋪兩邊避免摔出去；試著想某件事，任何事，不是暈船的事；飆出的汗讓貼在耳後的防暈船貼片濕透而脫落（我後來才發現）；聽著海水潑濺、捶打船身一兩個小時之後，我嘔吐，吐到一只Ziploc夾鏈袋裡。十小時後，我冒險上甲板，以為港口在望，但船長已改變太多航向，使我們還在五個鐘頭之外。我沒辦法勇敢地回到鋪位，也仍噁心到無法觀看海鳥，於是我就站了五個小時，什麼也沒想，只想改回程班機——我本來訂了下星期的班機，容許行程稍有延誤——提前回家。

也許自前一次一個人露營後，我就沒那麼想家了。但跟我同住的加州女子三天後要和我們的共同朋友去看超級盃球賽，當我想到可以和她同坐一張沙發喝馬丁尼，幫綠灣包裝人隊（Green Bay Packers）四分衛、昔日曾是柏克萊球星的艾倫．羅傑斯（Aaron Rodgers）加油時，突然**好想好想**離開這些島。前往馬薩芙拉之前，我已經見過魯賓遜島上兩種當地特有的陸鳥種，如果要在那裡再待一星期卻見不到新東西，恐怕會無聊到令人窒息——那會讓我無事可忙，雖然我一直亟欲逃離忙碌的生活，此刻卻十分感激它可能帶給我的愉悅。

回到魯賓遜島，旅館主人雷蒙助我一臂之力，試著讓我搭上隔天的班機。結果兩個班次都客滿，但在我吃午餐時，某家航空公司的當地代理商碰巧走進旅館，雷蒙極力說服她讓我搭上第三班純貨機離開。代理商說不可以。但副駕駛座呢？雷蒙問她。他不能坐副駕駛座嗎？不行，代理商說，副駕駛座也會塞滿裝龍蝦的箱子。

所以，雖然我已經不想，或者正因為我不想，我嘗到真正受困在一座島上的經驗。我餐餐都吃一樣難吃的智利白麵包，每頓午餐和晚餐都吃同樣難以言喻、無醬料無調味的魚。我躺在房間裡，把《魯賓遜漂流記》讀完。我寫明信片回覆我帶在身上的一疊信。我在心裡練習把說智利西班牙語的人常省略的「s」嵌進去。我仔細觀察火冠蜂鳥的火冠；受外地動植物入侵之害，這種亮麗動人的大型肉桂色鳴禽嚴重瀕臨絕種。我翻山越嶺來到一片草原，該島一年一度的烙牛節舉辦地，觀賞騎馬的人把全村的畜群趕進圍欄。盛會的背景壯麗——連綿不絕的山丘、火山峰、白浪滔滔的海洋——但山丘都被侵蝕作用剝得光禿，鑿得空洞。至於那一百多頭牛，至少有九十頭營養不良，絕大部分瘦骨嶙峋到連站得起來都令人驚奇。自古以來畜群就是蛋白質的儲備來源，村民仍熱衷於套捉和烙印的儀式，但他們難道看不出來，他們的儀式已變成多麼拙劣而悲哀的模仿？

還有三天時間要打發，我的膝蓋因為走下坡路而疲憊不堪，別無選擇，只好開始讀山謬．理查遜（Samuel Richardson）的第一部小說《帕梅菈》（*Pamela*）——我帶它來主要是因為它比《克拉麗莎》（*Clarissa*）短得多。我對《帕梅菈》唯一的了解是亨利．費爾丁曾在他首次嘗試寫的小說作品《羞梅菈》（*Shamela*）中諷刺過它。我不知道《羞梅菈》只是當年快速出版，以回應《帕梅菈》的眾多作品之一，以及《帕梅菈》或許是一七四一年倫敦不分類的最大新聞。但我一開始讀它，就明白為什麼了：小說把性和階級衝突描寫得精采而強烈，對極端心理的細述更是前所未有的具體。帕梅菈・安德魯斯（Pamela Andrews）不是「全部又更多」，她就是帕梅菈，獨一無二的帕梅菈，一個美麗的女僕，貞操遭已故雇主之子持續而巧妙的侵犯。她的故事透過她寫給父母的信來呈現，而當她發現這些信被打算引誘她的B先生攔截、偷看時，**就算知道B先生會讀**，她仍繼續寫。帕梅菈的虔誠和裝腔作勢的歇斯底里，必定會觸怒某種類型的讀者（就有一本隨後出版的書諷刺理查遜的副標題〈善有善報〉〔Virtue Rewarded〕，把它改成〈看穿假純真〉〔Feign'd Innocence Detected〕），但在她刺耳的守貞和B先生淫蕩的詭計下，是個描繪得令人神魂顛倒的愛情故事。這故事蘊含的寫實力量，使這本書成為劃時代的轟動之作。笛福固然立樁標出了激進個人主義——這個對遲至薩繆爾・貝克特（Samuel Beckett）和華萊士等小說家而言仍果實纍纍的題材——但率先讓小說徹底深入個人心靈的，卻是理查遜，是理查遜讓許多被愛淹沒的孤獨人第一次接觸小說。

在《魯賓遜漂流記》的中段，即魯賓遜獨處了十五年後，他發現沙灘上有一個人類的腳印，「對人的恐懼」簡直要讓他發瘋。在判定腳印不是他的也不是惡魔的，而是某個入侵食人族的之後，他把他的花園小島改造成堡壘，而往後好幾年，他滿腦子只有把自己藏起來和驅逐想像中入侵者兩件事。他對其中的反諷感到驚異：

我唯一的煩惱是，我似乎被人類社會放逐了，我獨自一人，被無邊無際的海洋圍繞，與世隔絕，被判處我所謂的寂靜生活……現在，想到有可能見到人，我卻怕到渾身顫慄，只看到一個人踏上這座島的影子或靜默的表象，就打算鑽到地底躲起來。

笛福的心理，絕對不會比他想像中魯賓遜對孤獨遭破壞的回應更尖銳。他給我們第一幅寫實主義針對徹底離群的人的畫像，然後，彷彿被小說的事實驅使，他又為我們呈現激進個人主義其實有多病態和瘋狂。不管我們多麼小心翼翼地捍衛自我，只要另一個真實人物的腳印就能讓我們想起人際關係中耐人尋味的無窮危險。就連臉書，使用者共同花費數萬萬小時更新自我關注計畫的臉書，也有一個本體論的出口——「感情狀態」的選單中，選項之一是「一言難盡」；這或許是「快過去了」的委婉用語，但也能形容所有其他選項。只要我們有一言難盡的糾結，怎麼敢覺得無聊？

# 小說裡寫得最好的一家

## The Greatest Family Ever Storied（2010）

評克莉絲汀娜・史黛德（Christina Stead）的《愛孩子的男人》（*The Man Who Loved Children*）

你有無數個理由不該讀《愛孩子的男人》。首先，它是一本小說；而我們不全都在前一年或前兩三年達成協議，小說屬於報紙的年代，而且只會更快步入報紙的後塵嗎？如同我一位當英文教授的老朋友喜歡說的，小說是一種奇妙的道德案例，我們會因為沒有多讀一些小說而內疚，也會因為做了像讀小說這麼不務正業的事而感到罪惡；如果世上少一件讓我們覺得內疚的事，我們不是會過得更好嗎？

讀《愛孩子的男人》尤其是虛擲光陰，因為，甚至按照小說的標準，它也與世界歷史的演變結果及影響無關。它講一個家庭，非常極端而單一的家庭，但少數和家庭無關的部分又是最不吸引人的部分。篇幅也相當長，有時反覆嘮叨，節奏無可否認地緩慢。尤有甚者，它要你學習解讀那個家庭私密的語言，書名裡那位父親創造並強迫使用的語言，雖然這條學習曲線完全不像喬伊斯（James Joyce）[13]或福克納（William Faulkner）[14]那麼陡峭，但基本上，你還是得學一種除了欣賞這本書之外毫無用處的語言。

就連**欣賞**這個詞也有問題：這個詞恰當嗎？雖然它的文筆從好到極好不等——款款深情，每一句言論和描述都洋溢著情感、意義和主觀判斷；雖然它的情節安排巧妙得不露痕跡，但這本書對精神暴力著墨之深，會讓《真愛旅程》（*Revolutionary Road*）看起來像《大家都愛雷蒙》（*Everybody Loves Raymond*）[15]。更糟的是，它從頭到尾都在嘲弄那種暴力！誰需要讀這種東西啊？那種核心家庭，至少精神暴力的那一面，不就是我們一直試圖逃離的東西嗎？那個地獄般的核子反應爐，我們已經學會，當立即逃離不是選項時，要把我們的新機件、新娛樂和課後活動當成石墨棒一樣插進去，使核反應冷卻。《愛孩子的男人》也違背潮流，把我們視為「家暴」的做法認可為家庭風情畫的一項自然特色，有喜劇潛力的特色，讓成人和孩子之間的鴻溝遠比他們天差地遠的消費喜好更大。這本書像一場來自祖父母年代的噩夢侵入我們規範較周延的世界。它對圓滿結局的想法和其他小說截然不同，也許跟你們的也不一樣。

還有一個理由是你的電子郵件：你不是該去處理你的電子郵件了嗎？

到今年十月，克莉絲汀娜・史黛德[16]出版她這部書評了無生氣、銷售微不足道的大作就滿七十年了。瑪莉・麥卡錫（Mary McCarthy）[17]曾寫給《新共和》（*The New Republic*）雜

---

13 詹姆斯・喬伊斯（1882-1941），愛爾蘭作家和詩人。他的小說作品《尤利西斯》（*Ulysses*）被譽為二十世紀最偉大的小說之一。

14 威廉・福克納（1897-1962），美國文學史上最具影響力的作家之一，意識流文學代表人物，著有《喧嘩與騷動》（*The Sound and the Fury*）等。

15 《真愛旅程》為二〇〇八年的英美電影，探討愛情與婚姻的殘酷面；《大家都愛雷蒙》則是美國CBS電視的家庭情境喜劇。

16 克莉絲汀娜・史黛德（1902-1983）為澳洲小說家及短篇小說作家，以諷刺的幽默和刻劃人性心理著稱。二〇〇五年，《時代》雜誌將其一九四〇年的作品《愛孩子的男人》選為「一九二三至二〇〇五年百大小說」，法蘭岑也於二〇一〇年在《紐約時報》盛讚這是一部「傑作」。

誌一封尖酸刻薄的信，挑剔這本小說的時代錯誤和對美國生活的一知半解。史黛德其實是在出版前三年多才和她的伴侶——美國人威廉．布雷克（William Blake）來到美國，當時身為馬克思主義者兼作家兼生意人的他，正試著跟元配離婚。史黛德在澳洲長大，於一九二八年二十五歲時毅然逃離那個國家。她和布雷克先後住過倫敦、巴黎、西班牙和比利時，她的前四本書就是在這段時期寫的；其中第四本《萬國之家》（*House of All Nations*）規模浩大、晦澀難解，講國際金融。抵達紐約不久，史黛德開始透過寫小說，釐清她對她匪夷所思的澳洲童年的感覺。她是在格拉梅西公園（Gramercy Park）附近的東二十二街撰寫《愛孩子的男人》，不到十八個月便完成。寫她傳記的海柔爾．羅利（Hazel Rowley）說，史黛德是在出版商賽門與舒斯特（Simon & Schuster）的堅持下，將小說背景設在華盛頓特區，因為他們覺得美國讀者不在乎澳洲人在幹什麼。

時至今日，任何試圖對這本小說重燃興趣的讀者，將籠罩在一篇由詩人蘭德爾．賈雷爾（Randall Jarrell）為它一九六五年新版所寫，洋洋灑灑、令人目眩神迷的導讀裡。沒有人能比賈雷爾更周延、更仔細地頌揚這本書，而且，如果連像他這麼饒富魅力的人，都無法在我們的國家還算認真看待文學的年代讓世界對這本書感興趣，那麼現在恐怕也沒有別人辦得到了。確實，一個讀這本小說很好的理由，便是可以順便讀賈雷爾的導讀，回想文學批評曾經看起來那麼傑出：熱情、誠懇、公正、周詳、老少咸宜。如果你還在乎小說，這可能會喚起你的懷舊之情。

不斷拿史黛德和托爾斯泰（Tolstoy）相提並論的賈雷爾，顯然竭盡所能要讓她在西方文壇占一席之地，但無疑是失敗了。一九八〇年，一項以一九七〇年代晚期學術引文為基準的研究，整理出二十世紀最常被引用的一百位作家，瑪格麗特・愛特伍（Margaret Atwood）、格特魯德・斯泰因（Gertrude Stein）和艾納伊絲・寧（Anais Nin）都在列，就是沒有克莉絲汀娜・史黛德。如果史黛德和她最好的小說沒有**大力呼喊**各類學術評論，這結果就不會那麼令人困惑；尤其令人百思不解的是，在美國每一項女性研究課程中，《愛孩子的男人》都不是基礎文本。

在最基本的層面，這本小說是家長山姆・波利特——即山繆爾・克萊門斯・波利特的故事，他讓妻子韓妮懷孕六次，以展現自己強勢征服的一面；用滔滔不絕的私密語言、瘋狂的家庭計畫和儀式，循序漸進地誘惑、誆騙子女，最終成為波利特世界的太陽（他是燦爛耀眼的白人，黃頭髮）。白天，山姆是在小羅斯福的華府力爭上游、滿懷理想的官僚；晚上和周末，他是全家人在喬治城破舊房子裡亢奮過動的統治者——他唯我獨尊（韓妮的說法）、口若懸河（也是韓妮的說法）、無所不在（韓妮）；他是「英勇的山姆」（他給自己取的綽號），巧妙迂迴地滲入孩子的每一個毛細孔。他讓他們光著身子跑、把嚼過的三

17 瑪莉・麥卡錫（1912-1989）為美國作家、評論家及政治運動人士，曾於一九八四年獲美國國家文學獎（National Medal for Literature）。

明治吐進他們嘴裡（強化他們的免疫力），聽到最小的孩子吃自己的糞便後處變不驚（因為那是「天然」的）。他對他在學校當老師的姊妹說：「他們有像我這樣的父親，強迫他們上學是不對的。」對孩子他則會說類似這樣的話：「你是我的」、「當我說『太陽，你可以發光！』時，它能不發光嗎？」

山姆讓他的孩子變成他自戀的附件和從犯，到荒唐的地步。放眼所有文學，沒有比他更可笑的自戀者；自我陶醉如斯，儘管山姆想像自己是「世界和平、世界的愛、世界理解」的先知，他仍歡樂地無視於環境的骯髒和悲慘。他是特定文學評論家追蹤西方理性主義男性超能惡靈（boogeyman）的完美典範。被迫將小說背景設在美國這個美好的巧合，也讓史黛德得以將山姆的帝國主義，以及他對自身善意的天真信仰，直接刻劃在他工作城市的民眾身上。他就是偉大的白人父親[18]，就是山姆叔叔。他是那種欣賞抽象女性氣質的厭女者，覺得自己被真正有血有肉的女人「拉回現實——不，拉回爛泥」；他也認定女性太瘋狂，不該有投票權。但，雖然言行可憎，他卻不是怪物。史黛德發揮過人的創造力讓他傲慢專橫的男子氣概一而再、再而三地流露孩子般純真的需求和軟弱，讓讀者同情他、喜歡他、進而覺得他好笑。他在家說的語言（不全然是兒語，而是更古怪的東西）是一連串有無限創意的頭韻、無意義的韻文、雙關語、團體流行的笑話、衝突的詞彙，和只有自己人知道的參考資訊；沒有來龍去脈的引文無法充分詮釋。他最好的朋友就這樣語帶崇拜地對他說：「山姆，當你開口說話，你知道你創造了一個世界。」他的孩子既被他的言語吸引，又顯然比他成熟。當他心醉神馳地形容一種未來的旅行形式，**去實體的設計**，即旅客「會被射進一個管子進行分解」時，他的大兒子冷冷地斷言道：「那就沒有人想旅行了。」

面對山姆難以抗拒的力量，卻仍不動如山的是韓妮和她的繼女露薏——他已故第一任妻子的孩子。韓妮是巴爾的摩一個富裕人家的女兒，自小被寵壞、無道德感，現在則蒙受歌劇式的苦難。大妻之間的仇恨，因兩人都決心不讓對方離開且帶走孩子而變本加厲。他們豁盡全力的戰爭因家庭財務日益困難而愈演愈烈，這正是這本小說的敘事引擎，而這裡，讓他們的仇恨不至於可憎——反而令人莞爾——的，正是它的極端。神經衰弱、筋疲力盡、凡事拐彎抹角、熱衷於「黑色表情」和更黑色心情的韓妮，是家裡的「老巫婆」（她的原話），會將基於現實的毒藥注入孩子熱切張大的耳朵。一如山姆的語言充滿不切實際的愛和樂觀，韓妮的語言充滿了神經質的痛苦和陰鬱。誠如敘事者所說：「他說鐵鍬是現代農業的前輩，她就說那是挖糞的——他們話不投機。」或者，當韓妮說：「他只想聽實話，又要我閉上嘴巴。」以及：「他滿嘴人類平等、男人權利。那女人的權利呢？我想對他大叫。」但她沒有直接對他大叫，因為他們已經好幾年不講話了。她改成留簡短的紙條給「山繆爾·波利特」，兩人都會派孩子當信差。

---

18 即對美國總統的謔稱。

山姆和韓妮的戰爭占據了小說的前景，而它逐漸顯現的弧光卻是山姆和長女露薏日益惡化的關係。許多出色小說家著作等身，卻沒有留給我們半個難以磨滅的原型人格。克莉絲汀娜．史黛德一本書就給我們三個，其中露薏是最討人喜歡、不可思議的。她是個魁梧、肥胖、手腳不靈活的女孩，相信自己是天才；當父親折磨她時，她對他大吼：「我就是醜小鴨，你會看到的。」誠如蘭德爾．賈德爾指出，雖然有很多（就算不是大多數）作者童年時是醜小鴨，卻很少（就算不是沒有）人像史黛德這麼坦率而完整地表達身為醜小鴨的痛苦。因為笨手笨腳，露薏身上老是這裡傷那裡腫，衣服也永遠因為意外事故而這裡破那裡爛。她只跟最怪異的鄰居交朋友（在小說上百個引人注目的小場景之一，她答應其中一個鄰居——老基德太太，把一隻討厭的貓押進浴缸淹死）。露薏不時因為邋遢而被雙親斥責：她不漂亮的事實是對山姆自戀傾向的重重一擊，但對韓妮而言，露薏的散漫無自覺，正令人難忍地呼應山姆的自我關注（「她在爬，我根本不敢碰她，她全身黏答答、髒兮兮——她渾然不覺！」）露薏一直努力抗拒，不要捲入父親荒謬瘋狂的遊戲，但因為她還是孩子，也因為她愛他，更因為他真的令人難以抗拒，她還是不斷在屈服中羞辱自己。

但，愈來愈明顯的是，露薏儼然成為山姆真正的復仇女神。她開始在口語上質疑他，比如下面這個他細說未來人類將和諧地融為一體的場景：

「我的體系，」山姆繼續說：「這個我自己創造的體系，或許可以叫單一人類

（Monoman）或人類統一（Manunity）體系！」

伊薇（受寵的小女兒）膽怯地笑了，不知道他說的對不對。露薏回嘴：「你說的是偏執狂（Monomania）吧。」

伊薇咯咯竊笑，接著瞬間面無血色，變成一顆毫無瑕疵的橄欖，對自己犯的錯誤又驚又恐。

山姆冷冷地說：「妳看起來好像溝鼠喔，露露，那副表情。在我們清除不適應和墮落的人之後，單一人類會是世界僅存的唯一。」他語帶恐嚇。

後來，進入青春期後，露薏開始寫日記，但寫的不是科學觀察（山姆這麼建議），而是精心地將對父親朦朧的指控寫成暗語。當她愛上高中老師艾登小姐時，她開始創作她所謂的艾登系列，包括「以每一種能想到的形式和每一種能想到的格律」寫給艾登小姐的詩。父親四十歲生日時，她寫了一部獨幕悲劇《皰疹羅曼史》（*Herpes Rom*）當賀禮，劇中，一個年輕女子被半人半蛇的父親勒死；又因為露薏還不認識外國語言，她用了自己發明的語言。

雖然這本小說在情節面發展出多種劇烈的變動（最後韓妮輸掉長期抗戰），但蘊含的故事卻是山姆為了抓住露薏和摧毀她與眾不同的語言所做的努力。他一再發誓要瓦解她的精神、聲稱要與她直接心電感應，堅持她要當科學家來支持他忘己利他的使命，並稱呼她是他「愚蠢，可憐的小露露」。他把孩子集合起來，強迫她當眾譯解她的日記，讓她被譏笑。他背誦艾登系列的詩，也嘲弄之，當艾登小姐來和波利特一家共進晚餐時，他把她帶離露薏身邊，跟她聊個沒完沒了。在《皰疹羅曼史》荒謬而無法理解地演出、露薏送英譯本給山姆後，山姆宣讀他的評語：「我竟然看了那麼愚蠢又無聊的東西，太傷眼睛了。」

換成其他次要的作品，這讀來或許像是嚴厲、抽象的女性主義寓言，但史黛德已經投入本書大半篇幅讓波利特一家人顯得真確、具體而**滑稽**，把他們塑造成什麼話都說得出口、什麼事都做得出來的人，也特別表明了愛對露薏而言是什麼樣的問題（不論發生什麼事，她仍非常渴望父親的愛），於是，這種抽象無可避免地變得具體，對立的原型也得到有同情心的肉體：你會不由自主被露薏追求獨立自主、血淋淋的靈魂掙扎拖著走，會不由自主為她的勝利歡呼。一如敘事者就事論事、不帶感情地評論：「這就是家庭生活。」而訴說這種內在生活，正是小說的目的，也只有小說能做到。

---

或者，曾經能做到。因為我們不是早將那玩意兒拋在腦後了嗎？傲慢跋扈的男人？孩子是爸媽自戀的附屬物件？核心家庭是精神虐待的大混戰？我們厭倦了兩性和世代之間的戰爭，因為這些戰爭如此醜陋，誰還會想凝視小說這面鏡子，直視那樣的醜陋？當我們不

再說那些令人困窘的私密家庭語言，自我感覺不是好很多嗎？似乎，要換得一個醜小鴨長成醜大鴨但隨後我們可以改口說牠們漂亮的世界，犧牲文學天鵝是必須付出的小小代價。

但文化並不是一整塊巨石。雖然《愛孩子的男人》也許太過困難（難以下嚥、難以進入你的內心）而無法獲得大眾追隨，但絕對不會比大學課程大綱裡常見的小說艱澀，也是那種如果適合你，**就會真正適合你**的書。我相信這個國家會有好幾萬人感謝這本書出版的那一天，只要他們有機會接觸到。若非內人一九八三年在麻州薩默維爾公立圖書館發現它，我可能一輩子也不會找來讀。我每一次跟它分開幾年而想再讀一次時，都擔心自己是不是弄錯了，因為文學界、學術界和讀書俱樂部對它的著墨是那麼少。（例如，在我寫這篇文章的時候，共有一百七十七位亞馬遜顧客評論《到燈塔去》〔*To the Lighthouse*〕、三百一十二位評論《萬有引力之虹》〔*Gravity's Rainbow*〕、四百零九位評論《尤利西斯》[19]；至於《愛孩子的男人》這本更容易取得的書，只有十四位。）我誠惶誠恐地打開這本書，讀了五頁便回到它的懷抱，明白我沒有弄錯，覺得好像回家一樣。

我懷疑《愛孩子的男人》仍未被視為經典的一個原因是克莉絲汀娜．史黛德設定的目標是讓書不要「像女人」寫的，而要「像男人」——她的忠誠對女性主義者來說太可疑，

19　吳爾芙（Virginia Woolf, 1882-1941）所著之《到燈塔去》、品瓊（Thomas Pynchon, 1937- ）的《萬有引力之虹》和喬伊斯的《尤利西斯》亦在《時代》雜誌「一九二三至二〇〇五年百大小說」之列。

而對其他人來說，她不**夠**像男人。這本小說的前作《萬國之家》，比任一本二十世紀女性撰寫的小說都更像加迪斯（William Gaddis）甚至品瓊（Thomas Pynchon）的小說。史黛德不以在自己的空間、給自己創造單獨的平靜為滿足。她像個兒子而非女兒那樣競爭，在她最傑出的小說中，她必須回到人生的初始舞台，打敗她口若懸河的父親，以其人之道還治其身。這也令人難堪，因為，無論競爭在我們生存的自由企業制度占據多麼核心的地位，要親口承認乃至赤裸裸地談論，仍是非常有損形象的事（運動員的競爭是足以證明通則的例外）。

接受專訪時，史黛德有時會坦承她的小說是直接、完整地述說她自身的經歷。基本上，山姆·波利特**就是**她的父親大衛·史黛德。山姆的想法、意見和對家裡的安排，全都是大衛·史黛德的，從澳洲轉移到美國。書中的山姆迷戀一個單純的年輕女性，同事的女兒吉莉安，現實世界的大衛則為和克莉絲汀娜同年的席絲朵·哈瑞斯傾心，先是跟她有過一段短暫的婚外情，後來同居，最後，多年以後結為夫妻。席絲朵是克莉絲汀娜永遠沒辦法為大衛變成的美麗隨從和諂媚的鏡子，即使只因為，雖然克莉絲汀娜絕對不像露薏那麼胖，但也稱不上好看（羅利的傳記裡有照片為證）。

在小說裡，露薏缺乏美貌是對她自戀傾向的一記重拳。我們可以說，她的肥胖和坦率把她從父親的妄想症中救出來，驅使她往誠實的路前進，拯救了她。但露薏不討人歡心，尤其不得父親喜愛的經驗，肯定是從克莉絲汀娜·史黛德自身的痛楚汲取的。她最好的小說讀來就像一個女兒呈獻給父親的愛和團結——你看，我**和**你一樣，我造就了一種和你的語言相當，**有過之而無不及**的語言——當然，這也呈獻了激烈競爭的恨。當露薏告訴父親，她從來沒告訴任何人她的家庭生活是何模樣時，她給的理由是：「沒有人會相信我！」但長大成人後的史黛德找到方法讓讀者相信她了。這為完全成熟的作家打造了一面鏡子，忠實反映了她的父親和山姆．波利特最不想看到的東西；而當這本小說出版時，收到她贈書的澳洲居民不是大衛．史黛德，而是席絲朵．哈瑞斯。題詞寫著：「給親愛的席絲朵，斯特林柏格（Strindberg）家族的魯賓遜。某些方面或許可視為克莉絲汀娜．史黛德給席絲朵的私人信件。」大衛本人是否讀過這本書則不得而知。

# 大黃蜂

## Hornets（2010）

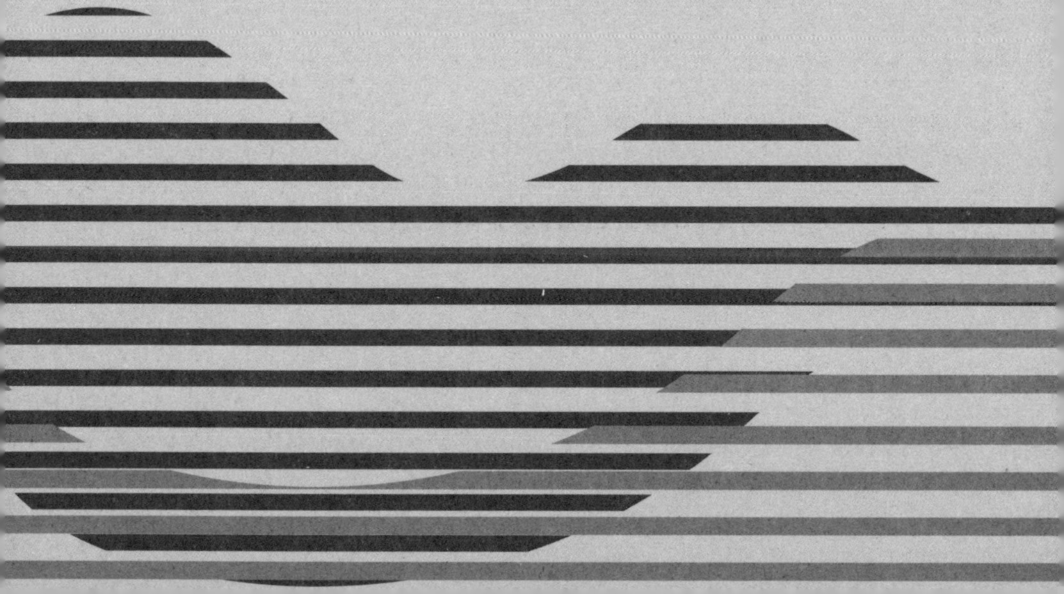

九〇年代初，在我走到身無分文的地步時，我開始借別人的房子住。我第一間代人照顧的房子是一位母校教授的。他和妻子怕他們讀大學的兒子會趁他們不在時開派對，所以極力慫恿我把那間房子當成自己專用的家。這本來就是件難事，因為借住別人家的本質是：衣櫃裡永遠掛著別人的浴袍、冰箱裡永遠塞滿別人的調味料、浴室的排水孔永遠卡著別人的頭髮。而當那個兒子無可避免地在屋裡現身，開始光著腳跑來跑去，邀請他的朋友過來開派對到深夜時，我覺得既噁心又無力又嫉妒。我一定是個再沉默也掩不住滿腹牢騷的惹人厭幽靈，因為有天早上在廚房，我一句話也沒說，那個兒子卻把頭從他那碗冷冷的麥片裡抬起來，殘忍地糾正我：「強納森，這是**我**家。」

幾個夏天後，比沒錢還慘的我，又借住兩個較年長的朋友——肯恩和喬安在賓州梅迪亞的豪華灰泥別墅。我的靈感在一天晚上，肯恩溫柔地責備喬安用正在融化的冰塊「碰傷」馬丁尼時出現。我和他們一起坐在生苔的後陽台，聽他們在微醺中帶點無奈地列舉他們房子的問題。主臥室的泡沫塑料床墊碎裂、凹陷了；漂亮的地毯被勢不可擋、大量滋生的苔蘚分解為塵土。肯恩給自己倒了第二杯馬丁尼後，凝視著屋頂會在大雷雨時漏水的部分，娓娓道出一句總結，出乎意料地讓我隱約感覺，我或許可以過得更開心，或許可以從爸媽遺留給我沉重的財務責任感中解脫。肯恩以隨意的角度拿起他那杯馬丁尼，沒特別反省給誰聽：「我們……一直入不敷出。」

我只需要做一件事就可以繼續住在梅迪亞：替肯恩和喬安遼闊的草坪刈草。在我心目中，刈草一直是最容易誘發絕望的人類活動之一，而效法肯恩入不敷出的範例，第一次刈草時，我拖到草長到我得每五分鐘停下來清空收集袋才去刈。第二次刈草又拖得更久。在我騰出時間來做時，草坪已經被一大群會挖土的大黃蜂殖民。他們的身體大約像三號電池那麼大，在保護地盤的行動上，甚至比我第一個借住家庭的那個兒子更具侵略性。我打電話給人在佛蒙特避暑的肯恩和喬安，肯恩告訴我，我得在天黑後趁居民熟睡時一一造訪那些黃蜂的家，把汽油灌進地洞，放火燒。

我很清楚要小心汽油。在我帶著手電筒和汽油桶冒險前往草坪的那一晚，我把汽油灌進地洞後，小心把蓋子旋緊，並把桶子拿到一段距離外，才回來把點燃的火柴扔進洞裡。某些地洞，我在製造煉獄前會聽到可憐、微弱的嗡嗡聲，但我對大黃蜂的同情敵不過縱火引爆的愉悅，以及把侵入者逐出家園的滿足。最後，我開始不在意汽油桶，不再費心地在兩次火攻之間旋上蓋子，然後，很自然地，一根火柴拒絕著火。當我拿它劃火柴盒，一次又一次笨拙地摸索一根較好的火柴時，汽油的蒸汽正無聲無息地飄下斜坡，飄向我放汽油桶的地方。當我好不容易點燃地洞，跑下斜坡，我發現自己被一條火舌從後追趕，隨即趕上。火舌在蔓延到汽油桶之前斷氣，而我足足抖了一個小時才停止。我差點親手燒燬一個家，而那個家甚至不是我的。不論我的財力有多拮据，看起來量入為出還是比較好，此後我再也沒有幫人家照顧房子。

# 醜陋的地中海

The Ugly Mediterranean（2010）

近年來，賽普勒斯共和國的東南隅已為了外國觀光重度開發。中等高度、專為德國人和俄國人提供度假套裝的大飯店，俯瞰過去，海灘上森然羅列著日光浴床和陽傘，而地中海如果不藍得徹底，就什麼都不是了。你可以在這裡度過非常愉快的一個星期，駕車馳騁現代化道路、暢飲美味的在地啤酒，而完全沒意識到這地區庇護著歐盟國家最密集的殘害鳴禽行動。

四月最後一天，我前往日益繁榮的觀光小鎮普羅塔拉斯拜會德國護鳥組織「反屠鳥委員會」（Committee Against Bird Slaughter，CABS）四名成員，該組織會在地中海國家舉辦季節性志工「營」。因為賽普勒斯設陷阱誘捕鳴禽的旺季是秋天，也就是南行候鳥夏天在北方大快朵頤過、全身滿是脂肪的時候。我擔心我們可能看不到任何捕鳥行動，但我們走入的第一座、位於繁忙街道旁的果園，就布滿黏鳥膠（lime stick）：許多大約九公尺長的筆直枝條塗滿敘利亞李（Syrian plum）製成的黏膠，巧妙地部署在矮樹樹枝間，偽裝成誘人的棲息處。這支由身材纖瘦、滿臉鬍子的年輕義大利人安卓亞・魯蒂利亞諾（Andrea Rutigliano）率領的CABS團隊旋風般進入果園，取下那些細枝、在泥土裡摩擦消除黏性，再折成兩半。每一根枝條上都有羽毛。在一棵檸檬樹上，我們看到一隻公的白領姬鶲（collared flycatcher）頭下腳上地吊著，好像一顆動物形狀的果子，兩腳和黑白相間的翅膀都卡在膠裡。當它猛然拉扯身子，於事無補地把頭轉來轉去，魯蒂利亞諾從各種角度拍攝它，另一名較年長的義大利志工迪諾・曼西（Dino Mensi）則拍靜態照片。「照片很重要。」神情嚴肅的德國人艾力克斯・海德（Alex Heyd）這麼說，他是該組織的秘書長。「因為你要在報紙上贏得戰爭，而不是戰場。」

在炎熱的陽光下，這兩個義大利人合力放那隻鶲自由，輕輕解開每一根羽毛，噴稀釋過的肥皂水來軟化抵抗力強大的膠，一見羽毛脫落就皺起眉頭。然後魯蒂利亞諾小心翼翼地清理牠小腳上的膠。「你得把每一丁點膠都除掉，」他說：「我第一年做這件事的時候，沒把一隻鳥腳上的膠清乾淨，看著牠飛走又黏住，結果我得爬樹解決。」魯蒂利亞諾把那隻鶲放在我手中，我張開手，牠低低地穿過果園飛出去，繼續往北的旅程。

我們被車輛噪音、瓜田、新建住宅區和旅館群圍繞。體格粗壯的英國退伍軍人大衛・康林（David Conlin）把一堆失去效用的枝條扔進雜草中，說：「太驚人了，不管你在哪裡停下來，都可以找到這些。」我觀看魯蒂利亞諾和曼西努力釋放第二隻鳥，林柳鶯（wood warbler），有黃色喉嚨的可愛小鳥。在這麼近的距離看著一隻平常需要拿雙筒望遠鏡小心行事才能取得不錯觀察畫面的物種，感覺不大對勁，令人幻想破滅。我想跟林柳鶯說據傳阿西西的聖方濟（Saint Francis of Assisi）看到一隻被捕的野生動物時所說的話：「你為什麼要讓自己被抓住？」

當我們離開果園時，魯蒂利亞諾示意要海德把他有CABS標誌的T恤反過來穿，讓我們走在路上比較像一般觀光客。在賽普勒斯，進入未設籬笆的私有地是被允許的，而自一九七四年起，設任何形式的陷阱誘捕鳴禽都觸犯刑事罪，但我們在做的事仍讓我感覺蠻橫無理，甚至招來危險。這支身穿黑色和褐色服裝的隊伍看來比較像特戰部隊而非觀光客。一個在地婦女，或許是果園的主人，面無表情地目送我們沿著一條泥巴路往內陸去。之後一個男人開著小貨車經過我們身邊，而這支團隊，唯恐他可能搶先摘下塗膠的枝條，小跑步跟上。

在那個男人的後院，我們發現兩對六公尺長的金屬管，平行架在草坪躺椅上——一座小型塗膠枝條工廠，可為大多數深諳此道的賽普勒斯長者帶來不錯的收入。「他製造那些東西，自己留了一些。」魯蒂利亞諾說。他和其他隊員厚著臉皮繞過那男人的雞舍和兔籠，取下一些空枝條擱在管子上。然後我們擅自走上山坡，來到一座遍地交叉著灌溉用水龍帶、隨處可見受困鳥類的果園。「這果園是場浩劫！」曼西說，他只會說義大利文。

一隻黑頭鶯（blackcap）雌鳥已經扯掉大半尾巴，不僅雙腳和雙翅被黏住，連喙都中膠了，魯蒂利亞諾一幫它融化黏膠，它就立刻彈開，憤怒地叫。當整隻鳥獲釋，他在牠嘴裡注了一點水，把牠放到地上。牠往前栽，可憐地拍動翅膀，使得頭埋進泥巴裡。「牠吊了太久，腿部肌肉過度伸張，」他說：「我們今天晚上會照顧牠，牠明天就可以飛了。」

「沒有翅膀也可以？」我說。

「當然。」他把鳥挖起來，收進後背包的一個外口袋。

黑頭鶯是歐洲最常見的鶯，也是賽普勒斯的傳統美食，賽普勒斯人喚作「ambelopoulia」。黑頭鶯是賽普勒斯捕鳥人的首要目標，但混獲（bycatch）的其他鳥類族繁不及備載：稀有的伯勞、其他的鶯、杜鵑和金黃鸝（golden oriole）等體型較大的鳥類，甚至小貓頭鷹和猛禽。在第二座果園被膠黏住的有五隻白領姬鶲、一隻家麻雀（house sparrow）、一隻斑鶲（spotted flycatcher，之前相當普遍，現今在歐洲北部大半地區變得稀有）以及另外三隻黑頭鶯。團隊成員在把牠們放生後，開始爭論這個地點該記錄多少塗膠的枝條，最後敲定五十九這個數字。

再往內陸去一點，在一座空氣乾燥、雜草叢生、看得到湛藍的海和一家新開麥當勞的金色拱形小果林中，我們發現一組使用中的塗膠枝條和一隻被它黏住倒吊而還活著的鳥。這隻鳥是歐歌鴝（thrush nightingale），我之前只見過一次的灰羽毛種。它陷在膠裡陷得很深，已經弄斷一隻翅膀了。「斷處在兩根骨頭之間，所以沒辦法復原了。」魯蒂利亞諾說，隔著羽毛給那個關節觸診。「很不幸，我們得讓牠死掉。」

這隻歐歌鴝看似是被當天早上捕鳥人取下其他枝條時漏掉的一根給困住。當海德和康林討論隔天要不要在破曉前起床「伏擊」捕鳥人時，魯蒂利亞諾輕輕撫著歐歌鴝的頭。「他好漂亮，」他像個小男孩似地說：「我下不了手。」

「那我們該怎麼辦？」海德說。

「或許給他一個機會在地上跳一跳，自生自滅。」

「我不覺得他有什麼機會。」海德說。

魯蒂利亞諾把鳥放在地上，看著牠急匆匆地亂竄，在一簇小棘叢底下，看起來更像老鼠而不是鳥。「或許再幾個小時，他就能走得更好了。」他不切實際地說。

「你希望我來做決定嗎？」海德說。

魯蒂利亞諾沒有回答，只慢慢往山上走去，消失於視線外。

「牠跑到哪兒去了？」海德問我。

我比了比矮樹叢。海德從兩路包抄，捉住了那隻鳥，輕輕握在手裡，抬頭看著我和康林。「大家都同意？」他用德文說。

我點點頭，他手腕一轉，鳥的頭就斷了。

太陽的勢力已擴及整片天空，用它的白扼殺天的藍。在我們偵察該從哪條路伏擊果林之際，很難估計我們走了多少個鐘頭。每當我們看到賽普勒斯人開車或在原野出現，都得迅速彎下身子從岩石和會刺破褲子的薊上折返，唯恐有人去通風報信，告知這座捕鳥場的主人。在此瀕臨危機的不過是一些鳴禽，山坡上並沒有地雷，但那份熾烈的寂靜卻有戰事一觸即發的氣息。

最晚從十六世紀起，用塗膠的枝條捕鳥就是賽普勒斯的傳統，且廣為流傳。候鳥是鄉間重要的季節性蛋白質來源，而今天老一輩的賽普勒斯人仍記得他們被母親差遣去果園抓些晚餐來吃的事。近數十年來，黑頭鶯廣受富裕、都市化的賽普勒斯人歡迎，被視為一種懷舊的美食——去朋友家可以帶一罐醃鳥肉當伴手禮，遇特殊場合也可以在餐廳點一大盤炸小鳥。到一九九〇年代，該國明令禁止所有誘捕鳥類的行為二十年後，每年仍有多達一千萬隻遭宰殺。為滿足餐廳的需求，傳統的塗膠枝條誘捕法擴增為大規模網捕作業，而試圖改頭換面以爭取加入歐盟的賽普勒斯政府，嚴厲取締網捕者。至二〇〇六年，每年的捕獲量已掉到百萬左右。

但，過去幾年，隨著賽普勒斯舒適地依偎歐盟的懷抱，雖然宣傳食用黑頭鶯違法的標語開始重新在餐廳出現，設置陷阱的地點卻與日俱增。代表賽普勒斯共和國五萬名獵人的遊說團體，今年支持兩項放寬反偷獵法規的國會提案。其中一項為減輕使用塗膠枝條的刑責；另一項則是讓吸引鳥類的電子錄音合法。民意調查顯示，多數賽普勒斯人不贊同誘捕鳥類，但也不認為那是多嚴重的事，而且很多人喜歡吃黑頭鶯。當該國的反獵捕基金會（Game Fund）多次發起突擊供應鳥肉餐廳的行動時，媒體報導卻絲毫不給面子，率先映入眼簾的是從用餐孕婦手中奪走食物的畫面。

「食物在這裡是神聖的。」賽普勒斯鳥盟（Eirdlife Cyprus）運動總幹事馬汀・赫利卡（Martin Hellicar）這麼表示，這個在地組織比CABS更不願挑釁。「我不覺得你可以讓吃這些東西的人被定罪。」

我和赫利卡花了一天時間巡視該國東南隅的網捕地點。任何一座小橄欖園都可以拿來設網，但真正大規模的場地位於金合歡（acacia）的林地——一種如果不是要誘捕小鳥，就沒有理由灌溉的外來種。我們到處都見得到這種林地。兩排金合歡樹之間鋪著廉價的長毯，數百公尺長的「霧」網掛在竿子上，竿身用灌滿混凝土的舊車胎固定，晚上會大聲播放鳥鳴聲來吸引候鳥棲息於蓊鬱的金合歡樹叢。清晨，當第一道晨曦射出，偷獵者便會投擲小石子嚇小鳥，逼牠們自投羅網（路旁的石堆洩露了誘捕行動的痕跡）。因為偷獵者之間有個迷信是：放小鳥自由會毀了場地，所以不適合銷售的品種要不分屍扔在地上，要不任其困在網中慢慢死去。可銷售的鳥最高可賣到一隻五歐元，而運作良好的場地一天可賣出一千多隻。

賽普勒斯最糟糕的偷獵地區是琵拉角（Cape Pyla）的英軍基地。英國人或許是歐洲最愛鳥的民族，但這個把廣大射擊練習場租給賽普勒斯農民的基地，正處於微妙的外交處境；在軍方最近一次全面掃蕩後，有二十二個英屬基地區的標語被憤怒的當地人拆毀。出了基地，執法工作則被後勤和政治所阻。偷獵者會僱用監視員和夜間守衛，也學會在場地搭建小屋，因為反獵捕基金會的官員要有搜索狀才能進入「住處」搜索，而趁此空檔，偷獵者可以拆掉網子、藏好電子裝置。大規模偷獵者現在是當然罪犯，所以官員也怕被暴力攻擊。「最大的問題是，在賽普勒斯，沒有人，甚至包括政治人物，出面宣示吃黑頭鶯是不對的。」反獵捕基金會董事潘泰利斯．哈吉傑魯（Pantelis Hadji-gerou）這麼告訴我。事實上，一次用餐吃掉最多隻黑頭鶯的紀錄保持人，正是賽普勒斯北部一位相當受歡迎的政治人物。

「我們的理想是找到一位知名人物出面宣說『我不吃黑頭鶯，吃黑頭鶯是不對的。』」賽普勒斯鳥盟董事克萊兒．帕帕佐格魯（Clairie Papazoglou）跟我說。「可是這裡有個小小的約定是，如果有什麼壞事發生，那必須留在島上，不能壞了我們在外界眼中的形象。」「在賽普勒斯加入歐盟前，」赫利卡指出：「誘捕者說：『我們稍微忍一下。』現在，連十八、十九歲的青年，對偷獵都懷有某種愛國氣概；那是抗拒歐盟老大哥的象徵。」

在我看來與歐威爾[20]相當的是賽普勒斯的國內政治。土耳其占領該島北部至今已三十六年，自那時起，以希臘人為主的南部大為繁榮，但國內新聞仍一週七天、天天被賽普勒斯問題占據。「其他問題都被掩蓋了，其他事情都不重要，」賽普勒斯社會人類學者楊尼斯．帕帕達基斯（Yiannis Papadakis）告訴我：「他們說：『你怎麼敢為了獵鳥這麼蠢的事送我們上歐洲法庭？我們要送土耳其人上法庭！』對於加入歐盟一事從來沒有任何嚴肅的辯論——那只是我們解決賽普勒斯問題的手段。」

歐盟最強有力的保育武器是它指標性的「鳥類指令」（Birds Directive），這個一九七九年發布的規範要求會員國保護所有歐洲鳥類，並為其保存足夠的棲息地。自二〇〇四年加入歐盟後，賽普勒斯一再因違反該指令而接獲歐盟執行委員會警告，但迄今尚未被開庭審判和罰款；如果會員國的環境法令理論上和鳥類指令一致，執委會不太願意以最高執法位階干預。

20 指作家喬治．歐威爾（George Orwell, 1903-1950），名著包括《動物農莊》（*Animal Farm*）及《一九八四》（*Nineteen Eighty-Four*）等，旨在諷刺受嚴格統治而失去人性的社會。

賽普勒斯名義上實行共產主義的執政黨，其實熱烈歡迎民間開發。即使該國的淡水供給非常有限，觀光部仍正兜售鬮建十四個新高爾夫住宅複合區計畫（島上目前有三個）。任何人，只要持有的土地有路可到，就可以在自己的土地上興建，於是，鄉間被切割得七零八落。我拜訪了東南方最重要的四個照理說該依歐盟規定予以特別保護的自然保護區，結果四區的情況都令我沮喪。例如，位於帕拉利姆尼、我和CABS隊員巡查地點附近的季節性大湖泊，現在成了噪音不絕、灰塵瀰漫的盆地，被徵收供一座非法射擊場和非法摩托車越野障礙場使用，遍地都是獵槍彈殼，四處可見營建的殘瓦破礫、被丟棄的大型器具，以及家庭垃圾。

但鳥兒仍飛到賽普勒斯來；牠們別無選擇。在天空已沒那麼白的時分返回鎮上途中，那支CABS巡邏隊停下來欣賞一隻黑頭鵐（black-headed bunting），匯集金色、黑色、栗色為一身的寶石，在一株灌木上頭唱歌。那一刻，我們緊繃的情緒放鬆了，我們全都只是用母語發出驚嘆的賞鳥人。

「Ah, che bello!」

「Fantastic!」

「Unglaublich schön!」[21]

在我們結束這天行動之前，魯蒂利亞諾想要停最後一站：前一年一位CABS志工遭誘捕者圍毆的果園。當我們坐著團隊租的車離開主幹道，爬上一條泥巴小徑時，一部紅色小貨車沿著小徑下來，駕駛對我們比出割喉的手勢。而在貨車開上公路後，車上兩名乘客探出窗外，賞給我們中指。

冷靜謹慎的德國人海德想立刻掉頭離開，但其他人主張沒有理由認為那些男人會回頭。我們繼續上行到果園，發現有四隻白領姬鶲和一隻林柳鶯倒吊著，而那隻林柳鶯，因為沒辦法飛了，魯蒂利亞諾交給我放進背包。在摧毀所有塗膠枝條後，海德再一次，這次更緊張地提議離開。但兩個義大利人還想探查遠處的另一座果園。「我沒有不好的預感。」魯蒂利亞諾說。

「有句英文俗諺說：『別得寸進尺。[22]』」康林說。

說時遲那時快，那部紅色小貨車迅速回到視線，來到距我們四十五公尺的下坡處，搖搖晃晃地停下。三個男人跳下車，朝我們跑來，一邊跑，一邊撿起棒球大小的石塊用力丟向我們。我原以為幾塊飛石很容易躲，但其實不然，康林和海德都被砸中。魯蒂利亞諾開始錄影，曼西負責拍照，然後是一連串亂七八糟的叫喊：「繼續丟啊，繼續丟啊！」、「報警！」、「要打幾號啊？」顧及背包裡的小鶯，也不想被誤認為ＣＡＢＳ隊員，我跟著海德上坡撤退。來到不算很安全的距離，我們停下腳步，看著兩個男人攻擊曼西，試著

---

21 這三句話分別為義大利文「多美麗啊！」英文「太美了！」和德文「令人難以置信的美」之意。

22 原文為「Don't press your luck」。

把他的背包從肩膀扯下，搶取他手上的相機。那幾個三十來歲、皮膚曬成深褐色的男人不停大叫：「你幹嘛這樣做？為什麼要拍照？」曼西大聲哀號、鼓著肌肉，牢牢抓著相機頂住肚子。男人把他拉起來，再摔一次，然後撲到他身上；接著便是模糊的打架畫面。我沒看到魯蒂利亞諾，後來得知他的臉被打中，整個人摔到地上，腳和肋骨都被踹。他的攝影機被石頭砸爛，曼西也被石頭丟到腦袋。康林強健的軍人體魄在鬥毆中屹立不倒，還抓著兩支手機，試著撥電話報警。後來他跟我說，當時他告訴攻擊者，如果他們膽敢動他一根汗毛，他會拖他們上遍國家每一間法院。

海德仍繼續撤退，這在我看來是個不錯的主意。當我看到他回頭看，臉色慘白，拔腿狂奔時，我也跟著恐慌起來。

逃離危險跟其他任何形式的奔跑都不一樣——你很難看到自己往哪裡去。我跳過一道石頭砌成的圍籬，衝過一片布滿荊棘的原野，發現自己踉蹌跌入一條壕溝，下巴撞到金屬柵欄，於是決定：夠了。我擔心背包裡那隻鶯，看著海德繼續往上跑，穿過一大片花園，跟一個中年男子說話，然後，面露恐懼繼續跑。我走到花園主人面前，試著解釋情況，但他只會說希臘文。他看起來既擔心又懷疑，找來他的女兒，她用英文告訴我，我闖入綠色和平（Greenpeace）分會長的庭院。她給我水和兩盤餅乾，把我的故事轉述給她的父親聽，他氣呼呼地回了一個詞。「野蠻人！」女兒翻譯給我聽。

在烏雲密布下回到租來的車子，曼西微微摸著他的肋骨、輕觸兩條胳臂的割傷和擦傷；他的相機和背包都被搶走了。康林拿被打爛的攝影機給我看。眼鏡遺失、腳跛得厲害的魯蒂利亞諾，用就事論事、執迷不悟的語氣向我坦承：「我本來就希望這種事發生，只是別這麼糟。」

第二支CABS團隊已經趕到，表情冷酷地踱來踱去。在他們的車子裡有一只空酒盒，當一部警察巡邏車停下時，我終於能把那隻林柳鶯移交過去，牠看來悶悶不樂，但未露疲態。要不是我的手機接獲一個賽普勒斯友人傳來的新訊息，確定我們隔天晚上的祕密約會要吃黑頭鶯，我應該會對牠能獲救感到高興些。我努力說服自己可以只當個出色的新聞觀察者，不必親自品嘗，但我完全不知道要怎麼避免。

每年春天，約有五十億隻鳥從非洲蜂擁而來，在歐亞大陸繁殖，而每年都有多達十億隻鳥被人類蓄意宰殺，尤以亡命於地中海候鳥遷移路線上的最多。一如它的海被拖網漁船用聲納和高效率漁網捕撈殆盡，它的天空也被成效卓著的鳥音回播技術一掃而空，不見候鳥蹤跡。從一九七〇年代起，拜鳥類指令和其他各項保育協定之賜，某些最瀕危鳥類的情況已有些許改善。但地中海各地的獵人現在把握住這個微不足道的進步，捲土重來。賽普勒斯最近拿一個鵪鶉和斑鳩的春季進行實驗；馬爾他，於四月兀自展開它自己的春季；而義大利的國會在五月通過了一條延長該國秋季的法律。儘管歐洲人可能自詡環保啟蒙運動的楷模——他們當然會訓斥美國和中國的碳排放問題，彷彿自己是模範生似的——過去十年，歐洲許多留鳥和候鳥的數量皆以驚人的幅度銳減。你不必是野鳥觀察家就會思念杜鵑的啼聲、小辮鴴（lapwing）在田地上兜圈子、黍鵐（corn bunting）在電線桿歌唱。已經有無數鳥類因失去棲息地而受重創，集約農業[23]也遭獵人和誘捕者蹂躪而加速滅絕。舊世界的春天，可能遠比新世界快歸於寂靜。

國土總面積不到哥倫比亞特區兩倍，但有數個人口密集石灰岩地帶的馬爾他共和國，是歐洲對待鳥類最粗暴的地方。全國有一千兩百名註冊獵人（約占總人口百分之三），其中許多獵人認為獵殺不幸在遷移途中經過馬爾他的任何鳥類，是他們與生俱來的權利，不論季節，也不管那種鳥的保育狀態。馬爾他人會射殺蜂虎（bee-eater）、戴勝（hoopoe）、金黃鸝、水薙鳥（shearwater）、鸛（stork）和鷺（heron）。他們會站在國際機場的籬笆外拿燕子練靶，會從都市的屋頂和繁忙街道旁開槍，會在懸崖旁間隔緊密的掩體內掃射成群遷移的猛禽。他們會射殺瀕臨絕種的如小烏鵰（lesser spotted eagle）和草原鷂（pallid harrier），這些是較北的歐洲各國政府砸數百萬歐元保育的鳥類。稀有種會製成標本加入收藏系列；非稀有種會棄置在地上或埋到石頭底下，以免跟射擊者扯上關係。當義大利的鳥類觀察家看到一隻候鳥的翅膀或尾巴缺了一塊，他們會叫它「馬爾他的羽毛」（Maltese plumage）。

一九九〇年代，為提高馬爾他入歐盟的機率，政府開始實施現行禁止射殺非獵物種的法規，馬爾他遂成為遠及英國皇家保護鳥類學會（Royal Society for the Protection for

Birds）等團體之間的「著名訟案」（cause célèbre），該學會甚至派遣志工協助馬國政府執法。結果，套用一句跟我聊過的英國志工的話：「情況從『惡魔般殘暴』變成『只算殘忍』。」馬爾他的獵人主張該國面積那麼小，獵鳥對全歐洲的鳥類數量根本無實質影響，因而極度怨恨他們眼中外國對當地「傳統」的干預。該國獵人成立的聯邦狩獵與保護組織（Federazzjoni Kaċċaturi Nassaba Konservazzjonisti，FKNK）在二〇〇八年四月的時事通訊裡直言：「FKNK相信警務工作只應由馬爾他警方執行，而非由那些妄自尊大、以為馬爾他入歐盟就歸他們管轄的外國極端主義者負責。」

二〇〇六年，當在地鳥類團體馬爾他鳥盟（BirdLife Malta）聘請土耳其籍的前綠色和平運動總幹事托爾加·提穆格（Tolga Temuge）發起積極反違法狩獵運動，獵人們想起馬爾他曾在一五六五年被土耳其人圍攻之事，怒不可抑。FKNK的秘書長里諾·法魯嘉（Rino Farugia）就猛烈抨擊「那個土佬」和他的「馬爾他走狗」，其後，鳥盟的財產和人員陸續遭到威脅和攻擊。一名成員臉部中彈；三部鳥盟志工的汽車起火；一個重新造林地有數千棵幼樹被連根刨起，因為獵人怨恨那會與主島目前唯一歸他們掌控、且可於林內射殺棲息鳥類的森林競爭。誠如一本讀者相當多的獵人雜誌在二〇〇八年八月指出：「要拉

23 相對於粗放農業，指以投入大量人力物力等方式以取得最大產出的耕作方式，作物多為較精緻的農產品如：花卉、水果等。

緊馬爾他家庭強烈的道德約束和價值觀，阻止他們的拉丁血液沸騰漫溢，冀望他們怯懦地退縮、放棄自己的土地和文化，你能期待的程度有限。」

不過，與賽普勒斯相比，馬爾他的輿論強烈反對狩獵。除了金融，觀光也是馬爾他的主要產業，而報章雜誌時常刊登觀光客的憤怒投書，他們可能被獵人恐嚇，或親眼目睹獵鳥的暴行。馬爾他的中產階級對動輒開槍的獵人橫行於該國非常有限的空地、還在公有地設置「請勿擅入」標語相當不滿。不同於賽普勒斯鳥盟，馬爾他鳥盟成功地在一場名為「討回**你的**鄉間」媒體運動中召募到政商名流，包括麗笙酒店（Radisson Hotel）集團的老闆。

但，馬爾他是個兩黨政治的國家，因為全國選舉通常是幾千票決定輸贏，工黨（Labour Party）或國民黨（Nationalist Party）都沒有辦法放棄狩獵選民的選票。因此，狩獵法規的執法持續鬆散：投入人力甚少，很多在地警察對獵人友善，即使是好警察也可能對民眾的控告愛理不理。就算違法者被起訴，馬爾他法院也不願意判罰高於幾百歐元的罰款。

今年，國民黨政府以藐視去年秋天歐洲法院的判決來開啟馬爾他鵪鶉和斑鳩的春季。歐盟鳥類指令准許會員國提出「部分適用」（derogation）申請，也允許因「審慎運用」（judicious use）殺害少量保育類物種，例如控制機場附近的鳥群，或傳統農業社區生計所需的狩獵。馬爾他政府試圖以維持春季狩獵「傳統」為由申請部分適用，鳥類指令通常不許如此，而歐洲法院判決馬爾他的提案未能通過鳥類指令所設置四項檢驗標準的三項：嚴格執行、數量少，對其他歐盟會員國公平。然而，關於第四項標準——是否有「替代方案」——馬爾他提出「袋數」證明秋季的鵪鶉和斑鳩狩獵不是春季的理想替代方案。雖然政府很清楚袋數並不可靠（ＦＫＮＫ秘書長曾公開承認，真正的袋數可能比報告的高十倍），但歐盟執委會卻有信任會員國政府所提資料的政策。馬爾他進一步主張，因為鵪鶉和斑鳩並非全球受威脅的物種（在亞洲仍數量充足），牠們不應受到絕對保護，而執委會的律師也沒指出重點是這兩個物種在歐盟內的現況，即數量嚴重衰退是事實。因此，歐洲法院雖然判馬爾他敗訴並禁止春季狩獵，但確實承認該國通過四項檢驗標準的一項。於是馬爾他政府在國內宣布「勝利」，進而在四月初批准狩獵。

春季第一天，我和綁馬尾、喜歡罵髒話的托爾加．提穆格一同進行了一場清晨巡邏。我們並未預期會見到太多射殺，因為ＦＫＮＫ被政府的條件惹毛：狩獵季只有六個半天，而非傳統的六至八星期；也只發了兩千五百張許可證——已發動杯葛，並揚言「指名並羞辱」申請許可證的獵人。「歐盟執委會一**敗塗地**，」當我們開車穿過馬爾他幽暗而灰塵瀰漫的道路迷宮時，提穆格這麼說：「歐洲狩獵組織和國際鳥盟（BirdLife International）已盡了許多努力達成永續性的狩獵限制，然後馬爾他加入歐盟，成為面積最小的會員國，揚言拆毀這棟由優秀的鳥類指令砌成的大樓。馬爾他漠視鳥類指令開了一個惡例，讓其他會員國，特別是地中海國家，如法炮製。」

天色轉亮，我們在一條簡陋的石灰岩通道停下，兩旁是隔了圍牆、黃澄澄的乾草田，注意聆聽槍響。我聽到狗吠、雞啼、貨車換檔，還有附近某處播放的電子鵪鶉鳴叫聲。另有六支提穆格團隊巡視島上其他地方，成員主要是外國志工，也聘了一些馬爾他的保全人員。太陽升起後，我們開始聽到遠方的槍響，但不多；那天早上，這個國家看來大致沒什麼鳥。我們繼續穿過一個村落，傳出兩聲槍響。「真他媽的不敢相信！」提穆格大叫：「這是住宅區欸！真他媽的不敢相信！」然後回到通往馬爾他鄉間的石牆迷宮。更遠的槍響引領我們來到一塊小農地，有兩個三十多歲、手持無線電的男人站在田裡。他們一看到我們就撿起鋤頭，照料起豐富的豆類及洋蔥作物。「你一進這地區，他們就知道了，」提穆格說：「大家都知道了。那些有無線電的九成是獵人。」一大清早就出來鋤地的確奇怪，而只要我們站在田地邊，就聽不到槍聲。四隻耀眼的雄金黃鸝一閃而過，不幸地選了馬爾他當遷移中途站，所幸我們剛好站在這裡。我在一棵矮樹上看到一隻母的蒼頭燕雀（chaffinch），這是歐洲最常見的鳥類之一，但在馬爾他，因為該國對雀科鳴禽（finch）的非法誘捕相當普遍，幾乎不見蹤影。當我喊出牠的名字時，提穆格非常興奮。「蒼頭燕雀！」他說：「太不可思議了，如果蒼頭燕雀又開始來這裡的話。」那就像北美洲的人看到知更鳥一般驚奇。[24]

馬爾他獵人想要的東西——射殺飛往繁殖地途中的鳥類的合法權利——會讓馬爾他惹上被歐盟處罰的大麻煩，因此位居弱勢。他們在ＦＫＮＫ的領導人幾乎別無選擇，唯有採取堅不讓步的立場，就像今年春天的杯葛，但這會讓ＦＫＮＫ的基層燃起錯誤的希望，而在政府無可避免地讓他們失望時，感到挫敗和背叛。我在ＦＫＮＫ狹窄、雜亂的總部見過其發言人約瑟夫．裴瑞奇．卡拉斯安尼（Joseph Perici Calascione），一個神經質但善於表達的男人。「一個春季有百分之八十的獵人拿不到執照，竟然有人以為這樣可以讓我們滿意，這種想像力也未免太狂野了。」卡拉斯安尼說：「我們已經連續兩年沒有狩獵季，那可是我們傳統的一部分，生活的一部分。我們並非要求像三年前那樣的狩獵季，但還是要給我們合理的季節啊，那可是政府在加入歐盟之前斬釘截鐵承諾我們的。」

我提到非法射殺的事，裴瑞奇．卡拉斯安尼問我要不要來杯蘇格蘭威士忌。我婉拒，他給自己倒了一杯。「我們百分之百反對非法射殺保護類物種，」他說：「我們已經準備好委請狩獵執法官員揪出那些害群之馬，撤銷他們的會員資格。而假如政府給我們合理的狩獵季，這件事早就搞定了。」卡拉斯安尼承認ＦＫＮＫ秘書長煽動性的言論令他很不自在，當他試著表達狩獵對他有多重要時，明顯悲從中來；妙的是，他聽來很像一個受害的環保人士在說話。「大家都很洩氣，」他用顫抖的聲音說：「精神病例已經增加，有好幾個會員自殺——我們的文化受到威脅了。」

只是，馬爾他式的射獵有多「文化」、多「傳統」是有爭議的。儘管春季狩獵和稀有鳥類的捕殺及標本剝製無疑是行之有年的傳統，但無差別的屠殺現象似乎到一九六〇年

24 學名歐亞鴝的知更鳥主要生活在歐亞大陸，在北美洲很少見。

代才興起，也就是馬爾他獨立建國、開始繁榮之後。馬爾他的確堪稱這種理論赤裸裸的反證：社會富裕會促使環境管理工作更趨完善。馬爾他的富裕反而帶來更先進的武器、更多錢支付標本師，以及更多車子和更好的道路，讓獵人更容易到達鄉間。狩獵固然曾是父傳子的傳統，現在卻成了年輕人結夥從事的休閒活動。

在某家飯店持有、可望興建高爾夫球場的土地上，我遇到一位老派獵人，他對他同胞的惡行和ＦＫＮＫ對那些人的容忍深惡痛絕。他告訴我，不守紀律的射獵存在於馬爾他人的「血液」中，期盼國家加入歐盟後獵人就會突然轉變是不合理的。（「如果你生在娼妓人家，」他說：「是成不了修女的。」）但他也痛斥年輕一代獵人，並指出馬爾他將合法狩獵年齡從二十一歲降至十八歲，是讓問題雪上加霜。「而現在他們又在修改春季狩獵的法令，」他說：「守法的人出不去，無差別射獵者反而照做不誤，因為執法不嚴。今年春天我在鄉下三個星期，只看到一輛警車。」

春天向來是馬爾他的主要狩獵季節，那位獵人說，如果春季永遠關閉，他可能只會在秋天打獵，而在他的兩條狗死去後，他會放下槍枝，當個賞鳥人就好。「還有其他事情正在發生。」他這麼說：「因為，斑鳩到哪兒去了？我小時候跟父親外出，抬頭看天空就會看到成千上萬隻。現在是高峰季，我昨天一整天都在外面，只看到十二隻。我已經兩年沒看到夜鷹（nightjar），五年沒看到藍磯鶇（rock thrush）了。去年秋天，我每天早上和下午都跟我的狗一起出門找山鷸（woodcock），我看到三隻，但一槍也沒開。而這就是問題的一部分：人們很洩氣——『我沒看到山鷸，所以就射紅隼（kestrel）吧。』」

一個星期天傍晚，我和托爾加．提穆格從隱蔽的高處用單筒望遠鏡監視兩個正拿著雙筒掃視天空和田野的男人。「他們一定是獵人，」提穆格說：「他們會先把槍藏著，等有東西飛近才會射擊。」但，一個鐘頭過去，始終沒有東西飛近，那些男人撿起耙，開始給園地除草，僅偶爾拿起雙筒望一望，然後又過了一個鐘頭，他們在園子裡工作得更賣力，因為還是沒有鳥。

對有翅膀的移居動物而言，飛越義大利猶如穿過狹長的交叉火網。北部布雷西亞的偷獵者每年都會誘捕百萬隻鳴禽，賣給提供「pulenta e osei」（小鳥玉米粥）的餐廳。薩丁尼亞的樹林布滿鐵絲構成的陷阱，威尼斯的濕地是過冬野鴨的屠宰場，聖方濟的故鄉翁布里亞，註冊獵人在總人口所占的比例高於其他地區。托斯卡尼的獵人會追捕限額的山鷸、斑尾林鴿（wood pigeon）和四種合法可射殺的鳴禽，包括鶇（畫眉）和雲雀（skylark）；但破曉時分，朦朧霧中，很難分辨合法與非法的獵物，何況，有誰在記錄、追蹤呢？南部，在大部分地區被黑手黨組織克莫拉（Camorra）控制的坎佩尼亞，最能吸引遷移性水禽和鳴禽的棲息地被克莫拉大舉湧入，以一天最高一千歐元的價格租給獵人；布雷西亞的鳴禽批發商會開冷藏車下來，向小偷獵戶收集獵物；坎佩尼亞各省全境都如地毯般覆蓋了陷阱，來抓七種歌聲悅耳的歐洲雀科鳴禽，而資金充裕的克莫拉成員，在那裡的非法鳥類市場出手闊綽地購買訓練有素的鳴禽。再往南，在卡拉布里亞和西西里，拜嚴格執法及志工監控之賜，廣為宣傳的春季蜂鷹（honey buzzard）狩獵已經減少，但這兩地，尤以卡拉布里亞為甚，仍四處充斥著偷獵者，如果能逃過懲罰，他們會把所有會飛的東西射下來。

義大利民法有一條難以理解、昔日法西斯黨為鼓勵民眾學會用槍而制定的舊條文，賦予獵人，唯獨獵人，進入私人土地追捕獵物的權利，不論地主是誰。到一九八〇年代，義大利共有兩百多萬名註冊在案的獵人，在人口湧入城市而愈益空蕩的鄉間盡情奔馳。不過，大部分住城市的義大利人不喜歡狩獵，而義大利國會在一九九二年通過歐洲限制最嚴格的狩獵法之一，其中最激進的莫過於宣告所有野生動物悉歸義大利國有，使狩獵變成特許活動。之後二十年，義大利一些最討人喜歡的大型動物群，包括狼在內，數量大幅回升，有照獵人的數量則降至不到八十萬。這兩股趨勢促使利古里亞出身、隸屬西爾維奥．貝魯斯柯尼（Silvio Berlusconi）[25]政黨的參議員法蘭科．歐爾西（Franco Orsi）提出准許自由使用誘餌鳥（decoy bird，捕鳥時用來引誘鳥的鳥）及擴增狩獵時間和空間的法案。最近國會通過第二項「社區法」，本意是要讓義大利遵從鳥類指令、避免被判數億歐元的罰款，結果卻至少包含一項明顯屬於獵人的勝利：將特定鳥類的狩獵季移到二月。

我於地方選舉前夕，在歐爾西所屬政黨的熱那亞黨部和他碰面。那場選舉為貝魯斯柯尼的聯盟增加不少席次。現年四十多歲，英俊瀟灑、眼神溫柔的歐爾西熱愛狩獵，選擇度假地點的條件是當地能射獵何種獵物。他建議修訂一九九二年法令的論據是，該法會導致有害物種爆炸性增加；法國獵人和西班牙獵人可以做的事，義大利獵人也該被准許；私人地主管理狩獵用的土地可以管理得比政府更好；而狩獵是對社會和精神有益的活動。他給我看報上一張野豬橫行熱那亞街道的照片，又描述了機場和葡萄園的椋鳥（starling）構成的威脅。但當我同意管控野豬和椋鳥是好主意時，他又說獵人不喜歡在當局屬意的季節宰殺野豬。「反正，我無法接受打獵只能打野豬、海狸鼠和椋鳥，」他說：「那是軍方該做的事。」

我問歐爾西是否贊同獵取每一種鳥類的最大值，都要能與維繫現有數量配合。

「讓我們把動物想像成每年會產生收益的資產好了，」他說：「如果我把孳息花掉，我還能保有本金，而該物種的未來，狩獵的未來都能獲得保護。」

「但也有一種投資策略是把部分利息再投資，使本金成長。」我說。

「那要視物種而定。每一個物種都有理想的密度，有些物種的密度比理想值高，有些比理想值低。所以狩獵必須控管那個平衡。」

我從前幾次造訪義大利獲得的印象是，鳥類數量幾乎全都低於理想值。因為歐爾西似乎不願透露相關資訊，我只好請教他，他認為獵取無害的鳥對社會有何益處。出乎我

25 貝魯斯柯尼為義大利政治人物及商業大亨，於一九九四年創立義大利力量黨（二〇〇九年併入自由人民黨、二〇一三年重建）正式投入政壇，後數度出任義大利總理，為長期主宰義大利政局的風雲人物。

意料，他引用《動物解放》（*Animal Liberation*）作者彼得・辛格（Peter Singer）的話，大意是，如果每個人都必須親手宰殺他要吃的動物，恐怕人人都會吃素了。「在現今都市社會，我們已經失去人和動物之間的關係，那個關係，基本上是有暴力成分的。」歐爾西這麼說：「我十四歲時，祖父要我殺一隻雞，那是家族傳統，而現在我每一次吃雞，都會想起雞是動物。回到彼得・辛格，我們社會過度消耗動物的情況，與過度消耗資源的實相呼應。廣大的空間被投注於浪費成性的工業化農業，因為我們已經失去農村認同感。我們不該認為狩獵是人類對環境施暴的唯一形式。這樣看來，狩獵是有教育意義的。」

我覺得歐爾西說的不無道理，但在和我談過的義大利環境保育人士眼中，他雄辯的辭令只證明他善於應付新聞工作者。在全國推動狩獵法自由化的背後，「環保主義者」都看向義大利大型武器及軍火業的手，其中一人跟我說：「當有人問你，你的公司是製造什麼的，你會說：『炸死波士尼亞孩童的地雷』，還是『給喜歡在黎明時分在濕地等候鴨子到來的民眾使用的傳統獵槍』？」

我們不可能知道究竟有幾隻鳥在義大利被射殺。例如，歐歌鶇（song thrush）的年度回報捕獲量就從三百萬到七百萬不等，但義大利環保署的資深科學家費南度・史賓納（Fernando Spina）認為這些數字「太過保守」，因為只有最有良心的獵人才會正確填寫獵物卡、地方主管單位缺乏人力監督獵人、省級資料庫大多未電腦建檔，以及義大利最基層的狩獵管理單位常不把資料申請當回事。大家都知道義大利是候鳥遷移的重要路徑。來自歐洲每個國家、非洲三十八國和亞洲六國的鳥，都曾成群結隊地飛越義大利領空。而復返遷移（return migration）在義大利很早就開始，有些鳥甚至從十二月底就回航。歐盟的鳥類指令保護所有復返遷移的候鳥，僅允許不超過秋天自然死亡率的狩獵，因此多數負責的獵人相信，狩獵季應在十二月三十一日結束。但義大利的新社區法卻反其道而行，將季節延長至二月。因為早歸的候鳥通常是物種中最適生存者，新的法令正好讓繁殖成功機會最高的一群成為箭靶。延長狩獵季也掩護了保育類物種的偷獵者，因為違法的槍聲跟合法的聽起來一模一樣。沒有充分的資料，沒有人敢說一地某物種的年度獵捕量是否落在自然死亡率的限制內。「獵捕量限制是個武斷的數字，由地方官員設定，」史賓納說：「與真正的統計數字無關。」

雖然喪失棲息地是歐洲鳥類數量銳減的最主要原因，但義式狩獵（誹謗者稱為caccia selvaggia，即「瘋狂的狩獵」）讓災情雪上加霜。當我請教最早是大型獵物獵人、後創立世界自然基金會義大利分會（WWF Italy）、現在覺得狩獵是股「狂熱」的富爾科・普拉蒂西（Fulco Pratesi），義大利的獵人為什麼那麼熱中殺鳥，他舉出下面幾點：他的同胞愛玩武器、崇尚「男子氣概」、以違反法律為樂，以及，說來奇怪的，喜愛置身大自然。「就像一個喜愛女人、但以暴力、邪佞的方式表現的強姦犯。」普拉蒂西說：「體重二十二克的鳥要用三十二克的彈藥射殺。」他還補充，義大利人對有「象徵性」的動物，例如狼和熊，較容易產生感情，保護這些動物的工作也確實做得比歐洲其他國家好。「但鳥不顯眼，」他說：「我們看不到，聽不見。在歐洲北部，候鳥的來臨看得到也聽得見，讓人感動。在這裡，人們住在城市和大型住宅區，鳥是名副其實地從高空飛過。」

就其歷史的大部分時期，義大利每年春、秋都有不計其數、一批又一批「會飛的蛋白質」造訪，不同於歐洲北部的人們看得出過度捕獵和報酬遞減之間的關聯，地中海的供給似乎無窮無盡。一位來自雷久卡拉布里亞、仍對禁獵春季蜂鷹忿忿不平的偷獵者跟我說：「我們一個春天只在雷久殺兩千五百隻，而過境的總數量約有六萬至十萬隻——根本沒什麼大不了。」他的運動何以被禁，他唯一能理解的原由是為了錢。他非常嚴肅地告訴我，好些想跟政府要錢的組織，都偽裝成反盜獵組織，而他們正需要偷獵者反對那些已促成反盜獵法令的規定。「現在，拿到政府的錢，這些人愈來愈富有了。」他解釋說。

在南方一省，我碰巧認識一個男孩般調皮的前偷獵者，名叫賽吉歐（Sergio）。他步入中年後放棄偷獵，覺得自己終於揮別那段人生時期，現在他會為喜劇效果說他「年少輕狂時的荒唐事」。賽吉歐說，夜間狩獵絕對違法，但如果你的偷獵同伴是教區牧師和當地憲兵隊准將的話，這從來不成問題。准將在勸阻保育巡查員巡邏方面特別有用。一天晚上，當賽吉歐和准將一起外出打獵時，他們用准將吉普車的頭燈照一隻倉鴞，牠立刻呆住不動。准將叫賽吉歐射牠。賽吉歐遲疑了一下，准將便拿出鐵鍬，繞到貓頭鷹身後，狠狠朝牠腦袋瓜敲下去。然後把牠放進吉普車的後車廂。

「為什麼？」我問賽吉歐：「他為什麼要殺那隻貓頭鷹？」

「因為我們在偷獵啊！」

那天晚上結束時，准將打開後車廂，原來只被打昏的貓頭鷹飛起來攻擊他——賽吉歐張開雙臂，做出凶猛而滑稽的表情示範給我看。

對賽吉歐來說，偷獵的目的向來是吃。他用當地方言教我一首韻文，大致翻譯如下：要吃鳥肉，就吃烏鴉；仁慈心腸，去愛老母羊。「烏鴉可能連煮六天六夜還咬不動，」他告訴我：「但燉湯不錯。我也吃獾和狐狸，我什麼都吃。」似乎義大利人唯一不感興趣吃的鳥是海鷗。就連蜂鷹，儘管南方家庭有在家裡最好的房間放置一隻填充標本的傳統（牠在當地的暱稱是adorno，即「裝飾品」），但仍會被當成春季的美食饗宴；這名雷久的偷獵者給了我他用糖和醋煨煮蜂鷹肉塊的食譜。

義大利其他尚未像賽吉歐那樣揮別獵捕生涯，且對獵物數量減少、政府限制增多備感挫折的瘋狂獵人，已經知道要去地中海其他地方尋求快感。在坎佩尼亞海岸，我和一個齒縫很大、老當益壯、不想悔改而自得其樂的偷獵者聊過，現在他不再在海灘設置埋伏、獵殺無限量的來訪候鳥，反倒滿心期待阿爾巴尼亞的假期：在那裡，只要付非常低的費用，不管想射殺什麼，看到幾隻就可以射幾隻，想什麼時候射就什麼時候射。雖然每個國家都有人出國打獵，但義大利人是公認最惡劣的。他們之中最富裕的會去西伯利亞，趁山鷸在春天進行求偶的展示飛行時射擊，或去埃及——有人告訴我，在那裡你可以雇用當地警官，在你射殺朱鷺和全球性受威脅鴨科動物射到手痠為止時幫你取回獵物；網路上就有外國獵人站在堆了一公尺高的鳥類屍體旁的照片。

負責任的義大利獵人討厭瘋狂的獵人；討厭法蘭科．歐爾西。「在義大利，兩種狩獵觀念之間有文化衝突。」雷久卡拉布里亞的年輕獵人瑪西莫．卡納爾（Massimo Canale）告訴我。「一方，歐爾西的那一派，說：『開放就對啦。』另一邊則是對他們生活的地方比較有責任感的民眾。要當個有所為有所不為的獵人，你需要的不只是執照。你必須研習生物學、物理學和彈道學。你要慎選野豬和鹿──你有角色要扮演。」卡納爾小時候和祖父一起無差別狩獵時就發現自己掠奪的天性，而他覺得很幸運能遇到一些人，教他更好的方式。「我不會在意自己哪天沒有獵到東西，」他說：「但獵殺的確是目標，如果我說不是，就是說謊。掠奪本性和我的理性衝突，而我試著馴化天性的方式是選擇性狩獵。在我看來，這是二〇一〇年唯一可行的狩獵方式。歐爾西不是不知道，而是不在乎。」

這兩種狩獵觀念大致符合義大利的兩張臉孔。固然有明目張膽的克莫拉及其盟友的義大利，和遊走邊緣的貝魯斯柯尼親信的義大利，但也有l'Italia che lavora──「工作的義大利」（例如勞工）。對國家綱紀廢弛的憎惡驅使反對偷獵的義大利人展開行動，他們非常依賴像卡納爾這種負責的獵人幫忙出主意。負責的獵人常感覺挫敗，例如，因為所有鵪鶉都被非法鳥音回播吸引，他們根本找不到獵物射擊。在沙勒諾，坎佩尼亞最不混亂的省分，我加入一支世界自然基金會的警備小組，被帶到現已枯竭的人造池塘，他們前陣子曾在那裡追蹤某地區獵人協會會長，逮到他非法使用鳥音回播來吸引鳥類。在池塘附近、覆蓋白色塑膠作物遮布而顯得荒蕪淒涼的田野間，隱約出現一座瓦解中的「生態球」山——包在收縮塑料薄膜中的那布勒斯垃圾包，之前被棄置在坎佩尼亞鄉間各地，儼然成為義大利環境危機的象徵。「這是這兩年我們第二次逮到那傢伙，」小組長說：「他是管理本地狩獵的委員會成員，即使已被起訴，卻仍保有會長資格。還有其他地區的會長也在幹同樣的勾當，但比較難抓。」

「工作的義大利」的一個耀眼的例子是，墨西拿海峽嚴禁偷獵蜂鷹。自一九八五年起的每一年，國家森林警察都會派遣特別小組駕直升機巡邏海峽的卡拉布里亞一側。雖然近來卡拉布里亞的巡邏品質多少有些下降——今年的巡邏隊人數比往年少，停留天數也較少，而鳥禽死亡數估計為四百，是過去幾年的兩倍——但海峽西西里那一側是由名聞遐邇的鬥士安娜·佐丹諾（Anna Giordano）管轄，基本上偷獵者絕跡。一九八一年，才十五歲的佐丹諾就開始監視混凝土打造的獵人掩蔽處，從那些地方，有數以千計的猛禽在低空飛過墨西拿的山脈時遭到射擊。不同於卡拉布里亞人會吃蜂鷹，西西里人射獵純粹是因襲傳統、為相互競爭和得到戰利品。有些人什麼都射，有些人約束自己只射蜂鷹（他們稱蜂鷹為「那種鳥」），除非看到真的很罕見的品種，例如金鵰。佐丹諾會趕快從伏擊點飛奔至最近的公用電話請森林警察過來，然後回到伏擊點。雖然她的車子屢遭蓄意破壞，雖然不時受到威脅和誹謗，但她的身體從來沒有因此受傷，或許是因為她是年輕女性的緣故。（義大利文的「鳥」，uccello，也是「陰莖」的俚語，因此也轉為對她的低級嘲弄，但我在她辦公室牆上看到的一張海報翻轉了這些嘲弄：「你的男子氣概呢？一隻死鳥。」）行動愈來愈成功，特別是行動電話問世後，佐丹諾強迫森林警察取締偷獵者，而她愈益響亮的名聲也帶來媒體關注和眾多志工。最近幾年，她的團隊回報的季節槍響總數都是個位數。

我和她一起在一座山頂觀察飛過的鷹。「早些年，」她說：「在我們計算猛禽數量時，甚至不敢舉起雙筒望遠鏡，因為偷獵者會密切注意我們，一看到我們在觀察什麼東西就開始射擊。當時我們的紀錄顯示很多『不明猛禽』。現在我們可以站在這裡一整個下午，比較未滿一歲雌鷲身上的斑紋，而聽不到一聲槍響。兩年前，最惡劣的偷獵者之一，一個殘暴、愚蠢、粗魯，不管我們去那裡都要大肆批評我們的男人，開車上來找我，問我們可不可以談談。我大概這樣回：『呵呵呵呵，好啊。』他問我記不記得我二十五年前跟他說的話。我說我連昨天說的話都不記得。他說：『你說，總有一天我會愛鳥，而不是殺鳥。我只是來這裡告訴你，你說得對。以前當我們外出時我會對兒子說：「你有帶槍嗎？」現在我會說：「你有帶雙筒望遠鏡嗎？」』然後我把我自己的雙筒望遠鏡拿給他——給一個偷獵者！——讓他看一隻正飛過頭頂的蜂鷹。」

佐丹諾嬌小、黝黑而熱情。她最近才抨擊地方政府未能管理墨西拿附近的住宅開發，另外，彷彿要確保她有太多事情得做似的，她也協助管理一間野生生物救援中心的營運。我已經拜訪過一家義大利動物醫院（設於那不勒斯一間歇業精神病院的土地），看了一隻全身鉛彈孔的猛禽的X光、大籠子裡幾隻正在復原的猛禽，以及一隻左腳因踩進酸性化學物質而發黑、萎縮的海鷗。在佐丹諾位於墨西拿後方山丘上的救援中心裡，我看著她拿一小塊、一小塊生火雞肉餵食一隻眼睛被獵槍彈丸射瞎的小鷹。她一手抓著一雙有爪的腿，把牠抱在肚子前面。牠的尾巴羽毛凌亂不堪，眼神堅定但虛弱，打開牠的嘴、塞肉進去會弄痛佐丹諾，但她還是塞到嗉囊凸起才停手。這隻我剛認為是鷹的鳥，已經完全不像鷹了。我不知道牠是什麼。

如同大部分提供黑頭鶯的賽普勒斯餐廳，我和朋友及他的朋友（後稱「塔吉斯」和「狄米崔歐斯」）去的那家也有一小間可以在裡面謹慎吃小鳥的祕密包廂。我們穿過主廳，那兒有台電視正高聲播放賽普勒斯頗受歡迎的巴西肥皂劇，隨後來到令人目不暇給的賽普勒斯特產前坐下：煙燻豬肉、炸起司、醃酸豆嫩枝、野生蘆筍和蘑菇佐雞蛋、酒漬香腸、蒸丸子。店主也給我們帶來三隻我們並未請他提供的炸歐歌鶇，還在我們桌前徘徊不去，彷彿在確定我有沒有把我那份吃掉。我想到聖方濟：一年一次，在耶誕節當天，他會暫時撇開他對動物的同情，吃肉。我想到一個叫伍迪的孩子，在我十多歲去的那次背包客旅行，他給我吃了一口炸知更鳥。我想到義大利一位著名保育人士親口對我坦承，歐歌鶇「真他媽的好吃」。那位保育人士說得對。肉色深，滋味豐富，而那隻鳥顯然比黑頭鶯來得大，使我多少把它當成一般餐廳料理，也把自己想成一般的消費者。

店主離開後，我問塔吉斯汗和狄米崔歐斯什麼樣的賽普勒斯人喜歡吃黑頭鶯。

「常吃的人，」狄米崔歐斯說：「就是常去卡巴萊（cabaret）的人，那是有鋼管舞和可以帶出場的中東女孩的那種夜總會。換句話說，是道德層次沒那麼高的人。也就是說，大部分的賽普勒斯人。這兒有句俗話說：『你可以放進嘴裡的東西，也可以塞進屁股——』」

「換言之，因為生命短促。」塔吉斯說。

「人們來賽普勒斯以為自己來到歐洲國家，因為我們隸屬歐盟，」狄米崔歐斯說：「事實上，我們是碰巧成為歐洲一部分的中東國家。」

前一天晚上，在帕拉利米尼的警察局，我向一位年輕警探供述。他似乎希望我說，攻擊CABS團隊的人只是試著讓他們停止拍照和攝影。「對這裡的人來說，」警探在我們做完筆錄後解釋：「誘捕鳥類是一項傳統，你們無法一夕改變。試著跟他們談談，解釋這樣為什麼不對，比CABS的侵略性方法來得有幫助。」他說的也許沒錯，但我在地中海各地都聽到同樣懇求耐心的言論，而那在我聽來像是現代消費主義關於自然更廣泛的懇求：等到我們把一切用光，你們這些愛自然的人就可以撿剩下的了。

在我和塔吉斯及狄米崔歐斯等待十二隻黑頭鶯上桌時，我們爭論該怎麼分。「也許我會吃一小口。」我說。

「我根本不喜歡黑頭鶯。」塔吉斯說。

「我也不愛。」狄米崔歐斯說。

「好，」我說：「那我吃兩隻，你們各吃五隻怎麼樣？」

他們搖搖頭。

快到令人錯愕地，店主拿著一個盤子回來了。在房間刺眼的燈光下，黑頭鶯看來像十二塊微微發亮、灰中帶黃的糞便。「你是我服務的第一個美國人，」店主說：「我有很多俄羅斯客人，但從來沒有美國人來。」我放一隻到我的盤子裡，店主告訴我，吃一隻等於吃兩顆威而鋼。

當我們再次獨處，我的視野縮小到十幾二十公分，就像我在九年級生物課解剖青蛙時那樣。我逼自己吃了兩口杏仁大小的胸肉，那是唯一顯而易見的肉；剩下都是沾滿油脂的軟骨和內臟和細小的骨頭。我無法分辨肉中的苦味是真的還是情緒作祟，這樣謀殺一隻黑頭鶯的美。塔吉斯和狄米崔歐斯迅速明快地吃完他們的八隻，從嘴裡取出乾淨的骨頭，驚呼那盤黑頭鶯比他們印象中好多了；稱得上好吃。我破壞了第二隻，然後，覺得有點反胃，拿紙巾把剩下兩隻包起來，放進口袋裡。店主回來，問我喜不喜歡那些鳥。

「嗯！」我說。

「如果你沒有點牠們，」——遺憾的語氣——「我想你會很喜歡今天晚上的羔羊。」

我沒有回答，但現在，彷彿把我當成自己人似的，店主健談起來：「現在的年輕人不喜歡吃了。那要從小開始，你會習慣那個味道。我剛學走路的小孩一次可以吃十隻。」

塔吉斯和狄米崔歐斯交換懷疑的眼神。

「牠們被禁止是很可恥的事，」店主繼續說：「因為那曾讓觀光客趨之若鶩。現在變得簡直跟毒品交易一樣。十二隻就花了我六十歐元。那些該死的外國人過來把網子拆下來破壞，而我們棄械投降。以前，誘捕黑頭鶯可是這裡的人能夠維持不錯生活的少數幾種方式之一。」

到了外面，在餐廳停車場附近，靠近我早先聽到黑頭鶯唱歌的灌木林，我跪下來，用手指在土裡挖了一個洞。世界感覺起來了無意義，而要抗衡這種感覺，我能做的只有把那兩隻死鳥從紙巾拿出來，放進洞裡，撥些土壓在上面。然後塔吉斯帶我到附近一間小酒館，那裡有供應在外面用炭火烤的中等體型小鳥。酒館有點像窮人版的卡巴萊，我們一到吧台點好啤酒，一名來自摩爾多瓦、腿部壯碩、金髮碧眼的女侍，就把高腳凳拖到我們後面來。

在我眼中，地中海的藍已經不美了。它的海水，那令度假者讚不絕口的清澈，就是消毒泳池的清澈而已。它的海灘沒什麼味道，也沒什麼鳥，它的深，已往成空邁進；現在歐洲吃的魚大多是非法來自非洲西方的海洋，但無人表示疑問。我看著那抹藍，沒看到海，只看到一張明信片，紙一樣薄。

但就是這片地中海，特別是義大利，給我們在《變形記》（*Metamorphoses*）哀嘆人類食用動物的詩人奧維德（Ovid），給我們茹素的、希望有朝一日動物的生命會像人一樣獲得尊重的達文西（Leonardo da Vinci），給我們曾請求神聖羅馬皇帝在聖誕節於田野撒穀粒、給鳳頭百靈（crested lark）一場盛宴的聖方濟。對聖方濟來說，鳳頭百靈黃褐色的身體和頭頂聳起的羽毛，就像他的小托缽修士（Friars Minor）、他的小弟兄（Little Brother）的棕色風帽長袍，而牠本身就是他的教團的模範：四處流浪、輕如空氣、什麼都不貯存、只搜集每天所需最低限度的食物，一直唱歌、唱歌。他把牠們當成百靈鳥姊妹來說話。一次，在翁布里亞一條路邊，他對當地一群小鳥講道，據說他們默默聚集在他身邊聆聽，一副心領神會，然後為他沒有早點想到對他們講道而斥責他。還有一次，當他想對人類佈道時，一群燕子大聲鼓譟，於是他可能生氣也可能客氣地對他們說：「燕子姊妹，你們已經表達高見了。現在請安靜，讓我發表看法。」根據傳說，燕子馬上安靜下來。

我和方濟會的化緣修士古格利摩．史琵里托（Guglielmo Spirito）一起拜訪了那個向鳥佈道的地點。他也是熱情的托爾金[26]業餘研究者。「我甚至從小就知道，」古格利摩說：「如果我加入基督教會，我會當方濟會修士。小時候最吸引我的莫過於他和動物的關係。對我來說，聖方濟的訓誡就跟童話的寓意一樣：與自然結為一體，不僅值得嚮往，也確實有此可能。他就是整體性失而復得的例子，整體性真的唾手可得。」在這間位於伏爾甘瓦斯車站對面、繁忙街道旁，紀念向鳥佈道傳說的小聖壇裡，沒有什麼整體性的暗示；我固

26 指約翰．托爾金（John Ronald Reuel Tolkien, 1892-1973），英國作家、詩人、語言學家及大學教授，著作以《魔戒》（*The Lord of the Rings*）三部曲最負盛名。

然聽得到一些烏鴉的啼叫和山雀嘰嘰喳喳，但不絕於耳的仍是往來車輛的呼嘯和農業機械轟轟隆隆。

但，回到阿西西後，古格利摩帶我到另外兩個感覺比較令人沉醉的聖方濟遺址。一個是聖屋（Sacred Hut），聖方濟和他第一批追隨者自願過著貧窮生活、發展兄弟情誼的粗陋石造建物。另一個是天使與殉教者聖母（Santa Maria degli Angeli）的小禮拜堂：據說，在聖方濟躺在堂外慢慢死去的那天晚上，他的百靈鳥姊妹來此盤旋、歌唱。這兩幢建物現在完全被後來興建更雄偉、更華麗的教堂所圍繞；其中一位建築師，某位務實的義大利人，認為在聖屋的中央豎起一根肥大的大理石圓柱相當適合。

在耶穌之後，沒有人比聖方濟更徹底遵照基督教義來過日子；而因為無須背負彌賽亞的重任，聖方濟比耶穌更勝一籌，將他的福音傳播給宇宙萬物。在我看來，如果野鳥要在現代歐洲存活，恐怕得比照這些古老的小聖方濟建物接受庇護的方式——只要保護者是虛榮而勢力強大的教會，它就無法真的被愛。

# 玉米王

## The Corn King（2010）

評唐納德・安特里姆（Donald Antrim）的《百名兄弟》（*The Hundred Brothers*）

《百名兄弟》或許是美國人出版過最奇特的小說。作者唐納德．安特里姆[27]大概比其他任何當代作家更不像其他任何當代作家。但，說來矛盾，《百名兄弟》也是最具代表性的小說。跟這部小說的敘事者道格很像，他既是父親的一百個兒子中最奇特者，也能最深刻地表達其他九十九名兄弟的悲傷、慾望和精神官能症。它說話的方式不像我們任何一個人，卻說著我們每一個人的事。

故事說到一半時，道格娓娓道出促使他說這個故事的根本事實：「我愛我的兄弟，但厭惡他們的內在。」這部小說美就美在安特里姆創造了這麼一位敘事者：他能將和他自己同樣反覆無常的感覺複製進讀者心底；他既可愛得難以抗拒，也讓人沮喪到無法忍受。這部小說的絕妙之處，在於它將這些矛盾的感覺投射在典型的代罪羔羊身上：一再於人類歷史出現的受難楷模，拿撒勒人耶穌是最著名的代表，既是愛，也是殺人式盛怒延燒的對象，為了讓我們這些無足輕重的其他人能夠無視心中矛盾，繼續過日子，一定要依照儀式將他賜死。

時至今日，受難楷模的角色已改由藝術家扮演。非藝術家依賴、也珍視藝術家提供令人愉快的形式，描述身為人的核心經驗，但在此同時，藝術家也遭怨恨，有時甚至成為憤而殺人的對象，因為他們的道德品行令人生疑，也因為他們逼人覺察非藝術家寧可渾然不覺的痛苦事實。藝術家會把你逼瘋，而《百名兄弟》就是那種先用它的力與美引誘你，再用它的瘋把你逼瘋的藝術作品絕佳範例。情節大半滑稽歡鬧，但滑稽歡鬧永遠有危險的邊緣。例如，道格在他和九十八名兄弟共進晚餐、令人聯想到「最後晚餐」的場景中，敘述他們複雜的座位表時提到，他自己的名字不同於其他所有人，是用「亮橘色」寫的，而他「永遠沒辦法理解那背後的邏輯」。橘色的字會讓讀者想起數名兄弟在這本書開頭幾頁生的火，以及照亮本書結尾那場原始儀式的火焰；那個顏色讓道格成為被鎖定的目標，就像被獵捕的動物。他知道自己是兄弟又愛又恨的代罪羔羊，同時又抗拒這個認知，這處境的喜劇效果，被壓縮在他自認無法「理解那個邏輯」的推論中。正確的邏輯究竟是：道格是全家人鍾愛的系譜學者；家族美式足球隊的前明星四分衛；值得信任、可為其他人解開對上帝之惑的傾聽者；不惜犧牲自身需求、照顧身心受創手足的兄弟？抑或是（如同他的敘事逐漸詼諧地揭露的）：道格欺騙成性、不知悔悟地盜取兄弟的藥物和金錢；有酗酒和酒後鬧事的強烈傾向；對他兄弟的鞋子有怪異的戀物癖；以及，身為四分衛，卻曾於一場關鍵賽事在自己的球門區掉球？還是（似乎最有可能），道格是家族的藝術家；既是局外人，又最清楚家族的內情；是擅自決定每年擔綱「玉米王」的角色、表演「死之夜舞和死中之生」的兄弟？

27 安特里姆生於一九五八年，首部小說《為了更好的世界選羅賓遜先生》（*Elect Mr. Robinson for a Better World*）於一九九三年出版。一九九九年，《紐約客》（*The New Yorker*）雜誌將他列名為二十位最傑出四十歲以下作家之一。《百名兄弟》是他第二部小說，於一九九八年出版。

《百名兄弟》說的是我們所有人的故事，因為我們都免不了覺得自己是我們私密世界的特殊中心。這是一本滑稽的小說，也是一本悲傷的小說，因為我們這種天生的唯我傾向，都（既可笑又可悲地）被我們對其他私密世界的愛和親屬關係的束縛給辜負了：我們，不見得是那些世界的中心。

在技術層面，這本書堪稱奇蹟：必須是奇蹟，因為，如果沒有作者對場景、句子和細節的卓越掌控力，這本書會承受不了前提荒謬之重而崩潰。在開場的句子中，安特里姆巧妙運用逗點、分號、破折號和插入語的魔法，順利列舉並詳細介紹九十九名一起過來喝酒吃飯的兄弟，以及他們的男性不良行徑，和逃避為父親的骨灰舉行合宜葬禮的態度。（這句開場白也是本書第一次和最後一次提到某位叫「珍」的女子，是她該為第一百名兄弟的失蹤負責；彷彿，根據這本小說的邏輯，單是提到「重要的另一位」就足以將一名兄弟排除於敘事之外。）故事從頭到尾都發生在這一家人祖傳別墅的偌大藏書室，從那裡的窗戶可以看到無家可歸的民眾在別墅圍牆外的「荒涼山谷」裡搭的篝火，而全部情節都發生在一天晚上，但不時被打斷，插入這個家族兄弟相殘的簡略歷史回顧。（最重要的是，道格被喚起童年玩「追殺持球者」遊戲的回憶，那個遊戲體現了手足之間的愛恨，也預示他們將進行現代版的代罪羔羊儀式。）在這天晚上發生的插曲多半荒謬，多半令道格和讀者洩氣，但每一件都描述得活靈活現、鉅細靡遺。最後，這晚的活動在一段精湛靈巧的編舞達到高潮，自命「玉米王」的道格是首席舞者，他一面環繞著藏書室跳舞，一面把其他所有兄弟拉進來。

這部小說也是一部排除和納入的傑作。被排除在外的有女性（特別是這群兄弟的母親或母親們）、孩子、特定的地點或年代，以及怎麼會有那麼多兄弟、他們怎麼塞進一間屋子、他們在那間屋子外面過著何種生活的實際紀錄。然而，在這些不符現實的限制範圍裡，我們可以發現一份出奇完整的目錄：男人之間會做哪些事，會有哪些感覺。美式足球、拳鬥、爭奪食物、下棋、霸凌、賭博、狩獵、喝酒、色情、胡鬧、慈善、電動工具（安格斯隨口說：「道格，我得拿回我的帶式砂磨機。」）、摸索性傾向、對失禁和陰莖尺寸和中年體重增加的焦慮——應有盡有。這本書雖簡潔，卻也包含一套巧妙濃縮的人類知識與經驗系統，從史前時代一路貫穿到非常近的現代，到文明似乎在崩潰邊緣搖搖晃晃的今天。正如一間漏水、無人管理的藏書室廣泛收藏了每一種主題、每一個時代的書籍和期刊，人類的所有原型（即道格所謂的「自我的原始面向」）也聚集在敘事者既英勇又失敗的單一意識中。

當兄弟們全在餐桌就定位，其中一人提出修繕藏書室的要求：「你們有些人可能知道，在心理哲學上方那原本慢慢滴的水，最近已成澇災，摧毀了百分之七十到八十的認知理論。」但在某種麻痺的夢魘中，這群兄弟只能注意到藏書室年久失修，卻沒有認真處置。枝形吊燈的光閃爍不定、雨水灌進來、蝙蝠到處飛、家具損壞、食物殘渣被壓進曾經相當貴重的地毯。整本小說都籠罩著這樣的見解，或恐懼，或預感：後現代不會引領我們向前，而是回到原始狀態：我們辛苦得來的龐大知識最終將證明毫無用處，將得而復失。早在這本書最前面，描寫幾個已婚兄弟擠成一團翻閱十八世紀色情書刊的情節，道格就暗示了這樣的失落。「那清楚記錄了啟蒙時代不注重衛生的情況，」他批評：「在這些藏書票上，濕濕黏黏的貴族戴著帽子做狗爬後進式性愛的蝕刻畫中，潛伏著某種梅毒的墮落。」在小說後半部，衰敗的結局開始敲鑼擊鼓，昭然若揭，最後，道格自己心醉神迷地在架上的自由主義神學家、古物研究家和書誌學家的著作間，用他的尿「澆淋了一些他們口中的文學巨著」。那出神的時刻一過，道格陷入絕望，從此，藏書室的崩壞和他自身發生的事愈來愈難分辨。一個男人成了全世界，世界成了一個男人；唯我論大功告成；敘事者徹底發瘋。

《百名兄弟》的瘋狂來自它願意接受，甚至頌揚個體的生命終將加速趨向衰敗和死亡的黑暗事實。這本小說是一場酒神[28]的夢境，在夢裡，沒有任何事物，甚至包括神志，可以逃過這種侵蝕性的混亂；但小說的形式卻是勇敢的阿波羅式。經由儀式、原型和卓越的藝術手法，讓孤獨的唯我論成為普遍和人道的東西。尼克．卡洛威描述他朋友傑．蓋茲比[29]的話，也可以拿來形容道格這隻代罪羔羊：結果證明他是對的。而我們其他人，他的兄弟姊妹，從悲慘的夢中醒來，煥然一新，也如同道格語帶相等份量的反諷和希望所說，更有「繁榮興旺」的能耐。

28 酒神戴奧尼索斯（Dionysus）是古希臘神話的精神之一，常代表非理性與感官，象徵秩序世界的顛覆與瓦解。

29 費茲傑羅（Francis Scott Key Fitzgerald, 1896-1940）名著《大亨小傳》（*The Great Gatsby*）是以第三人卡洛威的眼光敘述主人翁蓋茲比的一生。

# 論自傳性小說

On Autobiographical Fiction（2009）

演講

我將從處理小說家最常在這種場合被問的四個不愉快的問題開始。這些問題顯然是我們享受公開亮相的快樂時必須付出的代價。這些問題令人發狂，不僅因為我們太常被問，也因為除了其中一題，其他都很難回答，因此非常值得一問。

第一個被反覆提起的問題是：**哪些人對你的影響最大？**

有時候發問者只是想請你推薦幾本書，但通常這個問題看似問得相當認真。而會讓我怒從中來的一點是，這問題感覺老是以現在式呈現：（現在）哪些人對你的影響最大？事實是，在我人生的這個時間點，影響我最鉅的是我過去的寫作。假如我還在某個人，比如E．M．福斯特（Edward Morgan Forster）[30]的陰影裡費力前進，我當然會竭力假裝我沒有。哈羅德．布魯姆先生（Harold Bloom）創造了一套巧妙的文學影響力理論，助他建立區別「弱」作者和「強」作者的事業，要依他的說法，我根本搞不清楚我仍被E．M．福斯特陰影籠罩的程度。唯有哈羅德．布魯姆一清二楚。

直接的影響只對非常年輕的作家有意義，他們在思考如何寫作的過程中，首先會試圖模仿自身最喜歡作家的風格、態度和方法。我個人在二十一歲時深受C．S．路易斯、以撒．艾西莫夫（Isaac Asimov）、路易斯．菲茲修（Louise Fitzhugh）、赫伯特．馬庫色（Herbert Marcuse）、P．G．伍德豪斯（Pelham Grenville Wodehouse）和卡爾．克勞斯（Karl Kraus）、我當時的未婚妻，以及馬克斯．霍克海默（Max Horkheimer）和狄奧多．阿多諾（Theodor Adorno）合著的《啟蒙辯證法》（*The Dialectic of Enlightenment*）影響。

二十多歲時，我有一陣子非常努力地模仿唐．德里羅的文句韻律和滑稽對話；我也為羅伯特．庫佛（Robert Coover）和品瓊生動活潑、無所不知的文章深深著迷。而我頭兩本小說的情節相當程度取材自兩部電影：《美國朋友》（*The American Friend*，文．溫德斯〔Wim Wenders〕執導）和《終極手段》（*Cutter's Way*，伊凡．帕瑟〔Ivan Passer〕）。但對我來說，這種種「影響」似乎不比「我十五歲時最喜歡的音樂團體是憂鬱藍調合唱團（Moody Blues）」有意義。一名作家一定是從哪裡開始，但那個哪裡究竟是哪裡，幾乎是隨機的。

稍微有意義一點的說法是，我受到法蘭茲．卡夫卡的影響。我這句話的意思是，卡夫卡的小說《審判》（*The Trial*）（這門課碰巧是我遇過最好的文學教授開的）開了我的眼界，讓我見到文學可以成就怎樣的偉大，進而想試著創作。卡夫卡對約瑟夫．K（Josef K）極盡曖昧的詮釋——他既是富同情心而遭不公平迫害的普通人，也是自憐又否認罪行的犯人——是個入口，引領我進入透過小說探究自我的可能中，那是一種與自己人生的艱難矛盾交戰的方式。卡夫卡教我們怎麼在對自己無情時愛自己，怎麼在面對自己最可怕的事實時保持人性。愛你的性格是不夠的，嚴厲對待你的性格也不夠——你永遠都該試著同

30 E．M．福斯特（1879-1970）為英國小說家、散文家，著有《窗外有藍天》（*A Room with a View*）、《墨利斯的情人》（*Maurice*）等，作品主要反映二十世紀的人文主義，善於描寫人與人之間的微妙關係，文字優美洗鍊、幽默而微帶諷刺。

時做到這兩者。能認清人類真實面貌（人物既是同情的主體又是可疑客體）的故事，就是能跨越文化和世代的故事。這就是我們為什麼還在讀卡夫卡。

但，這個關於影響力的提問，最大的問題在於它似乎先入為主地認定，年輕作家就是一團柔軟的黏土，上面有某些已故或還在世的偉大作家留下、不能磨滅的印記。而會讓試圖誠實回答這問題的作家發瘋的是，凡是一名作家**讀過**的東西，幾乎都會留下某種印記。要列出每一位讓我學到東西的作家，得花我好幾個小時，卻仍無法解釋為什麼有些書對我的意義遠比其他書來得大：為什麼，甚至到現在，我在工作時仍會想到《卡拉馬助夫兄弟們》和《愛孩子的男人》，但從來沒想到《尤利西斯》和《到燈塔去》。我怎麼會**沒有**從喬伊斯或吳爾芙身上學到東西，就算他們無疑是「強」作家？

一般對於「影響」的了解，無論是哈羅德·布魯姆或較傳統的了解，都太線性、太單向。藝術史，透過對代代相傳重要人事物漸進式的敘述，是組織資訊的實用教學工具，但那與身為小說作家的真實經驗幾乎毫無關係。在我寫作時，我不覺得自己像是被前輩工匠影響的工匠（前輩工匠則被更前輩的工匠影響），反倒覺得像是大型虛擬社群的一份子，與社群其他成員，大部分已不在人世的成員有動態關係。一如在其他任何社群，我有朋友，也有敵人。我在找尋自己的路，前往小說世界裡讓我覺得最自在的那些角落，在我的朋友間最穩固也最撩人的角落。一旦我讀了夠多的書，可以確定這些朋友的身分——年輕作家就是在這裡進行主動**選汰**程序，**選擇**要被誰「影響」的程序——我便努力提升我們共同的興趣，透過我寫的東西和寫作的方式為朋友而戰，抵抗敵人。我希望更多讀者欣賞十九世紀俄國人的光輝；我不在乎讀者喜不喜歡喬伊斯；而我的作品也表現出我積極抵抗我不喜歡的價值：多愁善感、軟弱無力的敘事、過於抒情的散文、唯我論、任性放縱、厭惡女性和其他狹隘觀念、沒結果的博弈、公然說教、道德簡化、不必要的艱澀、盲目迷戀資訊等等。事實上，多數可稱作實質「影響」的東西是負面的，我並不想成為「這種作家」或「那種作家」。

當然，情況絕非停滯不動。讀小說和寫小說是一種積極社會參與的形式，對話和競爭的形式。是「置身」（being）和「成為」（becoming）的方式。不知怎地，在恰當的時機，每當我覺得分外失落或孤寂時，總會有新朋友可以交、老朋友可以疏遠，有舊敵人可原諒、新敵人可被鑑定。事實上——這點我稍後還會再說——我在寫一本新小說時，是不可能不發現新朋友和新敵人的。動筆寫《修正》時，我和大江健三郎、寶拉・福克斯（Paula Fox）、哈爾多爾・拉克斯內斯（Halldór Laxness）和珍・斯邁利（Jane Smiley）交好。寫《自由》時，我和司湯達（Stendhal）、托爾斯泰和艾莉絲・孟若（Alice Munro）成為盟友。有一陣子，菲利普・羅斯（Philip Roth）與我結仇，但最近，出乎意料地，他也變成我的朋友了。我還在跟《美國牧歌》（*American Pastoral*）過不去，但當我終於抽出時間讀《薩巴斯劇院》（*Sabbath's Theater*）時，它的無畏和殘暴成了一種靈感。我好久好久沒那麼感謝作家了，但讀到《薩巴斯劇院》的兩個場景時，我滿懷感激：一是米奇・薩巴斯最好的朋友逮到他在浴缸裡拿著那名朋友的青春期女兒的一張照片，和一條內褲；二是薩巴斯在他軍用外套的口袋找到一只紙咖啡杯，決定自貶身分在地下鐵乞討金錢。羅斯可能不想交我這個朋友，但在那些時刻，我很高興地自稱他是我朋友。很高興地將《薩巴斯劇院》推舉為對某些年輕美國作家和沒那麼年輕的評論家的一種矯正和指謫：多愁善感的他們似乎對卡夫卡視若無睹，相信文學該探討良善的那一面。

第二個反覆被提及的問題是：**你每天在什麼時間工作，寫些什麼？**

在發問者心目中，這八成是最安全、最有禮貌的問題吧。我懷疑這是人們在想不出其他問題時問的問題。但對我來說，這是最涉及隱私、最具侵略性而令人不安的問題。它迫使我在腦海勾勒自己每天早上八點在電腦前坐下來的畫面：從客觀角度來看一個每當早上在他的電腦前坐下來時，只想維持純粹、無形的主觀的人。我工作時，不希望房裡有其他任何人在，包括我自己。

第三個問題：**我讀到一篇某作者的專訪，他說，小說寫到某個節骨眼，角色會「出面接管」，告訴他該怎麼做。你也遇過這種情況嗎？**

這個問題鐵定讓我血壓升高。沒有人答得比納博科夫（Vladimir Nabokov）在接受《巴黎評論》（*Paris Review*）專訪時答得更好；他認為小說家創造的角色會「出面接管」的迷思，源頭在E．M．福斯特，而後聲稱，不同於福斯特會讓他的角色一路航行到印度去，他會把他的人物「當成划槳的奴隸」來用。這個問題顯然也使納博科夫血壓升高了。

當作家做出像福斯特那樣的聲明時，最好的情況是他被誤導了。不幸的是，我常嗅到一股自我膨脹的氣味，彷彿作家正試著讓他的作品跳脫類型小說的機械化情節設計，想要我們相信，不同於那些可以事先告訴你他們的書將如何收尾的寫手，**他的**想像力是那麼強大，**他的**人物是那麼真實、生動，以至於他無力掌控。這裡的最佳情況同樣是，那不是事實，因為這概念的前提是作者缺乏意志，放棄了目的。小說家的首要責任是創造意義，所以如果你不知怎地把這個工作交給你的角色，那就是在逃避。

但讓我們寬容一點，假設自稱是角色僕役的作者不是在自我膨脹，那他可能是什麼意思呢？他的意思可能是，一旦一個角色被賦予足夠的血肉、開始形成前後一致的整體，某種必然性便隨之啟動。說得明確些，他的意思是他一開始為某個角色設想的故事，卻往往無法照他為該角色創造的特徵發展。比方說，我可能抽象地想像一個我打算讓他殺害女友的角色，動筆後才發現，我在紙上實際刻劃的角色心懷太多憐憫或自覺，不可能成為殺人凶手。這裡的關鍵詞是「紙上刻劃」。太陽底下每一件事都可以憑空展開抽象的想像和規劃，但作家永遠受限於他真正能創作的東西：使之合理、使之可讀、使之獲得共鳴、使之饒富趣味、使之有說服力；以及最重要的，使之特殊及具原創性。芙蘭納莉・歐康納（Flannery O'Connor）有句名言，只要是能僥倖成功的事，小說作者就會去做——「然而沒有人天天過年。」一旦開始寫書，不僅你無法事先計畫，那個結合了一切人類典型和行為的大宇宙，還會劇烈萎縮成小宇宙，只剩下你心裡可以容納的人類可能性。如果你聽不到角色的聲音，他或她就等於在書頁中死去。從非常狹義的觀點來看，我想這相當於「接管」和「告訴你」角色會做什麼、不會做什麼。但角色不能做什麼的原因是**你**不能。於是作家的工作變成，想出角色**能**做什麼——試著盡可能延展敘事，一面確定沒有忽略讓自己內心激昂的元素，一面繼續讓敘事朝有意義的方向前進。

這給我帶來第四個一再被問的問題：**你的小說是自傳性的嗎？**

對於這個問題，我懷疑有哪個小說家會誠實地回答不是，但當我捫心自問，我受到強烈的誘惑，想給否定的答案。在四個被反覆提出的問題中，這一直是感覺起來最不友善的一個。或許是我主觀地投射了敵意，但我就是覺得自己的想像力遭到質疑。就像這樣：「這是真正虛構的作品，還是只是你真實人生稍加偽裝的紀錄？而既然你的人生只可能遇到這麼多事，你一定很快就會耗盡所有自傳體素材（如果還沒用完的話！），所以你可能寫不出更多好書了，對吧？事實上，如果你的書只是稍加偽裝的自傳，那恐怕不如我們想像中有趣？畢竟，你的人生憑什麼比其他人的來得有趣？不會比歐巴馬的生平更引人入勝吧？另外，如果你的作品是自傳，你幹嘛不誠實一點，寫本非虛構的紀實？為什麼要用謊言裝扮？你壞透了，竟然對我們撒謊好讓你的人生顯得更有趣、更戲劇性？」我在這個問題裡聽到上述所有問題，不久，**自傳性**一詞便讓我引以為恥。

我自己對自傳性小說的嚴謹理解是，自傳性小說的主人翁和作者十分相像，且經歷許多作者在現實生活經歷過的場景。就此而言，在我心目中，《戰地春夢》（*A Farewell to*

*Arms*）、《西線無戰事》（*All Quiet on the Western Front*）、《維萊特》（*Villette*）、《阿奇正傳》（*The Adventures of Augie March*）[31]和《愛孩子的男人》——以上都是傑作——本質上都是自傳性的。但有趣的是，多數小說不是，我自己的小說不是。三十年來，我不認為自己發表的情節中，有超過二、三十頁是直接援用我參與過的現實生活事件。其實我原本打算寫更多頁的，但那些情節似乎都不適合擺在小說裡。它們不是令我困窘、看來不夠有趣，就是，最常見的，似乎跟我要說的故事不太相干。《修正》裡有一段是丹妮絲・藍博特——跟我相像之處僅止於是老么——試著教她精神錯亂的父親怎麼做些簡單的伸展運動，還得處理他父親的尿床。那一段是我的真實經歷，我也直接從我的人生援引諸多細節。齊普・藍博特在醫院陪父親的一些經歷，也發生在我身上。而我確實寫了一本簡短的回憶錄：《不舒適區》（*The Discomfort Zone*），裡面幾乎全是我親身經歷過的事。但那是非小說，所以對於那個被反覆提及的自傳性問題，我應該能響亮、無愧地回答：「**不是**。」或者至少像吾友伊莉莎白・羅賓森（Elisabeth Robinson）那樣回答：「是的，百分之十七。麻煩下一個問題？」

問題在於，換個角度看，我的小說就極度自傳性了；尤有甚者，我覺得讓小說更具自

31《戰地春夢》，海明威（Ernest Hemingway）著；《西線無戰事》，雷馬克（Erich Maria Remarque）著；《維萊特》，勃朗特（Charlotte Brontë）著；《阿奇正傳》，貝婁（Saul Bellow）著。

傳性是我身為作家的職責。我對小說的認知是，它應該是一段個人的掙扎，要和作者真實人生的故事直接、緊密地嚙合。我這個認知也是得自卡夫卡。雖然他從來沒有變形成昆蟲，雖然從來沒有讓食物（他家人桌上的蘋果！）卡在他的肉裡腐爛，他仍將作家生涯全部投注於描述他自己和家人、女人、道德法則、他的猶太血統、他的潛意識、他的罪惡感，以及和現代世界的掙扎。卡夫卡的作品，從他腦中夜晚夢境生出的作品，比如實重述他白天在辦公室或和家人或娼妓共處可能產生的經驗，**更**具自傳性。畢竟，如果不是某種意味深長的夢，怎麼稱得上小說？作家努力營造栩栩如生、饒富意義的夢境，讓讀者可以鮮活地想像夢境、體驗意義。因此，像卡夫卡那種似乎直接從夢境著手的作品，是特別純粹的自傳形式。這裡有個我想要強調的重要悖論：小說作家作品中，自傳成分的比例愈高，它表面上就**愈不像**作家的真實人生。作家愈是深入挖掘意義，他的人生就會有愈多不規則的細目成為深入思考夢境的**阻礙**。

這就是為什麼，要寫出好的小說從不容易。作家覺得小說看似容易的點——我會讓每個人提供自己的例子——通常就是我們不必再理解作家的點。至少在美國，有一句老生常談是：每個人的靈魂裡都有一部小說。換句話說，一部自傳性小說。對寫出不只一本小說的人來說，這句老生常談可以修改成：每個人的靈魂裡都有一部容易寫的小說，一個現成而有意義的故事。我這裡說的當然不是娛樂派作家，不是伍德豪斯或埃莫里歐（Elmore Leonard）——讀他們作品的樂趣不因每本書大同小異而縮減；事實上，我們會讀，正是尋求他們熟悉世界裡的可靠慰藉。我討論的是比較複雜的作品，而我有個偏見是，文學不能只是表演：除非對作家來說，這本書某種程度是場探索未知的冒險；除非作家給自己設定了不容易解決的個人問題；除非完成的作品代表克服某種強大的抗拒——除非作家暴露於風險中——否則不值得讀。或者，依我看，不值得作家動筆。

在我看來，這情況在讀者除了拿起一本小說，還有其他太多有趣而花費不多的事可做的年代更加真確。如今，身為作家，你有責任為你的讀者設定你有望應付的最艱難挑戰。每一本書你都得盡可能挖到最深，伸到最遠。如果你這麼做，而且順利創造出一本相當不錯的書，那表示下一次當你試著寫書時，你得挖得更深、伸得更遠，不然，同樣地，那不值得你寫。也就是說，你必須變成不一樣的人才能寫下一本書。原本的你已經寫了你能寫的最好的書。不改變自己，無法向前。換句話說，不努力改寫你自己的故事，無法向前。你自己的故事，就是你的自傳。

接下來我想集中火力探討這個概念：如何變成能寫出你要寫的書的那個人。我發現，如果討論我自己的作品，敘說我從失敗到成功的故事，便會冒上沾沾自喜或過度自戀的風險。作家以他最好的作品為傲、花很多時間檢視自己的人生，並不是太奇怪或該被譴責的事，但他非得**談論**不可嗎？長久以來，我都回答「不是」，而現在我回答「是」，很可能代表我的人格有問題。但我還是要談談《修正》，並描述我變成它的作者所遇到的一些掙扎。首先，我的掙扎主要在於：克服羞恥、罪惡和憂鬱——我想，對於全心投入、與重重小說問題正面迎戰的作家來說，永遠都是如此。而且，當我忙著克服那些困擾時，又會有一些新的羞恥冒出來。

我在九〇年代初必須做的第一件事是結束婚姻。違背誓言和忠誠的情感連結，對任何人都不是件容易的事，而讓我的情況格外複雜的是，和我結婚的也是作家。雖然當年我隱約覺得我們太年輕、太缺乏經驗，還不能締結一夫一妻的終身誓約，但我的文學企圖心和浪漫理想主義戰勝一切。我們在一九八二年秋天結婚，當時我才剛滿二十三歲，我們攜手努力，想要以團隊之姿創造文學佳作。我們的計畫是一輩子並肩作戰，似乎沒必要擬定撤退計畫，因為我的妻子是個有天分又深諳世情的紐約人，看起來一定會功成名就，或許遠比我早得多，而我知道我絕對有辦法照顧自己。所以我們繼續寫小說，但當我的妻子沒辦法把她的小說賣出去時，我們倆既驚訝又失望。當我的小說在一九八七年秋天賣得不錯時，我感到興奮，同時有非常、非常重的罪惡感。

我們別無他途，唯有開始奔跑，跑遍兩大洲各城鎮。不知怎麼地，我在奔跑的同時，竟撰寫和出版了第二本小說。在妻子為她的第二本小說奮戰時，我卻有了一些成績，我把這件事歸咎於世界的不公不義。畢竟，我們是團隊——我們要聯手對抗世界——而我身為丈夫的職責，是相信妻子。於是，我沒有以自己的成就為樂，反倒對世界憤怒和不滿。我的第二本小說《強震》（*Strong Motion*），試圖傳達我們兩人活在那個充滿仇恨的世界的感覺。現在回首，雖然我仍以那本小說為傲，卻也看出它的結局是怎麼被我對婚姻的癡心妄想所扭曲。而讓我更加內疚的是，我的妻子不是這樣看。她曾宣稱我從她的靈魂偷取了寫那本書的靈感，這令我記憶猶新。她也相當公道地問我，為什麼我的女主角老是被殺或嚴重槍傷。

一九九三年是我人生最糟的一年。父親垂危，我和妻子花光積蓄，兩個都愈來愈憂鬱。因為希望快速致富，我寫了一部劇本，主人翁是跟我們倆很像的年輕夫婦，他們一起當鴛鴦大盜，差點跟其他人出軌，所幸最終仍幸福地破鏡重圓；永恆的愛情獲勝。那個時候，連我也看出自己的作品被我對婚姻的忠誠扭曲了。但那並未阻止我籌畫新小說：《修正》，一個跟我一樣的中西部年輕人，因妻子犯下殺人罪入獄二十年的故事。

幸好，在妻子和我以自殺或殺人收場之前，現實介入了。現實化為好幾種形式。一是我們不容否認，已經無法住在一起。二是我終於在婚姻之外交到幾個文學上的摯友。第三種，也是最重要的現實形式是，我們急需用錢。既然好萊塢似乎對明顯涉及個人議題的劇本（以及不幸與《我愛上流》〔*Fun with Dick and Jane*〕神似的劇本）不感興趣，我被迫從事新聞寫作。不久，《紐約時報》指派我針對美國小說的危險狀態寫一篇雜誌文章。在為那篇文章做研究時，我有緣結識早期的幾個偶像，包括唐·德里羅，而我也察覺自己不僅屬於我和妻子的二人團隊，也屬於一個規模大得多而同樣重要的讀者和作家的社群。我有個非常關鍵的發現：我對他們也有責任，也該忠誠。

一旦我對婚姻的封印被如此這般地破壞，事情便迅速崩解。一九九四年底，我們在紐約都有了自己的公寓，終於過起或許二十多歲就該過的單身生活。這本該是輕鬆、自由的，但我仍覺得噩夢般內疚。對我來說，忠誠，尤其是對家庭的忠誠，是一種根本價值。對死的忠誠一直為我的人生賦予意義。我懷疑，較不受忠誠拖累的人，當小說作家會比較輕鬆，但所有嚴肅小說作家在人生某個時節，某種程度都會為好藝術和好人格的矛盾需求陷入掙扎。只要我還已婚，我就會試圖用實作技巧維持「反自傳性」——我的頭兩本小說沒有任何情節取自我的真實人生——並讓情節充斥著智識和社會關心的事項，來避免這種衝突。

當我在九〇年代回頭寫《修正》時，我仍在處理一個複雜到不合理的情節，那是之前我力求在忠誠裡安全工作時發展出來的。我有很多想寫「大社會小說」的理由，但或許最重要的是我想當一個才智非凡、善於處世的專家，藉此避開私生活的紛紛擾擾。我又試了一兩年，繼續寫那本大社會小說，但最後，從字裡行間愈來愈不容否認的虛假，我深知自己必須變成另一種作家，才能創作出另一本小說。換句話說，得變成另一種人。

第一個非走不可的是小說的主角，一個三十多歲、名叫安迪·亞伯蘭（Andy Aberant）的男子。他從一開始便是那個故事的「固定裝置」，我想像他因妻子犯下的殺人罪入獄，此後歷經多次「變形」，最後當上美國政府律師，調查內線交易的案子。我先用第三人稱寫，然後，下了很大工夫但完全徒勞地，改用第一人稱。一路走來，我多次離開安迪度愉快的長假，為的是撰寫其他兩個角色：伊妮德（Enid）和艾爾佛瑞．藍博特（Alfred Lambert）——他們憑空出現，而且像我爸媽。相較於我寫安迪．亞伯蘭時的折磨，有關他們的章節是迅速而不費吹灰之力地從我腦海湧出。但安迪既不是藍博特夫婦的兒子，也因為複雜的情節因素，**不可能**是他們的兒子，我只好努力創造更複雜的脈絡來把他的故事跟他們綁在一起。

雖然現在的我看得一清二楚，安迪不屬於這本書，但這在當時毫不明顯。我已經花了數年悲慘的婚姻來和憂鬱及內疚熟悉親暱、建立如百科全書一般的了解，而既然安迪．亞伯蘭的標幟是他的憂鬱和內疚（特別是對女性，尤其是女性生理時鐘），不運用我辛苦得來的知識把他留在書裡，就顯得匪夷所思了。唯一的問題是，就算在我的小說筆記裡寫了又寫，在他身上我仍無法看見幽默。他陰森可怕，有自覺，孤傲，令人喪氣。一連好幾個月，我幾乎每天都寫不出幾頁我喜歡的安迪。接下來兩個月，我在筆記中斟酌要不要請他走路。那幾個月裡我想到、感覺到什麼，現在已想不起來，就像從一場流行性感冒痊癒後，想不起患病的難熬。我只知道，最後讓我下定決心捨棄他的原因是：一、我累壞了，二、我的憂鬱症加重了，三、我對我妻子的罪惡感突然減輕了。我仍深感內疚，但我跟她之間的距離已經拉得夠遠，能看清自己並沒有怪罪一**切**。此外那時我剛傾心於一名年紀稍長的女子，這讓我對於讓妻子快四十歲仍沒有孩子，感覺沒那麼糟了（雖然聽起來有點荒謬）。一個新朋友從加州過來，在紐約陪了我一個星期，那極樂的一星期過完，我也願意承認這本書裡沒有安迪．亞伯蘭的位置了。我在筆記中為他畫了一座小墓碑，並給他提了一句出自《浮士德悲劇第二集》（*Faust II*）的墓誌銘：「Den können wir erlösen」。老實說我不認為當時我明白我寫「我們可以救贖他」的意思，但現在我理解了。

安迪走後，我就被留下來和藍博特夫婦及他們三個成年子女一起。那三兄妹本來就一直在小說邊緣徘徊不去。要讓故事變得可以寫，必須進行許多進一步的緊縮和扣減，請容我在此略過這些，只提及另外兩個要成為能夠寫出故事的作者，我必須克服，至少部分克服的障礙。

第一個障礙是羞恥。我三十多歲時，幾乎對十五年來我在個人生活做的每一件事感到羞愧。羞愧那麼早結婚，羞愧我的罪惡感，羞愧我在離婚途中經歷那麼多年的道德扭曲，羞愧欠缺性經驗，羞愧我長年與社會隔離，羞愧我有個怪裡怪氣又愛批判人的母親，羞愧自己鮮血淋漓、毫無防禦力，不像一座孤高、有主導力的堡壘，不像德里羅或品瓊那般才智非凡；甚至羞愧正在寫的書看起來像在探討一個怪裡怪氣的中西部母親，要不要在家裡和家人度過最後一個耶誕的問題。我原本想寫一本關於時代大議題的小說，結果，一如《審判》主角約瑟夫．K——當同事都在追求專業的優勢時，他卻因為必須面對審判而灰心喪志到發狂——我因深感自身的無知而陷入羞愧，不可自拔。

很大一部分的羞愧集中在齊普．藍博特身上。我努力了一整年發展他的故事，到了那一年結束時，我有了大約三十頁可用的篇章。在我婚姻的最後一段時日，我和教書時遇到的一個年輕女性短暫交往。她不是學生，從來沒當過我的學生，也比齊普．藍博特認識的女孩更甜美、更有耐心。但那是一段非常尷尬也不順心的關係，一段現在我一想到就真的會**羞愧地扭動**的關係，而基於某種理由，似乎有必要把它融入齊普的故事。問題在於，每當我試著把齊普放進與我雷同的情境，他就變得令我深惡痛絕。為了讓他的情境貌似真實且可以理解，我不斷試著為他創造和我的故事有些相似的背景，但就是沒辦法不憎恨自己的無知。當我試著讓齊普沒那麼無知、更熟稔世故和更有性經驗，故事就是顯得不誠實、不有趣。我仍被安迪．亞伯蘭的鬼魂糾纏，也被伊恩．麥克尤恩（Ian McEwan）早期兩本小說《無罪者》（*The Innocent*）和《陌生人的慰藉》（*The Comfort of Strangers*）糾纏，這兩本都令人渾身**黏膩**到我讀完就想趕快沖個熱水澡。我老是以它們為模範，寫出不想寫但似乎不得不寫的東西。每當我一連幾天屏住呼吸，創造出新幾頁的齊普，最後都寫出想讓我去沖澡的齊普。那些段落一開始滑稽有趣，但馬上轉變成羞恥的自白。似乎就是沒辦法把我單一的怪異經驗轉化成較普遍、寬容又具娛樂效果的敘事。

在為齊普．藍博特奮戰的那一年，我發生了很多事，但脫穎而出的是人們在那一年跟我說的兩句話。第一句是我媽說的，在我和她共度的最後一個下午，也就是我們得知她將不久於人世時。那時《紐約客》（*The New Yorker*）刊載了《修正》的其中一篇，雖然我媽非常值得讚許地選擇不要在臨終前讀那一篇，我還是決定供認一些我一直瞞著她的事。不是什麼陰暗得可怕的祕密——我只是想試著解釋，為什麼我沒有去過她希望我過的人生。我希望她放心，雖然我的人生在她看來可能很怪異，她走後，我不會有事的。而一如《紐約客》那篇故事所說，她向來最不想聽到我在半夜爬出臥室窗戶的聲音，以及我一直有多確定自己想當作家——即便在我假裝不確定的時候。但那天傍晚，她清楚表現出她一直在聽。她點點頭，用一種像在做含糊總結的口吻說：「你喔，真是個怪胎。」那句話有一部分表示她盡了最大的努力來認識和原諒我。但從那含混又扼要的內容（和幾乎稱得上輕蔑的語氣）聽來，她主要是在表達：我是什麼樣的人，對她終於無關緊要了。表達：我的人生對我比對她重要；現在對她最重要的是她自己的人生，即將落幕的人生。這是她送我的最後一份禮物：一道不言而喻的指示，要我別太在意她或其他任何人可能怎麼看我，要我做自己，就跟她，在將死之際做自己一樣。

另一句助益良多的話在幾個月後來自我的朋友大衛．明斯（David Means），那時我正向他抱怨，我快被齊普的性史問題逼瘋了。大衛是真正的藝術家，而他最具洞見的評論，通常也是最晦澀、最詭祕的話。就羞恥這個主題，他跟我說：「你不必**穿過**羞恥，從旁邊繞過去就可以了。」一到今天我仍無法確切告訴你他所謂「穿」和「繞」的真義，但我馬上領悟：那兩部麥克尤恩早年的小說就是「**穿過**」，而我的職責，寫齊普．藍博特的工作，就是想辦法將羞恥含納在敘事中，但不被它壓倒；想辦法把羞恥當成一件物體來隔離檢疫，喜劇的物體尤佳，而非讓它滲透、毒害每一個句子。從這一點來想像齊普．藍博特為什麼會在和學生廝混時服用主要療效是消除羞恥感的違法藥物，就只差一小步了。有了這個想法、終於可以開始**嘲笑**羞恥後，我幾個星期就把齊普剩下的故事完成，整本小說也在一年內竣工。

那一年所剩的最大問題是忠誠。它在我寫蓋瑞・藍博特那一章時竄升得特別高。蓋瑞的外表神似我大哥。比如蓋瑞打算把他最愛的家人的照片集合成冊，我哥也幹過類似的事。而既然我哥是家裡最敏感、最重情的人，我不知道要怎麼取用他的人生細節而不傷害他，也不危及我們的良好關係。我怕他生氣，對於嘲笑他不覺得好笑的一部分現實生活感到罪惡，對於在會被公開閱讀的文本中播送家庭私事感到不忠，懷疑自己為了事業而盜用一個非作家的私生活，不為道德所容。這些都是以往我排斥「自傳性」小說的理由。但那些細節意味深長，不能不用，我也不曾隱瞞家人我是個作家、會仔細聆聽他們每一句話的事實。所以我左思右想，一想再想，最後和一個有智慧的年長朋友討論這個問題。出乎我意料地，她發起火來，斥責我的自戀。她說的話，跟我媽在我們共度的最後一個午後傳遞給我的訊息類似。她說：「你覺得你哥的生活是圍繞著**你**轉的嗎？你不認為他是個擁有自己人生的成年人，有一堆比你重要的事要做？你以為自己的影響力有那麼大，大到在小說裡隨便寫個東西就會**傷害**他？」

所有的忠誠，無論是寫作或其他方面，都只在受到考驗時有意義。作家在剛起步時最難忠於自己——當作家這個身分尚未給你足夠的公開報酬，來證明你有理由忠誠的時候。和親人朋友維持友好關係的好處明顯而具體；描寫他們的好處則無從確定。不過，好處會在某個時候開始均等。於是問題變成：我願意承擔與某個我愛的人疏遠的風險，繼續成為我非成為不可的作家嗎？很長一段時間，在我的婚姻中，我給這個問題的答案是否定的。即便到今天，仍有些於我十分重要的關係，我在寫作時必須費心繞過，不能直接穿過。但我已經明白，承擔自傳性的風險，不論對你的寫作或你的關係都是有潛在價值的：其實你是在幫你哥哥或你媽媽或你最好的朋友一個忙，給他們針對「被你寫到」這件事作出反應的機會——信任他們會愛完整的你，包括作家的部分。到頭來最重要的是，要盡可能誠實地寫。如果你真的愛被你納為題材的那個人，你寫出來的東西就必須反映那份愛。永遠都有當事人看不出那份愛、你們的關係可能受創的風險，但你已經做了所有作家最終非做不可的事，也就是忠於自己。

最後，我很開心地跟各位報告，現在我和我哥的關係比以前更好。當我打算寄給他一本《修正》的樣書時，我在電話裡告訴他，他可能會恨那本書，甚至可能恨**我**。他的回答至今仍讓我深深感激：「恨你不是選項。」我再聽到他說話，是他讀完書之後的事了，而他的開場白是：「哈囉，強，我是你哥——**蓋瑞**。」此後，他在跟朋友談論這本書時，毫不掩飾兩人相像之處。他有他的人生，有他的試煉和樂事，有一個當作家的弟弟，只是他人生故事的一塊；我們相親相愛。

# 打給你，只是要說我愛你

I Just Called To Say I Love You（2008）

現代技術最惱人的一點是，當某種新發展已經害我的生活明顯變糟，而且還不斷推陳出新使之雪上加霜時，我仍然只被允許抱怨一、兩年，沉著冷靜的銷售員就會開始叫我趕快克服它：老伯——現在的生活就是這樣啦！

我不反對技術發展。在我看來，聯手摧毀電話鈴聲暴政的數位語音信箱和來電顯示，是二十世紀晚期真正偉大的兩項發明。我也好愛我的黑莓機，它讓我只要屏住呼吸隨便畫幾條線就可以處理冗長而不受歡迎的電子郵件，但收件人還是該心懷感激，畢竟我還是動了拇指。還有我那降噪耳機，它可以奏出改變頻率的白噪音，連鄰居電視機最毅然決然的低吠聲都壓得過。還有DVD技術和高解析螢幕的美好世界，那讓我少踩了好多面黏答答的劇院地板、少遇到好多個無禮地竊竊私語的劇院常客、好多個張大嘴巴嘎吱嘎吱嚼爆米花的人。

對我來說，隱私不是把我的私生活藏起來不給別人看，而是讓我不必受到別人私生活侵擾。因此，雖然我最喜歡的小機械能主動提升隱私，我仍和善地面對任何不會強迫我跟它互動的發展。如果你選擇每天花一小時修改你的臉書個人檔案，如果你不覺得拿Kindle讀珍．奧斯汀和看她的書有什麼差別，如果你覺得《俠盜獵車手IV》（*Grand Theft Auto IV*）是繼華格納（Wagner）之後最偉大的總體藝術品（Gesamtkunstwerk），我為你開心，只要你把那當成祕密放在心裡。令我反感的發展是變本加厲的侮辱，是那種過去已帶來痛苦而今仍不斷製造痛苦的傷害。機場電視就是一例：每十名旅客似乎只有一個人認真觀賞

（除非在播美式足球），其他九名則覺得討厭。年復一年、一座機場接一座機場，一般旅客的生活品質持續小幅但無可遏抑地下降。還有一個例子是優質軟體的計畫性淘汰，以及被爛軟體取代。我仍無法接受世人寫過最好的文字處理程式：DOS的WordPerfect 5.0，永遠無法在我現在可以買到的任何電腦運作了。噢，當然，理論上你仍然可以在Windows的小模擬DOS視窗運作，但那模擬器畫面又小、圖像又粗糙，簡直就像代表微軟存心羞辱我們這種不喜歡使用龐然大物的人。就電腦排版而言WordPerfect 5.0原始到無可救藥，但對只想寫作的作家來說，它無可超越。優雅、無蟲（程式錯誤）、小巧玲瓏，卻被肥胖、侵擾、獨占且容易當機的Word大棒攆走。假如之前我沒有在辦公室收集被捨棄的舊電腦，現在就完全無法使用WordPerfect了。而且，我只剩最後一部備用電腦了！然而，如果我交稿時不交格式可被萬能Word理解的文字檔，人們可是敢生我的氣的。我們現在活在一個Word的世界啦，老伯，該服用你的「克服它」了。

---

但這些充其量只是一些討人厭的小事。已對真實社會意義造成永難磨滅傷害的技術發展——雖然它持續造成傷害，如果你今天公然抱怨，仍會有招致嘲弄的風險——是手機。

不過十年前，紐約市（我住的地方）還隨處可見集體維護的公共空間，在那些空間裡，民眾會展現對社群的尊重，不會恣意上演他們庸俗的臥房生活。十年前的世界尚未完全被瞎扯攻陷，仍可能見到有人拿諾基亞（Nokia）來炫耀或裝富裕。或者，說得寬厚些，充作一種折磨、限制或依靠。畢竟，九〇年代晚期的紐約正上演一段無縫接軌的全市轉型：從尼古丁文化轉變成蜂窩式文化[32]。這一天襯衫口袋隆起的腫塊是萬寶路（Marlboro），隔天就換成摩托羅拉（Motorola）。這一天，無人相伴而顯得脆弱的漂亮女孩讓她的手、嘴和注意力都被一根香菸占據，隔天，香菸被換成一段非常重要的對話，而且交談的對象不是你。這一天，一群人圍著遊戲場上第一個拿到Kool涼菸的孩子，隔天，被圍住的換成第一個有彩色螢幕的孩子。這一天，旅客在下飛機的那一秒喀擦一聲點燃打火機，隔天，他們按下快速撥號鍵。一天一包的習慣變成每月一百美元的威訊（Verizon）帳單。菸的污染變成聲音的污染。雖然刺激物一夕改變，但自制的大眾被強制的小眾折磨，無論在餐廳、機場或其他公共場合，仍是恐怖的常態。回到一九九八年，也就是我戒菸後不久，我會坐在地下鐵，看其他乘客緊張地攤開又摺回手機，或啃著當年每一支手機都有的乳頭般的天線，或靜靜抓著他們的裝置，像抓住母親的手，這時我會替他們生出一種類似惋惜的情緒。直到今天，我仍覺得「這股趨勢會走多遠」是一個未決的問題：紐約真的想成為一個任由手機上癮者夢遊人行道的城市，處處布滿一小朵、一小朵令人厭惡的私生活烏雲嗎？或是，具有自制力的觀念，可能以某種方式贏得最後勝利？

當然，這只是空想，這場競賽根本不存在。手機不是利他林[33]或超大型「五百萬」雨傘，會充滿意義地喚醒小市民的口袋，振奮人心地持續抵抗。它的勝利勢如破竹，所向披靡。它的濫用情況在許多散文、專欄和給編輯的信中被哀悼、被埋怨，而後，隨著濫用變本加厲，哀悼和埋怨也更深刻、更銳利，然後，戛然而止。您的抱怨我們聽到了，也已做了些許象徵性的調整（美鐵〔Amtrak〕列車設了「安靜車廂」；餐廳和健身房貼了慎重的小標語強烈懇求自制），於是蜂窩式技術可恣意繼續為害，不必畏懼進一步批評，因為進一步的批評是老調重彈，不酷了，老伯。

但，只因那些問題現在看來都很熟悉，不代表煙不會從卡在車陣中的駕駛耳朵裡冒出來——如果超車道上的那個人自顧自地拿手機聊天、完美地和慢車道的車子並駕齊驅的話。但：我國商業文化中的每一件事都告訴那個聊天的駕駛他是對的，並告訴其他人我們是錯的——是我們未能跟上物超所值的自由、機動性和無限通話時間的潮流。商業文化告訴我們，如果我們不爽那個聊天的駕駛，一定是因為我們過得沒有他愉快。**我們到底怎麼了？**我們為什麼不能放輕鬆一點，拿出自己的電話，使用自己的親朋好友熱線方案，就從這條超車道開始，過得開心一點呢？

32「蜂窩式」指手機「cellular phone」中的「cellular」，此語源自個人通訊服務網路中的數位蜂巢式網路（digital cellular communication）技術。

33 英名 ritalin，是一種神經刺激藥物，主要應用於注意力不足過動症。

當社會批評家紛紛屈服於同儕壓力而三緘其口，社交駑鈍的人不會突然開始裝得比較成熟，他們只會更粗魯。一個近來每況愈下的全國性瘟疫是，購物者在和收銀員結帳時，從頭到尾都聚精會神地講他的電話。我住的曼哈頓地區就有一組絕配：一個剛從某所昂貴學校畢業的年輕白人女性，和一個年紀相仿但條件較差的在地黑人或西班牙裔女性。當然，期待你的收銀員跟你互動，或感激你決定與她互動的體貼心意，是一種自由主義的虛榮。考慮到她那份工作千篇一律和低薪的性質、她被允許厭倦或漠不關心地對待你；真要批評，也就是不夠專業罷了。但她的表現無法解除你該把她當人看、承認她存在的道德義務。而固然有些收銀員看似不介意被忽視，但如果顧客連拿開電話進行兩秒鐘的直接互動都做不到，可會有相當大比例的收銀員明顯被激怒或傷心。不用說，冒犯者就跟那位在高速公路閒聊的駕駛一樣，幸福地沒有意會到自己惹到別人。從我的經驗來看，她身後的隊伍愈長，就愈可能刷信用卡付一塊九毛八的東西。而且不是那種「嗶」了就走的微晶片信用卡，而是那種「等候帳單列印，接著（只有那時候）殭屍般笨拙地開始把手機從一隻耳朵挪到另一隻耳朵，再不雅觀地用耳朵和肩膀夾住電話，一邊簽收據，一邊繼續表達不能肯定自己究竟想不想今晚再和摩根士丹利那個叫札卡里的在合眾國酒吧碰面」的信用卡。

當然，這種愈來愈糟的無禮行徑是有正向的社交影響。文明公共空間的抽象概念，一如值得保護的稀有資源，或許已與死無異，但在這類由不良行為所創造、臨時性的天淪落人微社群中，仍然找得到安慰。往車窗外一望，看到煙從另一名駕駛的耳朵裡冒出來，或和被惹毛的收銀員視線接觸，和她不約而同地搖搖頭——會讓你覺得沒那麼孤單。這就是為什麼，在各種愈趨惡化的不良手機行為中，最讓我怒火高漲的是，因為表面上沒有受害者，就似乎完全不會招惹其他人的行為。我說的就是這個十年前並不常見，現在卻普遍存在的習慣：粗聲粗氣地說「愛你。」來結束手機對話。或者，更壓迫、更刺耳的：「我愛你！」那讓我想搬去中國，聽不懂人們在說什麼的地方住。

我惱怒中的蜂窩式成分簡單明瞭。無論是在Gap買襪子的時候、站在購票隊伍裡想自己的事的時候，或是試著在登機中的飛機上讀一本小說的時候，我都不想任想像力被拉進附近某個人家庭生活的泥濘世界。手機的可怕是種社會現象，而這種現象的本質——壞消息依舊是壞消息——是允許且鼓勵將私人和個人事務強加於大眾和群體之上。而沒有哪句話的火力比「我愛你」更強大，在個人可以強加於公共空間的言詞中，沒有比它更糟的。連「幹，白癡啦」都沒那麼具侵略性，因為那確實是氣憤的人們有時可能當眾衝口而出的話，也很容易衝著陌生人而來。

友人伊莉莎白要我放心，「愛你」這種新全國性瘟疫是好事，是對我們數十年前新教徒童年被壓迫的家庭動能的一種健康反動。伊莉莎白問，跟你媽說你愛她何錯之有，聽她說她愛你又何錯之有？萬一你們其中一個在你再次開口之前死去呢？現在我們可以這麼無拘無束地對彼此這樣說，不是好事嗎？

我確實要承認這個可能性：相較於機場大廳裡的其他每一個人，我是個格外冷酷無愛心的人；這種突然如排山倒海而來的**愛**某個人（朋友、配偶、父母、手足）的感覺，對我如此重要且具象徵意義、使我時時煞費苦心不要把最能表達它的詞語用完的感覺；對其他人來說，卻是如此普遍、例行而容易獲得，一天可以重複感受、重複表達很多次，而不會顯著地流失多少力量。

但，也不無可能：太過頻繁、習以為常的重複，會使詞語喪失意義。瓊妮・蜜雪兒（Joni Mitchell）在〈一體兩面〉（Both Sides Now）的最後一段提到「大聲」說我愛你有多令人肅然驚異——用聲音催生出如此強烈的感覺。史提夫汪達（Stevie Wonder）在十七年後的歌詞中唱到在一個平凡的下午打電話給對方，只為了說「我愛你」，因為那是史提夫汪達（他本人可能真的比我深情）還算成功地讓我相信他的誠懇——至少在副歌最後，他覺得有必要追加一句：「那是發自內心的話」。自稱真心誠意，多多少少是不真心誠意的診斷特徵。

於是，當我在Gap買襪子，排我後面的媽媽對著她小巧的電話大叫「我愛你！」，我沒有辦法不覺得她在演什麼戲；過度作戲，公然作戲，目空一切地強加於眾。沒錯，很多當眾喧嚷的家庭事件，並無意讓公眾消費；沒錯，人們會激動失控。但對我來說，「我愛你」這句話太重要、太有意義，使我很難相信自己是偶然聽到。如果那位母親宣稱的愛有真誠、私密而濃厚的情感，她不是至少該謹慎一點，別讓大家聽到嗎？如果她說的是肺腑之言，是發自內心的話，她不該輕聲細語嗎？身為陌生人卻偷聽到她的話，我不免有被迫和她結黨積極主張某種權利的感覺。最起碼，那個人似乎在跟我和在場其他人說：「對我來說，**我的**情感和**我的**家人比你們聽了舒不舒服重要。」除此之外，我也常懷疑她的意思是：「我希望你們每個人都知道，我跟很多人，包括我那冷血的渾蛋爸爸不一樣，是那種隨時隨地都會跟愛的人說我愛他們的人。」

或者，我這些現在聽來頗為愚妄的氣惱，其實只是一種投射？

手機在二〇〇一年九月十一日成年。那一天，在我們的集體意識留下烙印的意象是：手機是絕望者尋求親密的管道。在那四架命中注定的飛機、那兩座命中注定的高塔中，迴盪著駭人但完全恰當的我愛你；時至今日，在這場更盛大——父母和孩子一天必須靠手機一次或兩次或五次或十次——的全國心手相連同歡會，在我聽到每一句太大聲的我愛你中，很難不聽到那一天的回音。而正是這種回音，正是它實為回音的事實，正是它的多愁善感，深深激怒我。

因為缺少電視畫面，我的九一一經驗並不尋常。那天早上九點，我接到一通書籍編輯打來的電話，他剛從他辦公室的窗戶親眼目睹第二架飛機撞上摩天大樓，我立刻跑到離我最近、公寓樓下房地產公司會議室裡的電視，和一群仲介看著兩座高樓先後崩垮。但隨後我女友回來了，於是那一天剩下的時間，我們就在聽收音機、查詢網路、要家人放心，以及上到我們的屋頂和萊辛頓大道（擠滿湧出住宅區的行人）看著曼哈頓的塵煙瀰漫成一件令人作嘔的棺罩中度過。晚上，我們走下四十二街和一個住外地的朋友碰面，在西四十多街一帶找到一家剛好有供應晚餐的餐廳。每一張桌子都坐滿酗酒的人；氣氛跟戰時一樣。在我們穿過餐廳吧台離開時，我又瞥了一眼電視螢幕，這一次出現的是喬治・布希的臉孔。「他看起來像嚇壞的老鼠。」有人說。在大中央車站搭上六號線，等候列車行駛時，我們看到一名紐約通勤者生氣地跟隨車服務員抱怨沒有快車到布朗克斯。

三個晚上後，從晚上十一點到將近凌晨三點，我坐在ＡＢＣ新聞一間嚴寒的房間裡。在那裡我可以看到同為紐約人的大衛・哈伯斯坦（David Halberstam），並透過視訊連線和瑪雅・安傑洛（Maya Angelou）及其他兩位外地作家說話，一邊等著就星期二早上的攻擊事件為泰德・卡波（Ted Koppel）提供文學觀點。等待時間不算短，攻擊和隨後倒塌和火災的連續鏡頭一再重播，時而插播令人激動的，平凡百姓和脆弱孩子的傷亡人數。每隔一會兒，我們之中的一、兩個作家會有六十秒時間說些作家的話，然後新聞報導便回復成較灑狗血和折磨人心的死者與失蹤者親友專訪。我在三個半小時內講了四次話。其中第二次，我被要求證實廣為流傳的報導：星期二的攻擊事件深刻改變了紐約人的性格。想到那位憤怒的通勤者，我沒辦法替那樣的報導背書，於是聊了我星期三下午看到在附近店裡逛街買秋季衣服的人。泰德・卡波在回話中清楚表明我沒做好我等了半個晚上來執行的工作。他皺著眉，說他的印象截然不同：攻擊行動確實深刻改變了紐約市的性格。

很自然地，我認為我句句屬實，而卡波只是在重述公認的見解。但卡波有看電視，我沒有。因為我沒有電視，我不了解這個國家遭受的最大傷害不是病原體造成，而是免疫系統大肆反應過度所致。我在心裡比較了星期二的死亡人數和其他橫死紀錄——在九一一前三十天有三千名美國人喪命於交通事故——因為沒看到影像的緣故，我以為那些數字很重要。當全國民眾透過一再收看同樣鏡頭而經歷**真正的即時創傷**，我卻聚精會神地想像、或抗拒想像，坐在靠窗座位看著自己的飛機沿西側公路低飛的恐懼，或被受困九十五樓而聽到底下鋼鐵結構開始嘎吱、轟隆作響的恐懼。所以我不需要——好一陣子也沒意識到——全國性電視集體治療活動，那場規模盛大、為因應暴露於電視畫面的創傷而一連進行數日、數星期乃至數個月的擁抱科技馬拉松。

我**可能**見到的是美國大眾的談話突然莫名多愁善感起來，這猶如一場災難。正如當人們將親情注入手機、將粗魯傾倒在每一個聽力所及的陌生人身上時，我忍不住怪罪蜂窩式技術，我也忍不住怪罪媒體技術在全美各地如此凸顯個人事務。今非昔比。例如，一九四一年，美國人以共同的決心、紀律和犧牲回應一場可怕的攻擊[34]，二〇〇一年，我們卻有可怕的視覺效果。我們有業餘人士拍的影片，還可分解成一個又一個畫面。我們有螢幕將暴力赤裸裸地帶進全國每一間臥室，有語音信箱錄下死者絕望的最後來電，有新穎的心理

34 指一九四一年十二月七日的珍珠港事變。

學解釋治療我們的創傷。至於這些攻擊真正的意義是什麼，合情理的回應可能是什麼，則眾說紛紜。這就是數位技術的絕妙之處：任何人的感覺都不會再受到傷感情的審查！每個人都有權利表達自己的意見！因此，海珊（Saddam Hussein）有沒有親自為挾持者購買機票，仍是可以自由熱烈辯論的話題。但，大家都有共識的，是九一一受難者的家屬有權利贊同或反對世貿中心遺址計畫（Ground Zero）；而捐軀警員和消防員家屬的痛，大家都能感同身受。大家也同意，反諷已死；九〇年代拙劣、空洞的反諷在九一一後「已毫無可能」，我們已步入一個全新的誠懇時代。

從好的方面講，二〇〇一年的美國人遠比他們的父執輩或祖父輩擅長對孩子說「我愛你」。但經濟的競爭力呢？國家的團結呢？打敗我們的敵人呢？建立強大的國際聯盟呢？或許就有些不利了。

我爸媽是在珍珠港事變兩年後，一九四三年的秋天碰面，之後幾個月，兩人互寄卡片和信件。父親在大北方鐵路（Great Northern Railway）工作，常在路上，在小城鎮裡，檢查或維修橋梁，我母親則待在明尼亞波利，當接待員。在我手邊他寫給她的信中，年代最久遠的一封是一九四四年的情人節寄的。他在蒙大拿費爾優，母親已先寄給他一張情人節卡片，風格跟她在他們結婚前一年寫的所有卡片如出一轍：可愛地畫了小寶寶或學步兒或小動物，讓他們訴說可愛的心情。她的情人卡（父親也留著）正面則畫了一個綁馬尾的小女孩和一個臉紅的小男孩，兩人比肩而站，視線羞怯地避開對方，雙手也羞怯地藏在背後。

但願我是一塊小石子，
因為在我長大後，
或許有一天會發現，
我是一顆小「巨礫」。[35]

卡片裡則畫了同樣的兩個小孩，但現在牽手了，小女孩的腳邊有母親的草寫簽名（Irene）。第二首詩是這樣的：

那一定助益良多，
想必很適合我，
因為我將夠「大膽」地說，
「請做我的情人。」

---

35 原文為「I was a little "boulder"」。這裡玩了文字遊戲，法蘭岑母親想表達的是「bolder」，全句為「我會大膽一點」之意。

父親的回信郵戳蓋了二月十四日，蒙大拿費爾優。

親愛的艾琳：

很抱歉情人節那天讓妳失望了；我真的記得，但沒能在藥妝店買到卡片後，我覺得到雜貨店或五金行問有點蠢。我相信他們一定聽過這裡的情人節。妳的卡片非常適合這裡的氣氛，我不確定是刻意還是偶然，但我想可以跟妳說說，我們碰到的有關石子的困擾。今天我們的石子用完了，所以我希望能弄到一些小石子，一些大石子或任何種類的石子，因為沒有石子我們什麼也做不成。當承包商來工作時，石子已經幾乎不夠我做事，現在更是完全沒了。今天我步行到我們建造中的橋邊，純粹為打發時間、順便做點運動；路程大約六公里，在狂風大作中夠遠了。除非今天早上就有石頭運來，否則我會一直坐在這裡讀哲學；我這樣混過一天還能拿薪水，似乎不大恰當。在這附近大概只有另外一種消遣：坐在飯店大廳聽鎮上的八卦，而常在這裡出沒的老伯一定有八卦可講。妳一定會喜歡那些八卦，因為那豐富展現了這裡市井小民的生活——從在地的醫生到鎮上的醉漢。那個醉漢或許是最有趣的，我聽說他曾在北達科他大學教書，而他似乎真的才智過人，連喝醉的時候也不例外。這裡的談話通常相當粗野，大概會被史坦貝克[36]引為一種樣本，但今天晚上來了一個非常豐滿的女性，在這裡無拘無束，怡然自得。那頓時讓我明白我們城市人過的生活受到多少保護。我在一個小鎮長大，在這裡覺得相當自在，但現在我看事情的角度似乎有點改變。妳會聽到更多類似這樣的事情。

我希望星期六晚上能回到聖保羅，但現在沒辦法確定。我到那裡會打電話給妳。

深愛妳的厄爾

星期二傍晚

父親那時剛過二十九歲。當年天真又樂觀的母親是怎麼收到他的信，我永遠無從得知，但總的來說，就我長大後對這位女性的了解，從她對浪漫的憧憬來看，那絕對不是她想收到的信。她在情人卡上寫的可愛雙關語，被他照字面理解成**道渣**[37]了嗎？而她，想到她父親擔任酒保的飯店酒吧就全身發抖、恨不得趕快脫離，這樣的她會**喜歡聽鎮上醉漢**「粗野的談話」？愛慕在哪裡啊？關於愛情的夢幻的討論又在哪裡？顯然，對於她，父親還有很多需要了解的地方。

---

36 指約翰．史坦貝克（John Ernst Steinbeck, Jr.，1902-1968），美國作家，曾獲一九六二年諾貝爾文學獎，主要代表作有《憤怒的葡萄》（*The Grapes of Wrath*）、《伊甸園東》（*East of Eden*）和《人鼠之間》（*Of Mice and Men*）等，作品深受自然主義文學影響。故事和人物皆來自二十世紀上半葉真實的歷史環境和事件。

37 承托鐵軌枕木的碎石。

但對我來說，他的信似乎充滿了愛。當然有對我母親的愛：他試著要買情人卡給她、仔細讀過她的卡片、希望她在身邊、有想要跟她分享的想法、傳遞他所有的愛意、一回去就會打電話給她。但也有對更廣大世界的愛：愛世上各式各樣的人、愛小城鎮和大城市、愛哲學和文學、愛辛勤的工作和公平的酬勞、愛跟人說話、愛思考、愛在狂風中長途漫步、愛慎選過的詞語和正確的拼字。這封信讓我想起我愛父親的許多地方，他的通情達理、智慧、意想不到的幽默、求知欲、責任感、含蓄和莊重。唯有當我把這份愛和母親那張畫了大眼寶寶、洋溢單純情感的情人卡並排在一起時，我的焦點才會轉往我父母頭幾年睜隻眼閉隻眼的快樂後，長達數十年的相互失望。

在歲暮之年，母親曾對我抱怨父親從沒說過他愛她。他或許真的從沒對她說過那三個字——我當然沒聽過，但他絕非從沒寫過那三個字。我過了好幾年才終於鼓起勇氣讀他倆舊信的一個原因是，我在母親去世後瞥見父親的第一封信，有個洋溢愛慕的開頭（「小琳」）——我認識他三十五年來不曾聽他親口說出的稱謂，還用一個令我不忍卒睹的宣言做結尾（「艾琳，我愛妳。」）。聽起來不像他會說的話，所以我把所有信件埋在我哥閣樓的一只大皮箱裡。後來，當我再拿出那些信，努力一一讀完，我才發現父親其實宣告他的愛不下數十次，就用那三個字，婚前婚後都有。但儘管如此，或許他就是沒辦法大聲說出那句話，或許這就是在母親的記憶中，他一次也沒「說」過那三個字的原因。也不無這種可能：他手寫的宣言聽來怪異、與四十多歲的他不符，就像現在在我聽來這麼怪，而從母親的抱怨聽來，她一直記得他看似深情的話語，掩蓋了更深的事實。不無可能，因為從她給他的音信中感受到槍林彈雨般的情感（「我全心全意地愛你」、「給你『噢』滿滿的愛」等等），內疚的他在回信時覺得必須表現，或試著表現浪漫的愛作為回報，就像他試著（某種程度）在蒙大拿費爾優買情人卡那樣。

---

茱蒂．柯林斯（Judy Collins）版本的〈一體兩面〉（Both Sides Now）是第一首在我腦袋留下印象的流行歌。那在我八、九歲時電台密集播放，而那首歌提到要「大聲」說出愛，加上我對茱迪．柯林斯歌聲的迷戀，都幫助我在腦海形成「我愛你的基本含意和性」有關的印象。最後我安然度過七〇年代，也能在難得情感爆發時告訴我哥和很多最好的男性朋友我愛他們。但在讀小學和國中時，這三個字對我只有一種意義。「我愛你」是我最想在班上最可愛女孩傳給我的紙條上看到的潦草字句，最想在學校野餐時於森林裡聽到的竊竊私語。那些年，我只碰過兩次我心儀的女孩真的對我說或寫給我這句話。但每當我聽到或看到那三個字，就好像注射一劑純腎上腺素一樣。就連在我上大學、開始讀華萊士．史蒂文斯（Wallace Stevens）[38]、讀到他在〈我叔叔的單片眼鏡〉（Le Monocle de Mon）取笑像我這樣恣意求愛的人——

如果性是全部，那每一隻顫抖的手
都可能讓我們像娃兒一樣，吱吱說出那句動聽的話

——之後，那句動聽的話仍繼續代表輕啟朱唇、奉獻身體、營造醉人親密的可能。所以令我非常尷尬的是，一直讓我聽到這些話的人是我的母親。她是陽盛陰衰的一家人中唯一的女性，而她懷抱著太多無法獲得回報的情感而活，不由得伸手討取浪漫的表達。她給我的卡片和愛意在精神上跟她寄給父親的如出一轍。早在我出生之前，她傾瀉的愛在我父親看來就幼稚得難以忍受。但對我來說，那還不至於多幼稚。我竭盡所能避免報答。小時候我常和母親一連數星期單獨在家，而我藉由忠於「我愛你」、「我也愛你」和「愛你」等詞語間的程度差異，熬過那些漫長的時光。最重要的是千千萬萬不要說「我愛你」或「媽，我愛你」。最不痛苦的替代方案是低聲咕噥基本上聽不見的「愛你」。但「我也愛你」，如果回得夠快且夠強調「也」(暗示機械式的反應)，可以支持我挺過許多尷尬的時刻。我不記得她曾因為我只回她含糊的喃喃自語(我有時會這樣)就戳破我的敷衍或找我麻煩。但她也從沒告訴我，因為她心裡充滿感情，說「我愛你」就是她樂在其中的事，也沒告訴過我，我不用覺得每一次都必須回報一句「我愛你」。所以，直到今天，當我被別人對手機喊「我愛你」的叫聲攻擊時，我都聽到脅迫。

我的父親，雖然寫的信充滿生命力和求知欲，卻不覺得自己在外頭的男人世界幹正事時，讓母親在家煮飯打掃四十年有什麼問題。婚姻的小世界和美式生活的大世界，似乎都認定沒正事要幹的人才會多愁善感，反之亦然。九一一後的各種歇斯底里，包括「我愛你」的瘟疫和眾人對「纏頭巾者」的恐懼和憎恨，都是無能為力和不知所措的歇斯底里。假如母親對成就有更廣大的視界，或許就會更切合實際地因應對象調整情緒。

雖然依照當代的標準，父親看似冷淡、壓抑或有性別歧視，但我很感謝他從沒直截了當告訴我他愛我。父親注重隱私，意思是：他尊重公共領域。他相信克制、禮節和理性，因為他相信如果沒有這些，社會就不可能辯論而做出最符合公眾利益的決定。如果他能學會怎麼更充分地對母親流露感情，應該是件好事，對我來說更是如此。但現在每當我聽到那些粗聲粗氣對著手機吼、宣示親情的「我愛你」，就覺得有這樣的爸爸很幸運。他愛他的孩子勝過一切。明白他心裡有愛只是說不出口，知道他相信我知道他心裡有愛，但從不期待他說出口，就是我對他的愛的核心和本質；是我也會小心翼翼，千萬不要對他大聲宣告的愛。

不過，以上只是簡單的部分。在我和父親目前所在地——死亡——之間，唯有沉默能被傳遞，沒有人比死有更多隱私。父親和我現在和彼此說的話，沒有比他在世的那些年

38 美國現代主義詩人，一九五五年贏得普立茲詩歌獎。

少太多。我發現自己深深思念的——在心裡與之爭辯、想要展現給她看、想在公寓裡見到、拿她尋開心、感到痛悔的，是我的母親。被蜂窩式侵入惹毛的那部分的我，承襲自我的父親；喜愛我的黑莓機、想要愉快和加入世界的那部分的我，則來自我母親。她是他們兩人之間比較現代的那一個，而雖然有正事要做的人是他，不是她，最後卻是她站在贏的一方。如果她還在世、仍住在聖路易，如果你不巧在藍博特機場坐在我旁邊，等候前往紐約的班機，你可能得忍耐著聽我告訴她我愛她，不過我會把音量放小的。

# 大衛・福斯特・華萊士

**David Foster Wallace（2008）**

追悼辭，二〇〇八年十月二十三日

一如許多作家，甚至比大多數作家更甚的是，大衛喜歡掌控一切。他很容易為混亂的社會狀況緊張。我只見過他兩次在沒有凱倫陪同下出席派對。其中一場由亞當・貝格利（Adam Begley）[39]主辦，我簡直是把他拖去的，但才穿過前門，我的視線只離開了他一秒，他就掉頭回我公寓嚼菸草、讀書去了。第二場他別無選擇非留下不可，因為那是在慶祝《無盡的玩笑》出版。他一直說謝謝、謝謝，費盡力氣表現誇張的禮節，總算熬過去。

大衛能成為傑出的老師，一大原因是這種工作講究形式。在那些範圍內，他可以安全地取用他與生俱來，豐沛的仁慈、智慧和專業。結構大同小異的訪問，也算安全，當大衛是受訪者時，他可以輕鬆自如地應付採訪者。擔任新聞工作者時，如果能找到契合的技術人員——像某位跟在約翰・麥肯（John McCain）身邊[40]的攝影師、某電台節目的場控師那樣，能興奮地和一個對自己的工作奧祕由衷感興趣的記者共事——大衛就能有最好的表現。大衛熱愛細節，而細節也是他壓抑在心裡的愛的宣洩出口：一種連結的方式，和另一個人並肩站在相對安全的中間地帶。

這大約描述了我和他九〇年代初期在對話和通信中提到的文學。我從收到大衛第一封信開始就愛上他，但頭兩次試著和他在劍橋碰面，他都直接放我鴿子。即便真的開始一起出去後，我們的會面也常壓力重重而匆促——遠不如通信親密。對他一見鍾情的我，總是殫心竭慮要證明自己夠幽默、夠機靈，偏偏他總是凝視數公里外的某個點，讓我覺得自己一敗塗地。我平生沒有多少事能比贏得大衛一笑給我更大的成就感。

那個「能與另一個人建立緊密連結的中間地帶」，正是我們所認定，小說追求的目標。「一種走出孤獨的方式」是我們一致同意的構想。而大衛最能全然且高雅地維持掌控權的地方，莫過於他寫作的語言。在現役作家中，當屬他的修辭技藝最霸氣、最令人激動也最具獨創性。即便是在一個長達三頁、充滿令人戰慄的幽默，或縝密如網的自覺的段落最深處，在某個句子的第七十或一百或一百四十個字，你都可以從那清晰明確又生氣勃勃的句式結構中嗅到新鮮空氣，他不費吹灰之力又精準無比地優游在高的、低的、中間的、專業的、時髦的、書呆子的、哲學性、地方性、雜耍性、勉勵性、硬漢的、心碎的和抒情詩一般的遣詞用字中。那些句子和那些頁，當他能創造出來時，是既真實又安全又幸福美滿的家，一如他在我們認識近二十年間擁有的家。所以，雖然我可以告訴你們他和我那些吵吵鬧鬧的小公路旅行，可以告訴你們每當他來我這裡住時，他的菸草總讓我公寓沾滿痠痛藥布的冬青味，可以告訴你們我們下的那些蹩腳的棋和有時會打的更蹩腳的網球賽——令人欣慰的比賽結構，對上和底下沸騰、怪異而深沉的兄弟鬩牆——但真正重要的還是寫作。認識大衛以來，大部分時間裡，我和他最熱烈的互動就是獨坐在我的扶手椅上，一夜又一夜，連續十天讀《無盡的玩笑》手稿。在這本書中，他第一次用他想要的方

---

39 貝格利為美國自由撰稿人，曾於一九九六至二〇〇九年擔任《紐約觀察報》（*New York Observer*）叢書編輯。

40 美國共和黨政治人物，二〇〇八年共和黨總統參選人。

式來整理自己和這個世界。最細微處看，大衛．華萊士是地球出現過最熱情且最精確的散文標點家。總體觀之，他創造了一個上千頁的世界級玩笑，僅管幽默的形式和品質始終不未變，但這個玩笑卻愈來、愈來、愈來愈不好笑，一章比一章不好笑，看到結尾，你會覺得書名應該取為《無盡的哀愁》。大衛的手法無人能及。

所以，現在這位英俊、優秀、好笑、親切、有位了不起的伴侶和出色地方支援網絡、在一所好學校有份好工作也有優秀學生的中西部男人，結束他的生命了，留下我們在後面問（引自《無盡的玩笑》）：「所以囉，老兄，**你的**故事呢？」

一篇不錯、簡單的現代故事大概像這樣：「一位英俊瀟灑、才華洋溢的名人深受大腦嚴重化學失衡之害。那人叫大衛，他罹患了那種疾病，而那種疾病如同癌症一般穩當地殺了那個人。」這篇故事既不失真實，又完全不充分。如果你對這個版本滿意，那你就不需要大衛寫的故事——尤其不需要那許許多多將「人」和「病」的二元性和獨立性變成問題，或公然嘲笑之的故事。當然，其中一個顯而易見的矛盾是，最後，大衛自己，某種程度上確實對這簡單版的故事滿意，才會斷然與他過去所寫和未來可能寫的其他更有趣的故事停止連結。他的自殺傾向占了上風，讓人世間所有一切變得無關緊要。

但這不代表我們沒有饒富意義的故事可說。關於他是怎麼走到九月十二日晚上的地步，我可以告訴你十個不同的版本，其中有些非常黑暗，有些令我怒火中燒，而多數版本會把曾在青少年末期自殺瀕死的大衛，成年後所做的許多調整列入考量。但有這麼一個沒那麼黑暗的故事，我知道是真的，也是我現在想要講的，因為當大衛的朋友是如此快樂、如此榮幸，又充滿無限有趣挑戰的事。

喜歡掌控一切的人，可能難以應付親密。親密是無政府的、互相的，定義上就與掌控不相容。企求掌控一切是因為心懷恐懼，而大約五年前，非常明顯地，大衛不再那麼害怕了。這一部分當歸功於波莫納學院（Pomona College）的工作讓他安頓下來，另一個更重要的原因是他終於遇到一個適合他的女子，讓他生平第一次有可能過著更充實、更完整而不那麼死板的生活。我在我們通電話時注意到，他開始會說愛我，也突然覺得，我不必那麼努力逗他笑或證明我反應夠快。凱倫和我設法讓他去義大利一星期，若換成幾年前的他，可能一整天都待在飯店房間裡看電視，但那次他會在露台吃午餐、吃章魚、長途跋涉參加晚宴、也真心喜歡和其他作家隨興出門。他讓每個人大吃一驚，或許最讓自己意外。那次真的很好玩，也許他會想再做一次。

大約一年後，他決定讓自己脫離二十多年來為他的生命提供穩定的藥物。同樣地，關於這決定的原因，也有很多種不同的故事。但當我們談起時，有件事他表達得非常清楚：他想要有機會過更平凡的生活，少點詭異的控制，多點平凡的樂趣。這個決定出自他對凱倫的愛，出自他想寫出新一類更成熟作品的心願，也因為他瞥見了一個不一樣的未來。對他來說，那是何其可怕而大膽的嘗試，因為大衛心中固然充滿了愛，但也充滿恐懼——他早就做好萬全準備，要墜入無盡哀愁的深淵了。

於是那一年起起伏伏，而他在六月遇到危機，度過非常煎熬的夏天。我七月看到他時，他又骨瘦如柴，就像青少年晚期碰到第一次大危機時那樣。之後的八月，我跟他最後幾次談話的其中一次，他在電話裡要我跟他講個事情終會好轉的故事。我把他前幾年跟我聊天時說過的很多話講給他聽：我說他會步入可怕、危險的境地，是因為他試著同時就「人」和「作家」這兩種身分做出實質改變；我說他前一次走過瀕死體驗後，很快就擺脫困境寫了一本書，超越他崩潰前所做的事好幾光年；我說他是固執的控制狂兼萬事通——「你還不是一樣！」他咆哮著回嘴——所以我說，像我們這樣的人都太害怕交出掌控權了，以至於有時候只有一個辦法逼自己敞開心胸、做出改變，亦即讓自己來到悲慘境地和自我毀滅的邊緣；我說他改變服藥習慣是因為他想要成長、過更好的生活；我說我認為他最好的作品還在前頭。他說：「這故事我喜歡。你可以幫個忙，每四、五天打給我跟我說類似的故事嗎？」

可惜，我後來只有一次機會跟他說故事，而那時他甚至沒在聽。他糟糕透頂、每一分鐘都處在惡化的焦慮和痛苦中。在那之後，我又試著打給他幾次，他沒接電話，也沒回訊息。他已經沒入那座無盡哀愁的井，超越故事所能及，自己卻不知情。但他有份美麗、令人渴慕的純真，而且從未放棄。

# 中國的海鸚

The Chinese Puffin（2008）

那隻海鸚是我哥鮑伯送我的耶誕禮物，包在一個沒有任何標記的塑膠袋裡，看來像某種玩偶或絨毛玩具。它有羊毛襯裡的身體和一張令人想去壓壓看的橘色大嘴，眼睛則鑲嵌在三角形的黑色毛皮上，賦予它一種哀傷或焦慮或一開始不贊成的表情。我立刻愛上那隻鳥。我幫它配上滑稽的聲音和個性，來娛樂和我同住的加州人。我給鮑伯寫了一封熱情澎湃的致謝函，他回覆時告知我，那隻海鸚不是玩具，是高爾夫配件；他是在奧勒岡西南部的班頓沙丘高爾夫俱樂部買的，意在提醒我可以去他居住的奧勒岡打高爾夫和賞鳥。那隻海鸚是高爾夫木桿的護套。

我跟高爾夫處不來是因為，雖然我一年為了交際會打它個一、兩次，但有關高爾夫的每一件事幾乎都令我厭惡。這種球賽的重點似乎是一整塊又一整塊工作日長度的時間，被富裕白人有條不紊地實施安樂死。高爾夫吃土地、喝水、迫使野生生物遷移、促進地區雜亂擴展。我不喜歡高爾夫禮節中的洋洋得意，不喜歡電視球評那種妄自尊大的沉默。最重要的是，我不喜歡我打得很爛。高爾夫，反過來拼就是鞭打。[41]

我確實擁有一套便宜的球桿，但絕不會把我的海鸚套到哪一支上。首先，那個加州人每天晚上都把它抓到床上去。那隻海鸚很快確立了家中副手地位。在外面的自然世界，真正的海鸚（以及其他許多在外海生活的鳥類）都受到海洋過度捕撈和巢居地銳減的重創，但在紐約市中心，自然可以是冰冷而抽象的玩物。這個玩具毛茸茸的，而且近在咫尺。

珍．斯邁利的偉大著作《格陵蘭人》（*The Greenlanders*）裡有一篇關於挪威農人的故事，他帶了一隻小北極熊回家，當成兒子養。雖然那隻熊學會閱讀，但改不了熊的本性和大胃口，最後把農人的綿羊吃光。農人知道他得擺脫那隻熊，但始終沒辦法硬下心腸，因為（故事裡反覆提及）那隻熊有又漂亮又柔軟的毛，和一雙美麗深邃的眼眸。對斯邁利而言，這隻熊隱喻一種愉快到無法抗拒的毀滅性熱情。但這篇故事也率直地警告多情的偶像崇拜。智人（homo sapiens）是一種想要相信的動物：無視嚴酷的自然法則，而相信其他動物是人類家庭的一份子。關於我們對其他物種的責任，我可以做出合乎道德的好論述，但我有時不免懷疑，我對生物多樣性和動物福祉的關注，根本上可不可能是一種退化，退回我童年的臥室和裡面的絨毛玩具堆：左擁右抱和種類和諧的幻想世界。斯邁利備極煎熬的農人最後不得不獻出自己的手臂給他永不滿足的熊兒子。

上個秋末，當《紐約時報》刊登一系列有關污染、缺水、沙漠化、物種滅絕和中國濫砍濫伐等危機的長篇報導，而每一篇我都讀不了五十個字時，一支超棒的新吉普車廣告開始在美式足球賽期間播映。就是那部有一隻松鼠、一匹狼、兩隻角百靈（horned lark）和一個運動休旅車駕駛人一邊沿著空蕩的公路穿過原始林，一邊齊聲歌唱。我特別喜歡那匹狼大口吞下一隻角百靈，挨了駕駛白眼，乖乖吐出毫髮未傷的鳥，又開口大聲唱歌的那一

41 高爾夫英文為「golf」，鞭打為「flog」。

刻。我非常清楚，比起狼，運動休旅車對百靈鳥的威脅更甚；我知道，比起中國和亞洲其他地方那些吞噬自然世界的獸人，我的國家的胃口不遑多讓；但我喜歡那個吉普車的廣告。我喜歡我的高爾夫配件那擔憂的眼神和柔軟的毛。我不想知道我知道什麼，但也無法忍受自己不知道。一天下午，一個可怕的預感湧現，我進臥室抓起那隻海鸚的翅膀，把它套在一盞發亮的燈泡下，翻出內裡，果不其然，裡面有這個標籤：**中國手工製**。

我決定拜訪這隻海鸚出身的世界。創造這隻假鳥的工業體系正在摧毀真鳥，而我想去一個無從隱瞞這個關聯性的地方。基本上，我想知道狀況有多糟。

我打電話給那隻海鸚標籤上的美國公司——亞利桑那鳳凰城的黛芬妮護套公司（Daphne's Headcovers），跟公司總裁珍．史派瑟（Jane Spicer）說話。我擔心她會對她的中國供應商三緘其口，尤其最近中國玩具又爆發醜聞，但她完全不是。我們第一通電話，她就告訴我她的黃金獵犬亞斯班、撿到的貓芒果、亡母黛芬妮（珍十歲就跟母親一起開了這家公司）和丈夫史提夫（負責產品製造端）的事，還有她最知名顧客老虎伍茲（Tiger Woods）那隻毛茸茸的老虎護套（暱稱法蘭克），曾在二〇〇三及二〇〇四年合演過耐吉（Nike）一系列電視廣告。她告訴我，她母親就是英國移民，特別強調要雇用移民來縫製護套；而她，珍，曾出借一些員工給一個製造貓玩具、但員工走光而急著履行訂單的女人；然後，多年以後，彷彿遵循神祕的因果報應，在那個女人意外致富而珍早把她的事忘得一乾二淨後，她打電話給珍，說：「記得我嗎？妳救了我的事業。我一直在想辦法報答妳，現在我想要妳見見我一些中國來的朋友。」

黛芬妮是全球動物型護套業的龍頭。當我到鳳凰城拜訪公司總部時，珍把我介紹給她稱為「動物園工作員」的員工認識，他們負責檢查護套，並依物種分裝進塑膠襯裡的箱子。她幫我找出海鸚的位置，堆在箱子裡的牠們，看起來就跟送洗衣物一樣活潑可愛。在樣品室，她給我看了幾箱未經授權的仿冒品，上面都有數紮法律文件。「我們提出訴訟的對象絕大多數是美國公司，」她說：「中國製造商根本不知道自己侵犯了什麼。」她的老虎和花栗鼠（與電影《瘋狂高爾夫》〔*Caddyshack*〕有關）是特別受歡迎的智慧財產侵犯目標。也有用真實動物的濃密棕色毛皮做成的海象護套。「這該在那隻動物身上的。」珍嚴肅地說：「幹這件事的人會有報應，但我們的律師會先找上他。」

我問珍能否讓我會見她在中國的供應商，珍說也許可以。她要我知道，無論如何，中國供應商的員工薪資平均都有當地基本工資的兩倍，或接近兩倍。「我們想為追求完美支付代價，」她說：「也希望在那裡有好的果報——希望有愉快的員工在愉快的工廠工作。」她和史提夫仍親自操刀一些設計，但也放手讓中國的合作夥伴做愈來愈多設計。史提夫從鳳凰城用電郵寄去一張草圖，一個星期後就能拿到毛茸茸的原型樣品。當他親赴中國時，那裡的團隊如果在午餐前做出原型，下班前就可以提交修改版。語言通常不是問題，雖然史提夫確實很難跟中國團隊解釋灰鯨的「藤壺」[42]，也曾有員工來問他這個奇怪的問題：「你說你想要每一隻動物**生氣**。為什麼？」史提夫回答，不，恰恰相反，他和珍想要他們的動物看來開心，也讓接觸他們的人開心。被誤譯為**生氣**（angry）的那個字是**逼真**（realistic）。

「先工作，**再**玩樂。」我正式抵達中國的第一天，大衛·徐就興高采烈地告誡我。他是寧波市的外事官員。蓬勃發展的寧波位於上海正南方，而我們的「工作」就是從一間工廠坐租來的廂型車到另一間工廠。從廂型車後座看來，大寧波的每一吋都在施工或同時重建。我極新的飯店就蓋在一家非常新的飯店的後院，相隔不到幾公尺。馬路現代化但千瘡百孔，彷彿明白反正不用多久又會整條掀起來。鄉下處處翻新，喧騰不已；在某些村落，很難找到哪間屋子門前沒堆著砂石或磚塊。工廠如雨後春筍冒出農田，在較不新的工廠外圍，高架道路的支柱則在鷹架後立起。寧波近幾年居高不下的成長率——大約百分之十四——很快變得讓人光看就覺得無力。

彷彿要重振我的精神似的，徐在前座轉身，笑容可掬地強調：「中國是個**發展中國**家。」徐的牙齒很漂亮，戴著相當時尚的稜角眼鏡，散發非終身職文學教授的那種奉承式的熱切，而且不論我們聊到哪個想得到的話題，他都能令人陶醉地侃侃而談——我們的司機缺乏基本道路技能、中國漫長而多事的同性戀史、舊寧波地區是怎麼突然而可怕地被夷平和取代、甚至長江三峽工程有多不智。徐也仁慈地克制自己，沒問我從七天前抵達上海到前一天中午正式抵達寧波這段期間，都在做些什麼事。為回報這份仁慈，我試著對他帶我去的每一間工廠展現出高昂的興致，連顯然不具代表性的工廠也不例外，例如「吉利」這家對其「水溶性」車體油漆等綠色製造法（徐說：「『綠色』代表對環境友善。」），深感自豪的汽車製造業先驅，以及重型機械製造商「海天」——員工一般每年可帶九千美元回家（徐：「那是我收入的兩倍欸！」），而且很多員工自己開車上班。

徐答應在工作後帶我去享受的是即將完工的杭州灣跨海大橋ＶＩＰ巡禮——橋全長三十公里，是世界最長的跨海大橋。但去到那裡之前，我們得先在欣欣向榮的慈溪市觀看全地形車的車身被噴漆、摩托車的輪子被銑削、壓克力「棉」的纖維被壓製和巧妙地處理。去年慈溪市的出口總值達四十億美元，有兩萬家私人公司，國營企業只有一家，很多在地人都是工廠的所有人或管理者，使定居人口幾乎快被從事普通工作的移民勞工人口追上。我讀了很多關於移工的事，也知道很大比例還在二八年華，但我沒料到他們看起來那麼年輕。在壓克力纖維工廠，四名掌管指揮中心的工人像是從十年級教室借調來的。他們坐在那裡緊盯著平板螢幕閃爍著流程圖和資料流，兩男兩女，穿著牛仔褲和運動鞋，彼此間一句話也沒說，好像恨不得獨處一樣。

當我們抵達杭州灣大橋時，太陽正在西下。橋的營建成本（總額約十一億美元）大多由寧波政府支應，政府已經規劃在東側開闢廣大的新工業區。這座橋將省去上海到寧波一

42　灰鯨身上常有藤壺這種甲殼動物寄生。

半的開車時間；在（二〇〇八年）五月正式啟用後，奧運聖火將傳遞過橋，前往北京及綠色奧運[43]。在我們往返途中，我見到唯一活著的動植物是一對迅速飛過的海鷗。為對抗單調，欄杆的顏色每五公里換一次。在橋的中心點，我下車眺望混濁的灰色潮水沖擊混凝土的防波堤，而那座防波堤上，也正在建造一間河濱餐廳和飯店。我發現自己好想見到更多鳥，什麼鳥都好。

根據我申請的簽證，這次寧波之旅的目的是為美國出口業者考察中國製造，但我小心地讓徐知道，我也對鳥感興趣。現在，試圖討我歡心，也讓我們這一天圓滿結束，他請我們的司機從大橋往西開，進入一個有蘆葦苗床和池塘、被寧波政府列為自然區維護的系統。這裡大半面積才剛焚燒過，而徐說，政府考慮將整個地區改造成「濕地公園」。

這星期稍早，我在上海見過一座這樣的濕地公園。我很努力讓自己聽來熱情洋溢。「丹頂鶴在這裡很常見。」徐在前座跟我保證：「政府正在種植樹木，協助庇護鳥類免受惡劣環境之害。」

我感覺他的話多少帶點即興創作，但很感謝他的努力。我們路過幾塊寸草不生的潮埔，荒蕪得彷彿置身多細胞生物還沒出現的時代。我們越過一條寬廣的運河，我以為瞥見四隻歇腳的鴨子或鸊鷉（grebe），但只是塑膠瓶。我們經過一座有幾面魚池的「生態農場」，魚池四周環繞著度假小屋。最後，在漸暗的天色中，我們從一座長滿植物的濕地嚇出一批夜鷺。我們下車，站著看牠們盤旋飛翔，朝我們靠過來一些。大衛．徐好不興奮。「強納森！」他大叫：「他們知道你愛賞鳥！他們在歡迎你！」

前一個星期，當我抵達上海的時候，我對中國的第一印象是：這是我見過最**先進**的地方。上海規模驚人，從天空就浮現數萬幢矩形房屋排列整齊的扁平遠景——拉近一點才發現，其實每一幢都是一個大公寓區——到了地面，眼前更是充斥新得殘忍的摩天大樓、不利行人的街道和冬季天空煙霧瀰漫的人造黃昏——在在令人毛骨悚然。彷彿世界史的神在問：「有人想跌入深得前所未見的糞坑嗎？」而這個地方舉手說：「選我！」。

一天下午，我和三位中國土生土長的賞鳥人士同搭一部租來的車從上海向北而行。人造黃昏已經積聚了數個小時，但，夜，直到我們來到鹽城國家級自然保護區的邊緣，推擠著下車、跟著名叫馴鹿（M. Caribou）的賞鳥嚮導走下一條農業小路的那一刻才真正降臨。氣溫在冰點以下。唯一的顏色是各種帶深藍的灰。一隻完全無法辨認的鳥從某處野草衝了出來，飛進更深的夜空。

「某種雀。」馴鹿推測。

「天很暗了。」我發抖地說。

「我們要利用最後一點光線，」自稱惡臭（Stinky）的年輕美女說道。

---

43 綠色奧運（Green Olympics）是北京奧運會的重要理念之一。

天更黑了。正前方，名叫影子（Shadow）的年輕男子為他口中的野雞興奮得滿臉通紅。我聽到牠的聲音，急忙四處張望，試著辨識種類。馴鹿領我們經過車子，我們雇請的司機正坐在裡面享受暖氣。我們盲目地跑下一條田埂，進入一座小樹林，裡面都是柴枝般的樹木，蒼白的樹皮讓樹叢更顯陰暗。

「我們來這裡做什麼？」我說。

「可能有山鷸，」馴鹿說：「牠們喜歡樹木不太密集的濕地。」

我們在黑暗中衝來衝去，希望一睹山鷸。在離我們九公尺左右的馬路上，小巴士和小貨車呼嘯而過，轉彎、按喇叭、揚起我吃得到但見不到的塵土。我們停下腳步，專心聆聽一首嘰嘰喳喳的樂曲，結果那是一部向這裡騎來的腳踏車軸承轉動的聲音。

惡臭、影子和馴鹿在說英文時都用他們的網路名稱。惡臭是個五歲小孩的母親，兩年前喜歡上賞鳥。她和我透過電子郵件安排了這趟造訪鹽城——中國沿海最大的自然保護區——的行程，也說服我避開官方嚮導，改而雇用她的朋友馴鹿，他尋鳥一天的酬勞是七十美元。我問惡臭她真的要我叫她惡臭嗎？她說對。她頭戴黑色羊毛帽、身穿尼龍外套和尼龍戶外長褲到我下榻的飯店來。她的朋友影子則是生物系學生，身穿羽絨外套和薄燈芯絨褲，拿著借來的野生動物照相機，時間也是借來的。前半段車程載我們穿過長江三角洲的中心，也就是最近占了中國GDP近二〇%的地方。我們先經過一個有工業區、有中等樓高的住宅和零碎農地的遼闊平原，緊接著又來一個。自始至終，在南方地平線上都有某棟神話般的特大型建築，在冬季的光線中猶如海市蜃樓——某棟發電廠、某棟玻璃帷幕的金融殿堂、某個彷彿注射類固醇般脹大的餐廳飯店綜合區、某座……穀物升運機？

坐前座的馴鹿以略帶急躁的機警掃視天際。「現在**生態**這個詞在中國很火，到處都見得到。」他評論道：「但不是真正的生態。」

「四、五年前中國根本無鳥可賞。」惡臭說。

「不——更久，」影子說：「十年！」

「但上海只有四、五年。」惡臭說。

長江以北，在俗稱的蘇北地區，我們開車穿過擁擠而破敗的市郊——我過了很久才明白這不是市郊，蘇北就長這樣。那些房子斑駁、未上漆、俗不可耐；唯有屋頂的輪廓線，那必定殘留著遠東式上翻的尾端，讓我的美學鬆一口氣。我們沿運河前進，河面凍結著厚厚幾層漂浮垃圾，河邊則堆了更厚的廢棄物。紅和白是垃圾最主要的顏色，但也有相當數量被太陽曬到褪色的其他顏色塑膠品。我很少見到直徑超過二十公分的樹。蔬菜緊密地成排種在路堤上，種在一群群幼樹間的通道中，在交通三角標誌上，也直接種在每棟大樓的牆上。

連馴鹿也承認夜幕已低垂時，我們離開保護區，開進新洋港的村落。那裡的建築皆兩層樓高，由未裝飾的混凝土或磚塊砌成。光線，主要從前門敞開的商店裡那些低瓦特的裝置中溢出。晚餐時，在天花板上嵌著的暖氣頻頻送進凜冽寒風的房裡，馴鹿告訴我他如何成為中國人民共和國首屈一指的賞鳥嚮導。他說他從小就愛動物，念大學時偶爾畫畫鳥，並把他對自然的紀錄用電郵寄給同學。但少了完整的中國野地鳥類圖鑑，就當不成真正的賞鳥家，而第一部這樣的圖鑑，要到二〇〇〇年才由馬敬能（John MacKinnon）和費嘉倫（Karen Phillipps）出版。馴鹿在二〇〇一年買了一本。兩年後，他在上海擔任航空管制員。「那是**很棒**的工作。」惡臭告訴我。但馴鹿不這麼想，他討厭漫長的夜晚，以及和機長及航空公司主管無止境的爭執；他甚至得跟用手機打電話給他的乘客吵架。但他最大的抱怨，是那份工作無法讓他全心賞鳥。「有時候，連續一、兩個星期，」他說：「我完全沒睡覺，就不停賞鳥、賞鳥、工作、工作。」

「可是你可以免費飛到其他城市！」惡臭說。

的確如此，馴鹿說。但他的排班從不允許他在任何城市待超過一整天，所以他離職了。兩年半前，他開始靠擔任自由鳥類研究員和嚮導維生，最近才在臉書遇上惡臭，試著要他建立個人網頁向國外宣傳。她說，很多歐洲人和美國人都不知道有中國賞鳥者這種東西，更別說中國賞鳥嚮導了。我問馴鹿二〇〇七年當了幾天嚮導，他皺眉算了算，「不到十五天吧。」他說。

隔天早上六點半，在半途吃了麵條和塞滿可口蔬菜的糯米包當早餐後，我和惡臭、影子及馴鹿回到保護區。如同中國許多保護區，鹽城分為嚴格保護的「核心區」和範圍較大的「外圍區」，外圍區容許帶雙筒望遠鏡的遊客進入，也准許當地人在此生活和工作。中國東部幾乎沒有原始棲息地，鹽城當然也見不到。外圍區似乎沒有哪一公頃沒有拿來養殖魚類、開闢稻田、修築路面、挖掘溝渠、砍割蘆葦、重建房屋和進行五花八門的大規模土方工程及澆灌混凝土。馴鹿帶我們看到丹頂鶴（尾巴多毛、風華絕代、瀕臨絕種）、震旦鴉雀（reed parrotbill，體型嬌小、臉蛋滑稽、受脅物種），以及據我統計其他七十四種鳥。我們沿著一條正在拓寬中、由一群工人鋪設的溝渠搜尋雀類，那些工人在摩托車上騷動起來，問我們是不是在獵野雞。這在中國很常見，賞鳥人士也常被誤認為勘查員，而被告知「這裡沒有鳥啦」，然後被問：「你在找的鳥很值錢嗎？」

彷彿預示一般，我們在一塊呼籲**開發土地**、**保護濕地**、**貢獻經濟**的告示牌，和一個拿鐵鍬挖穀倉地基的農民附近，見到一隻中國灰伯勞。我們侵入一戶民宅的院子，屋主在外面看著兩個男人笨手笨腳地修理變電箱；大約六公尺外，煤渣磚堆附近，一隻令人驚豔、囚衣條紋、冠毛招搖的戴勝，正在一片枯草裡搜尋食物。在一座兩個月前馴鹿還看到水鳥的蓄水池旁，我們和一位非常帥氣的男士打了照面，他跨坐在摩托車上，對我們燦爛地笑。馴鹿判斷這地方已經為魚類養殖重整過，現在沒有鳥了。我們徹底搜查保護區遊客中心附近的樹林和灌木叢，為這一天畫下句點。在遊客中心，你可以在馬路這邊看到一隻孤伶伶的鴕鳥，這不用錢，而馬路的那一邊，如果你花四美元，可以欣賞幾隻馴養的丹頂鶴在滿地黃草、積了髒水的柵欄裡無精打采，並爬上一座可眺望保護區核心地帶的高塔。

「這裡明明是荒地，哪是濕地。」馴鹿這樣忿忿不平地形容遊客中心：「中國自然保護區的問題是，在地人不支持。住附近的人心想，我們發不了財、蓋不了工廠、建不了發電廠，都是這些保護措施害的。他們不知道保護區是什麼，濕地又是什麼。鹽城應該開放部分核心區給大眾參觀，讓他們感興趣。幫助他們多認識丹頂鶴。這樣他們才可能支持。」

擅自進入核心區的罰金名義上是四十美元，但也可能高達七百美元，視公安的心情而定。理論上，為了盡量避免人類打擾稀有的候鳥，核心區應該封閉，但如果你不顧一切在二月底長驅直入，會看到一長列嘈雜的藍色卡車隊在漫天塵埃和柴油廢氣中，於四通八達的泥路上蹦蹦跳跳。這些卡車是空著進去，而後，堆著和房子一樣高、馬路一樣寬的收割蘆葦出來。你很容易看到像震旦鴉雀之類受威脅的物種，因為牠們的群落已被趕到廣闊泥沼——連續數平方公里，綿延到地平線——旁狹窄的植被帶，而植物都被割到地面的高度。如果你夠幸運，或許也能見到全球僅存兩千多隻、在淺水灘進食的黑面琵鷺（black-faced Spoonbill），旁邊還有瀕臨絕種的東方白鸛（Oriental stork）和瀕臨絕種的鶴，而在牠們後方的一小塊地，工人正將一綑一綑的蘆葦拋上卡車。

據保護區一名行政人員表示，當地法規允許民眾在候鳥過境前後割蘆葦。當保護區於一九八〇年代成立時，中央政府沒有給予足夠的營運資金，所以保護區會向割蘆葦的農民收取規費；現在，割蘆葦有個冠冕堂皇的理由：那是預防火災的措施。「全球的非政府組織希望中國用西方國家的方式從事保育工作，但不希望任何中國人開車，」另一個沿海保護區的主管告訴我：「所以我們必須用中國的方式做事。」我不確定對於鹽城的丹頂鶴來說，火的威脅是不是比核心區半年一次的堅壁清野來得大，但我知道大部分的中國仍在「先發展，後環保」這句八〇年代的口號下運作。我問馴鹿，隨著中國經濟繼續擴張，鳥類的境遇會不會變得更糟。

「肯定會。」馴鹿說。他列了一些在中國東部繁殖或過冬，且正在消失的物種：巴鴨（Baikal teal）、唐秋沙（scaly-sided Merganser）、青頭潛鴨（Baer's Pochard）、黑頭白䴉（black-headed Ibis）、硫磺鵐（Japanese yellow bunting）、白頭鶴（hooded crane）。「就算十年前，你都可以見到遠比現在多的數量。」他說：「問題不在偷獵，最大的問題是失去棲息地。」

「這是趨勢，我們無能為力。」惡臭說。

在從遊客中心出發的路上，幾近一片漆黑中，影子大叫說他看到四隻水鴨和一隻鷸。

---

惡臭原本希望成為行銷或公關人員，但她想找一份不需要加班的工作，而在現今中國，每一份工作都要加班。她和丈夫曾在美國住過兩年。雖然他們最後覺得相較於中國，美國的生活太無聊而且可預測，但現在覺得，自己比起他們從未離開過中國的朋友

缺乏「彈性」。「要我們倆放棄原則，比較難一些。」惡臭這麼說：「比方說，無論在中國和美國，人們都說家庭至上。但在美國他們說的是真心話。在中國，大家在乎的是事業和出人頭地。」她和丈夫已經在四川成都買了一間退休公寓，成都人是出了名地知道怎麼放輕鬆和享受生活，但現在她的丈夫在蘇州長時間工作，每星期只有幾個晚上會回上海的家，而惡臭追求新嗜好的勤勉幾乎絲毫未減。自參加上海野鳥會贊助的遠足計畫兩年來，她為組織做財務紀錄、管理數項拓展計畫、在網路上積極公布在地鳥類數量，進而在去年夏天，於福建省見到世界最稀有的物種之一，黑嘴端鳳頭燕鷗（Chinese Crested Tern）。

星期天早上我和她一起參加上海野鳥會的年會。四十名會員，包括十二位女性，齊聚林業局大樓十九樓的一間教室。新會員相當容易辨識——正害羞地交換常見鳥類亮光貼紙的就是了。穿著時髦黑色牛仔褲、一頭濃密秀髮披肩的惡臭，從一群朋友間走出來，發表了清晰而精湛的財務報告，使用的表格還裝飾了錢幣滾進可愛小豬撲滿的漫畫圖案。（二〇〇七年的經費來源主要是香港鳥會捐助年度上海觀鳥節九百美元。）今年，史上第一次，該會的董事會直接由會員選舉產生，而非由政府指導單位上海野生動物保護協會指派。一名較年長的會員起身像發烤肉般地提供九個候選人的簡歷，包括「超級名模」（惡臭）、「特別年輕的學生」（影子）和「非常平易近人的好人」（上海最優秀的業餘賞鳥人士）。會員們對照相機微笑，然後一個接一個，半開玩笑似的行禮如儀，將粉紅色的選票投入一個有狹長孔的箱子裡。

中國的政治體系並不允許帶有激進意味的西方環境**運動**。長江三峽大壩確實引發了接近有組織全國性抗爭的反彈，但這有部分是因為政府對此工程意見分歧，也因為該水壩儼然變成全面性政治不滿的著力點。中國政府最近才慚愧地處理無錫市附近太湖的污染，但不是因為民眾聲嘶力竭地批判（他們後來入獄），而是因為藻華已危害到無錫的供水。中國確實有不少優秀、敢言的環境運動人士，其中多位曾任新聞記者，而普通民眾常針對特定環境威脅發動鄰避（NIMBY，即嫌惡設施）抗議。但社運人士與官僚之間的對峙，沒有北京政府和地方省籍政府之間的緊張來得重要——北京政府原則上承諾加強環保工作，地方政府則明確支持成長。諸如上海野鳥會等非政府組織，不允許結盟或接受全國性團體指揮，而且每一個組織都需要一個政府指導單位。它們有點像我們美國在地奧杜邦學會（The National Audubon Society）的分支，如果沒有全國性團體——沒有在華府煽動的塞拉俱樂部（Sierra Club）——在他們左邊的話。這些非政府組織幾乎都不到十歲，而它們到目前為止的使命，主要是教育性。

西式的保育抗爭要是真的在中國發生，也通常是臨時的、地方性的、無效果的。直到四年前，江灣濕地（設於廢棄軍用機場遺址的多元棲息地，面積八平方公里）曾是上海中央區最大的自然空間，也是一顆吸引在地賞鳥客的磁石。當賞鳥人士獲知該處即將開發興建住宅後，他們與當地研究人員合作，請願要求政府放棄或修改計畫，並徵求新聞記者幫他們宣傳。政府的回應是撤掉一張濕地的郵票，因為，照馴鹿輕蔑的說法：「你可能會在上頭看到一些畫眉或白鷺。」除此之外，開發案完全照原訂計畫進行。

惡臭在董事會選舉得票領先，四十張選票中有三十八張提名她。特別年輕的影子是兩位落選人之一。在百匯式午餐後，我們觀賞上海非常平易近人的最優秀在地賞鳥人士播放幻燈片，他剛去生物豐富多樣的雲南省旅行。（「我在這裡，」他邊按鈕邊說：「被一隻水蛭攻擊。」）惡臭全神貫注地欣賞這次簡報。她自己也將拋下丈夫和女兒，和馴鹿共赴雲南，展開為期兩周的賞鳥之旅，可望見到至少一百種她從未見過的鳥類。我問她，她的丈夫對她的嗜好有何感想。「他覺得我玩得很開心啊。」她說。

從教室窗外，可以看見金茂大廈的上半部——我待的飯店就位於那一半。幾個月前，當高得多的上海環球金融中心仍在對街成長時，金茂還是世界第五高樓。此後，環球金融中心便坐上亞洲最高大樓的衛冕者寶座，這位子可以坐到後年，屆時附近又預定有更高的大樓拔地而起。在我位於七十七樓的飯店房間裡，我的眼睛逐漸適應光源，窗框裡的天空因燃煤而生的煙霧而泛白，每一個閃閃發亮的裝置都邀請我深思開採其原料、加工處理、搬運到上海再拉到離地近三百公尺高所需的能源。切割、磨亮的大理石、熱熔的玻璃、鍍上其他金屬的鋼。經歷過蘇北的寒冷陰暗，這個房間在我看來奢侈得無法無天，除了建議客人不要飲用的自來水外。

「你在森林裡找不到的物種，」那位上海頂尖賞鳥人譏諷道：「都可以在當地的市場，在籠子裡看到。」

會議上遇到的兩名年輕男子，張逸飛和馬克斯・李，提議隔天帶我環遊長江口。張逸飛身材瘦削、五官清秀，曾任新聞記者，現服務於上海的世界野生動物基金會。馬克斯是上海在地人，曾赴美國斯沃斯莫爾學院修工程學，回鄉後成為吃素的賞鳥者，並追求生態方面的事業。（「我在試，但在這裡吃素活不下去。」馬克斯一邊向街販買煎蛋捲給我們當早餐，一邊這麼說。）在崇明島一個自然保護區度過上午後，逸飛和馬克斯想要我看看上海郊區一座濕地公園。對中國的保育人士來說，**濕地公園**一詞的意思近似**可愛動物區**。這些公園基本上都挖了池塘、建了上鏡頭的島，島上縱橫交錯著令鳥類反感的寬敞木棧道。上海這座公園鄰近一座軍事基地，射擊場就在旁邊，使每一次炮火齊發聽起來都像電動遊樂場；我看到一枚曳光彈環繞我們頭頂的天空。公園裡也有彩色的聚光燈、假的大石頭迸出中國流行樂，還有密密麻麻種成直排的三色堇花圃。逸飛低頭望著那些三色堇，說：「笨蛋。」

我們搭一艘又舊又慢的渡輪越過長江。河水是濕水泥的顏色。接近岸邊時，數百名乘客湧向渡輪的艙壁，奮力擠出小門，踏上狹窄的平台，再步下一組陡而窄的金屬梯。雖然我喜歡這城市的步調：中國人下噴射客機的速度奇快，中國電梯門也是一觸即發，但我不喜歡在梯子一樣的樓梯上摩肩擦踵。我很習慣紐約市的人潮，但不習慣這種人潮。一個差異是敏捷度：在這裡，最微小的優勢也要把握，最纖毫的猶豫也會被利用。不過，更驚人的是那些在我身邊推來推去的女性（大多是女性），自我蒙蔽的低頭角度。那種角度只能看到眼前一步的地上，其效應不是讓我覺得受質疑或怨恨（類似萊辛頓大道的地鐵讓我血壓驟升的感覺），而是使我覺得自己彷彿沒有生命。我就只是一個被人隱約意識到的障礙物而已。

我問馬克斯和逸飛，多數中國人民何以看似對環境危機漠不關心，特別是野生生物。「這裡其實長久以來有個『與自然和諧』共存的文化傳統。」馬克斯說：「那種概念傳承了數千年，不可能徹底消散，只是在這個世代暫時失落而已。毛澤東當政時期，所有傳統價值都被瓦解，所以現在大家都只想變有錢。你愈有錢，就會得到愈多尊敬。九〇年代第一批真正致富的是廣東人，然後其他省分的民眾開始仿效廣東人的生活方式，包括吃一大堆海鮮來炫耀所擁有的財富。」

「我們研究環境現況的研究人員不夠多，」逸飛說：「而現職的研究人員也悶不吭聲。在所有政府機構，包括科學院，每個人都只想說正確的話來討好上司。許多假資訊取代了真實的資訊——你知道的，比如『中國富含天然資源』。這個國家的整體趨勢（趨向更大的知識自由）是好的但仍非常有限。於是，到頭來，人人仍只在乎能為自己拿到什麼，最終目標變成個人生存。」

在寧波，我請求參觀一家製造高爾夫球桿的工廠，而不厭不倦、笑容可掬的大衛．徐讓我如願以償。徐一直和公司總裁講電話，講到我們抵達工廠的那一刻，一再向他保證我真的是作家，而他，徐先生，真的在國際事務單位工作。前一年，那家公司的一個競爭對手派了數名偽裝成記者的間諜到他們工廠。

現代高爾夫球桿工廠或許看來超高科技，但勞力仍是不可縮減之密集。這家位於寧波的工廠雇用約五百名工人，其中大多來自中國中部及西部。他們住在工廠宿舍，吃在員工餐廳，而根據該公司年輕的銷售經理勞倫斯．羅表示，他們一般不怎麼了解他們製造的品項。羅說他自己一年只打幾次高爾夫，都是公司有新產品要測試時才去打。這家工廠製造的球桿大多連同笨重的球袋一起，在美國的大型零售賣場成套售出。工廠裡光禿禿的混凝土和基本照明設備可能只用了一年，也可能用了十五年。男性工人所操作、被油脂染黑的機器也是。那些機器負責把未加工的鋼管軋成錐狀，再將工整的波紋套圈壓入，形成桿身。女性員工在一條一條石墨複合物上塗膠，之後將其纏上桿身，並用高溫黏合。一部責任重大的機器將鋼板壓入中空的桿頭；在另一部機器的兩側，兩個男人用鑷子插入並搬動球桿的正面，讓機器壓出水平的溝槽。在壓印後，桿頭會被送進一個燈光昏暗、滿是水冷式砂輪機和戴口罩肌肉男的房間銑磨；羅向我保證那些水會回收使用，通風也比以往好得多，但那場景仍是十足的煉獄。樓上，在一個油漆味濃得驚人的房間，好幾個神情堅毅、頂著蓬鬆頭髮、穿著超大靴子和長襪的女孩正在檢查桿身的成品，把小瑕疵擦乾淨。其他年輕人則給桿頭噴砂、在桿身上貼印花、親手為刻著商標的溝槽著色，並給桿頭注膠，以免殘留的矽粒嘎吱作響。在一樓，最終成品堆放的擁擠空間裡，閃亮桿頭的森林隱約浮現於五彩繽紛球袋的稜線，以及寬廣的蘆葦床上：蘆葦的莖是桿身，頭是加了軟墊的握柄。

一如中國的自然保育區，這家工廠也被困難團團圍住。公司的薪資總額（目前每名員工平均月薪約兩百美元）年年上漲，國家也頒布了至少理論上提高最低工資，以及要求公司提供員工保險和資遣費（短期員工除外）的新法令。因為中央政府也決意開發中國內陸地區，諸如寧波等沿海城市的雇主必須提供更高的誘因吸引及留住離鄉背井的員工。在此同時，中國的出口稅額減免不若以往大方、原物料成本節節上漲、美國經濟衰退、美元像落水狗，但工廠卻不能將增加的成本轉嫁到消費者身上——否則美國買主會去找另一家工廠。

「我們的淨利率已變得非常、非常小，」羅說：「就和十年前台灣製造商紛紛遷來這裡的時候一樣。現在我們看到愈來愈多業者移往越南了。」

「越南很小。」大衛．徐笑意昂揚地反駁。

離開的時候，我們在前門看到一只大高爾夫球袋，裡面塞滿包了塑膠套的球桿。

「這些是我們製造的最好的球桿，」羅告訴我：「頂級的。總裁想要送你這份禮物，因為你對高爾夫有興趣。」

我看看徐，再看看幫我翻譯的王小姐，但兩人都未能明確暗示我該怎麼做。彷彿置身夢中，我看著那袋球桿上了我們廂型車的後車廂，看著門關起來。某條眾所皆知的新聞倫理規範，想必適用於此？

「呃，我不知道，」我說：「這件事我完全不知如何是好。」

下一件我知道的事情是，羅揮手道別，我們驅車離開，進入近午的薄霧中。一陣強勁、溫暖、煙霧瀰漫的風吹起；空氣突然變得非常糟。我想，要是我更確知中國的商場禮儀，我應該已經拒絕那份禮物了。但老實說，在那關鍵的一刻，聽到「頂級」的甜言蜜語，想到握著那些光滑、性感、最新款高爾夫球桿的畫面，我目瞪口呆，動彈不得；那趟漫長的工廠行程加深了我對成品的慾望。但此刻我才想到，寧波和紐約之間可是要大費周章地搬運。此外：要是接受這麼貴重的禮物，我還寫環境油漆味濃重，會不會顯得失禮？此外：我不是討厭高爾夫嗎？

「我想我們應該回去歸還球桿。」我說：「我們可以這麼做嗎？會不會冒犯總裁？」

「強納森，你得收下球桿。」徐說。但他的話聽來不是很有把握。我解釋，帶超重的行李旅行有多麻煩，而個子沒比球袋大多少的王小姐提議由她幫我帶回上海，保管到我飛回家為止。「我得減肥。」她說。

「那將是你這次旅行的紀念品。」徐說。

「你無論如何都該收下。」王小姐同意。

我想到一個月前的奧勒岡之行。為了幫我哥慶祝重要歲數的生日，我終於陪他去了班頓沙丘。我在專賣店裡看到好幾籃神情憂慮的海鸚，也愈來愈不耐地，在鮑伯頻頻推桿讓球似乎越過郡界順利進洞之際，一連搞砸漂亮的十八洞。從鮑伯家到班頓途中，我們搭乘波特蘭的輕軌線到機場。如果你想感受一下白人、男性和悠哉有多棒，幾乎沒有比在早上尖峰時段為難種族多元的人潮、逼人們避開你的高爾夫球袋更好的做法了。

我告訴大衛．徐，我想把新球桿當禮物送他。他抗議：「我這輩子從來沒碰過高爾夫球場的門！」但最後，他別無選擇唯有接受。「這些能幫助我記得你，」他帶著哲學意味地說：「那將是我一生非比尋常、多彩多姿的調味品。」

在江蘇野鳥會（總部設在江蘇省省會南京，上海附近）網站最近數千篇貼文之中，有個脈絡是從一位新會員小小哥（Xiaoxiaoge）張貼了他在一座動物園拍攝的鳥照片，而遭到嚴厲譴責開始。小小哥回擊：

我從沒聽過哪個動物保護組織表達對動物園的負面意見……所謂「野生動物保護區」不就只是為了保護動物而設立一個地方來「監禁」牠們嗎？

他繼續說：

> 動物園不是唯一你可以拿簡單的相機近距離給鳥拍照的地方嗎？要不，你得花數千元（買攝影器材）才能拍鳥的照片，那不就成了上層階級的活動？……這些人以欣賞鳥的美麗風采為樂，深陷其中無法自拔；他們全深陷在到某地尋找新鳥種的樂趣中，無法自拔。

如果賞鳥人士真的關心鳥類，小小哥寫道，就該少花點力氣在拍漂亮的畫面，多花點時間保衛大自然對抗人類的威脅。

一名網友在回文中指出南京第一位賞鳥者是用兩百人民幣的普通雙筒望遠鏡賞鳥，而後成為全國知名專家。他堅持使用那副望遠鏡達五年之久，直到今年才換新的。

另一名發文者則把握機會哀嘆中國動物園的營利動機：

> 去動物園，你就會明白動物園裡的動物，過的生活比野外的動物真的好太多了。最近我曾和從海外歸國的人或國外來的朋友聊過，因而更強烈地感受到，我國的缺口就是：我們做事情從來沒照事情應當的做法去做。每一件事都是某種交易，某種以自我為中心的交易。

另一個網友則寫到自己內心的衝突：

我個人不喜歡動物園，也不喜歡人類監禁動物。我打從心裡想打爛那些籠子，但我沒那個膽。打爛籠子肯定犯罪。

對於小小哥的挑釁篇幅最長、耐心最足、論理也最仔細的回應來自自稱羅馬隊十三號（Asroma13，義大利一支職業足球隊）的發文者。羅馬隊十三號承認，如果管理得當，動物園有其用處，特別是對新手來說。他解釋了動物園和保護區之間的差異：保護區主要保護的是**地方**。他告訴小小哥，他，羅馬隊十三號，曾張貼過許多「環境破壞、鳥類獵捕和其他有害現象」的照片，但這不可能是這個網站唯一的焦點。至於小小哥指控的自我放縱，羅馬隊十三號承認，出於保育衝動而開始賞鳥或進行鳥類攝影的人不多，但多數追求這種嗜好的人，確實會支持保護自然的工作。此外他還寫：

如果賞鳥人士和鳥類攝影家無法浸淫於美，以及發現新鳥種的樂趣——如果我們不能發自內心地讚嘆鳥的美——那我們要上哪兒找保護牠們的理由和熱情呢？

江蘇野鳥會正是羅馬隊十三號在兩年前創立，當時他才二十歲。他說他的英文名字叫伯勞（Shrike）。我和他於一個星期天早上約在南京碰面，而就在我們搭計程車前往中山植物園（位於林木蓊鬱的紫金山）途中，車上廣播剛好在播放該協會在南京南側一面湖觀察到一群天鵝候鳥的新聞。過去兩年，伯勞一直穩定提供鳥類新聞給當地編輯。「如果你能讓電台或報社做出報導，就能引起其他人的興趣。」他這麼說。

伯勞是個身材高、顴骨也高，看起來非常稚嫩的生物醫學工程學生。他說他知道南京每一種鳥的每一個細節，我相信。在又冷又灰的一天，我們緩步環繞植物園兩圈期間（我們總計在那裡待了六小時），他就誘使一座都會公園提供三十五種情報。（我們也在垃圾場附近遇到三隻野貓，是我在中國幾個星期唯一看到自由遊蕩的哺乳類動物。）背著一部安裝在三腳架上的相機，像天生要背負的小十字架，伯勞帶我來回穿梭林下灌木叢，直到我們終於有幸觀賞到一隻畫眉，中國最吸引人也最受喜愛的鳴禽之一。畫眉全身的羽毛是濃豔的褐色，唯獨戴了一副古怪的白色眼鏡，這也是牠名稱的由來（顧名思義：「描畫的眉毛」）。牠正像隻討喜鳥（towhee）在凌亂的樹葉堆裡亂竄，緊張兮兮，對我們提高警覺。伯勞說，在紫金山其他地方，人們會張網捕捉畫眉，但植物園周圍的柵欄讓盜獵者不得其門而入。

伯勞在南京長大，是工程學教授和工廠工人的獨生子。他十六歲時買了一副雙筒望遠鏡，對自己說：「我該出門去觀賞生物。」他在一本筆記本的封面寫上「**生態紀錄**」四個大字，帶到植物園。他觀賞的第一隻鳥是大山雀（great tit，山雀〔chickadee〕色彩鮮豔的親戚）。六個月後，他把筆記本上「**生態**」二字劃掉，改成「**鳥類**」。二〇〇五年，他透過網路找到另一名就讀警官學院的賞鳥愛好者，和他一起創立一個論壇，即江蘇野鳥會的前身。如今這個團體擁有大約兩百名會員，包括伯勞形容「非常積極」的二十人，但，不同於上海野鳥會，它並非正式組織。「我們常自嘲，我們是個已經到處曝光的地下組織。」伯勞說：「因為那些新聞報導，已有愈來愈多市民認識我們。現在有時當我們外出賞鳥時，會聽到路過的人們對彼此說：『噢，他們在賞鳥啦。』」

除了污染和棲息地流失，在中國，鳥類受到的最大威脅是非常普遍的非法網捕和毒害。被捕的野鳥大多被拿來食用，在某些舊城，包括南京，也常做為寵物，或被佛教徒買去在節日放生──他們相信釋放籠中的動物會帶來善報。（南京城外一間僧院的尼姑告訴我，僧侶不在乎被放生的是哪種動物；重要的是數量。）據伯勞表示，因為要強制執行禁售野鳥的法令恐有引發「社會不安定」的風險，他和他的團體遂轉向教育買方。「我們推廣的訊息是『如果你愛鳥，不要設陷阱捕捉──讓牠們在天空自由翱翔。』」他說：「我們也宣導人們可能染上的寄生蟲和病毒，試著說服他們，也威脅他們！」

伯勞有點不太高興地答應帶我去南京的鳥市場。那裡，在秦淮河北岸的巷弄迷宮中，我們看到剛捕獲的雲雀不停撲打籠子的柵條。看到一個男孩拿鏈條敲一隻麻雀的腦袋試著馴服牠。看到鳥屎堆高成錐。最不忧目驚心的當屬那些關著虎皮鸚鵡（budgerigar）和文鳥（munia）的籠子，牠們可能是從小就被關著飼養。其次是那些五彩繽紛的外來品種──雀鶥（fulvetta）、葉鵯（leafbird）、鳳鶥（yuhina）——在南方森林被圍困、捕獲，再神祕地帶來南京的鳥。我討厭在這裡看到牠們，但牠們看起來似真似假，因為我不曾在牠們的原生棲息地認識牠們。那就像在色情片裡看到某個異國情調的陌生人和見到你最好朋友的差異：最讓你心煩意亂的囚徒是最熟悉的——蠟嘴雀（grosbeak）、鶇、麻雀。我很驚訝牠們在籠子裡看來怎麼會比在植物園小那麼多，那麼骯髒破爛，那麼有氣無力。就像伯勞告訴小小哥的：自然保護區保護的是地方。一如動物存在於地方，地方也存在於動物。

南京最受歡迎的兩種野鳥都會唱歌，一是個子嬌小、宛如珍珠的綠繡眼（Japanese White-eye），二就是不幸的畫眉。新捕獲的鳴禽每隻只要一．五美元，但經過一年的馴養和訓練，一隻會唱歌的鳥可以賣到三百美元。綠繡眼會住在精緻漂亮、空間還算寬敞的籠子，令人不由得想像，或說希望，那種監禁有點軟禁的意味。但我見到的畫眉大部分關在陰森、堅固的木頭牢房裡飼養，空間僅勉強夠牠轉身。牢房正面設了格柵，畫眉可以戴著白色眼鏡，靜靜地從空隙凝視外面，讓人們鑑定身價。

大衛．徐拿到新高爾夫球桿的第一件事是再借給我。我們依舊花了漫長的一天，以造訪寧波兩座高爾夫球場中較舊的那一座收場（先工作，**再**玩樂）。雖然那時空氣已愈來愈糟，我們終究是來到城鎮美麗的部分。才一眨眼，馬路已經沒那麼擁擠，農業看來比較多人選擇，營建工程的碎石殘礫較謹慎地藏起來，而非大剌剌傾倒在路邊，廣告牌預示著

「托斯卡尼湖谷」之類的開發案。中國，整體來說，那全心追求金錢的衝勁，那無與倫比的富豪、廣大的下層階層和殘破的社會安全網，那執著於安定而善於操作民族主義讓批評者噤聲的中央政府，那託付給近親繁殖的企業和地方政府集團執行的經濟和環境法規，已一再讓我覺得它是我到過最「共和」的地方。而這裡，在嚴格保護的高山森林和東錢湖廣袤無垠的蔚藍湖水之間，坐落著寧波啟新綠色世界高爾夫俱樂部（Ningbo Delson Green World Golf Club）。

這座球場是由一個退休生意人興建。一九九五年，他在中國飛了一個又一個城市，尋找可以用他的財富來做的事。搭噴射機飛往寧波時，他的眼鏡掉到地上；幫他撿起的人剛好是寧波市長。寧波剛決議需要一座高爾夫球場，願意以吸引人的價格售出一大塊森林保育區來開闢。

該俱樂部的董事長，漂亮的葛瑞絲・彭小姐，用一部電動車載我們四處參觀。球道狹窄而翠綠，被像是結縷草、在冬天近乎蒼白的草地圍繞。綿延起伏的亞麻色小丘像沙漠的沙丘一般沒入薄霧之中；大多為女性的桿弟，帽上和脖子都圍著白布，T・E・勞倫斯（Thomas Edward Lawrence）的風格[44]。我們看到三組人馬在前九洞，而後九洞空無一人。「在中國，高爾夫仍是富人和商人的運動——非常私人性質。」彭小姐說。終身會員要價六萬美元；再加一百萬，就可以在鄰近有門禁管制的別墅區買一棟豪宅。彭小姐說，這兩百五十名終身會員，包括給我那套球桿的工廠老闆在內，多半鮮少或從來沒來這裡打過球。但有一些很常來，甚至一星期來五次，而且差點有個位數的水準。在球場最高點，就在森林保護區旁邊，我們觀看三名常客在那長而無情的一洞開球。其中一名的球曲線式越過波浪起伏的球道，進了枝幹歪七扭八的灌木叢，於是彭小姐對他大叫：「哈哈！不是太好喔！」

我原本打算帶大衛．徐到球場的練習場，教他怎麼使用他的新球桿，但當彭小姐建議我親自打個幾洞時，我的教學熱忱便瞬間消失。一名桿弟著手剝掉我們球桿的塑膠套，出租櫃台的職員則仔細翻找尺寸夠大、我穿得下的高爾夫球鞋。彭小姐提到，在這間非常舒適、已有十個年頭的俱樂部旁，正在建造一間新會所。「寧波的富人都相當年輕，」她解釋：「不同於美國，富人多半年紀較長。中國的事物變化得很快，你得與時俱進。你得非常迅速地更新你的東西才能追上新的人。」

徐先生、王小姐和我跟著桿弟來到第十洞。那是標準桿五桿的狗腿洞（彎球道），需要高超的開球技巧，讓球越過水塘。我勘察了空曠如沙丘的小山，和後方鋸齒狀的稜線——模糊的黑色剪影。桿弟遞給我的球桿像糖果一般鮮紅、閃閃發亮、輕如空氣。而我明白，這就是高爾夫該有的樣子：旖旎的風景、全新的頂級球桿，以及除了我、兩名我出錢聘請和第三名由政府出錢來對我表示友好的隨員外，沒半個人影的後九洞。徐、王小姐

---

44 即人稱「阿拉伯的勞倫斯」的英國軍官湯瑪斯．愛德華．勞倫斯上校。

和桿弟與我保持相當恭敬的距離。我感覺得出他們希望我表現優異，而我也被非表現優異不可的**責任**感壓得喘不過氣。不可以——這輩子就這次絕對不可以——揮桿弧度過大，要讓球桿發揮效用，頭要定住不動，靠臀部旋轉。我拿那支剛拆封的紅色球桿練揮了兩次，球落在遠方球道的中央。

「漂亮！」桿弟大叫。

「強納森，你真是厲害！」徐說。

我打高爾夫的常態是：一旦擊出強勁的開球，之後就會一連十桿八桿慘不忍睹，而在寧波啟新綠色世界高爾夫俱樂部，我接下來拿三號木桿打的兩桿，都差點揮桿落空。但我的第四次擊球像火箭般飛到距果嶺七十三公尺的範圍內，下一桿更直接把球揮到旗子上。

「**漂亮**啊！」桿弟大叫。

我獲贈的鐵桿看來做工相當勻實，感覺像是精細的外科手術工具。在第十一洞，我推了三桿拿到雙柏忌[45]，但不是有壞預感的雙柏忌。現在我開始深深後悔把球桿送給徐了。我的開球在標準桿三桿的第十二洞往右邊轉去，「右曲球耶！」桿弟大叫。但有很多彈簧一樣的草要應付，而我從容打出四桿，開始滿心盼望打第十三洞。

「強納森，」徐溫柔地說：「我想我們該走了。」

我受傷地看了他一眼。我知道，照計畫我們要跟他的老闆一起吃晚餐，但我不敢相信我這輩子最棒的一場高爾夫只打了三洞就結束。我把我的推桿拿給徐，要他試試，試試推桿、試試高爾夫。他試驗性地把手放上握把，開始咯咯傻笑。我把球放在距旗杆三公尺的地方。他猛力揮了幾次，然後把球桿舉到臉上，又咯咯笑了幾聲，我建議他站靠近球一點。他又用力朝它揮擊，彷彿那是一隻他想嚇唬但無意殺害的動物。球移動了十幾公分。徐摀住臉，無助地傻笑。然後，重整旗鼓，他更用力地擊球。球直直往洞口射去，擊中旗杆，落入洞中。徐爆出一陣尖細的叫聲，接著一陣狂笑，笑彎了腰。

開車返回擁塞的寧波市中心的路上，我們沒什麼交談。我沒精打采地看著窗外綿延的薄暮，地平線上的物體已朦朧不清，但太陽仍高掛天際，呈杏黃色，直視無虞。看著工程、交通和商業朝四面八方延伸，中國的每個人仍以令人欽佩的勤勉賣力幹活，就算前景沒那麼樂觀——我又被在上海第一晚的感覺刺穿，不同的是，那一晚我想形容為**先進**的東西，現在反而覺得是一種「遲」。這是現代化的悲哀，是夜晚降臨前，那一段久久不退、擾人心神的光亮。

---

海鷗的製造者紀先生在離鹽城自然保護區不遠的蘇北長大。他的父母在文化大革命前

45 bogey，指某洞的成績高於標準桿一桿。

夕結識於南京，當時兩人都未滿二十歲。一如許多同世代的城市年輕人，他們被送往鄉下向農民學習勞動的益處。他倆在蘇北用泥土和稻草蓋了間小屋，留了幾道狹縫做窗戶。紀先生生於一九六九年，在南京由祖父母撫養兩年，後因母親思念他而把他帶回蘇北。每一年春初，這家人飼養的豬被宰來吃之後，一家人就餓得什麼也做不成，只能一連躺在床上好幾個星期，靠稀飯維生，等待小麥收成。

紀十四歲時申請就讀一所在地高中，錄取名額三百人，而他在一千五百名應試者中名列三百零二，但排名在前的三個學生被取消資格，所以他僥倖擠了進去。一年後，他勉強上了南京一所更好的高中，再兩年後，他擠進成都大學。他醉心於學生改革運動，上街遊行、抗議貪腐，卻（再次）幸運地，一九八九年六月不在北京，避開了天安門廣場的屠殺事件。一如當時其他許多有才幹的學生，他將注意力從政治轉向商業，最後在一家省營進出口企業的玩具部門工作。二〇〇一年，他和妻子向朋友借錢，購得賀曼賀卡公司（Hallmark Cards）的信用狀，開始自行設計產品。現在他們擁有四間工廠，雇用兩千名員工。他們的顧客包括賀曼、Gund和市場龍頭樂蒔（Russ Berrie），紀最近更被地方政府選為勞力密集產業類的模範市民。

「我是天底下最幸運的人。」紀說。他答應帶我到他的總部逛逛，只要我不用他的真實姓名。（「我何必打廣告？」他說：「想擴張時，我只需要說我們是賀曼賀卡的供應商就行。」）他的辦公大樓坐落於中國東部一個工業郊區中，一條令人心曠神怡、兩旁種了綠樹、底部用混凝土修築的河邊。紀帶我參觀他在那裡的小型生產設備時，腳步愉快地連蹦帶跳。過去四年，他的製造部門大多已移往內陸安徽省，他說那裡的員工願意接受低得多的工資，換取離家近的工作機會。紀在財務上顯然受惠於較低的工資和耗損率（員工流失率），但他相信社會亦蒙其利——當雙親都住得離家近，婚姻得以鞏固，孩子也會獲得較好的照顧；而對中國來說，將工廠帶到農村工人身邊，是比把農工帶到工廠更穩定持久的經濟模式。

紀帶我看了一個他自己設計、會用雷射切割人造毛皮的機器人。至於像海鷗這樣小體積的東西，布料則用手工裁切。設計部門的員工示範怎麼用機器把布塊縫起來、裡襯在外，動物眼睛的塑膠尖物怎麼推到毛皮裡並用墊圈卡住，以及怎麼戲劇性地把那隻動物的裡面翻出來——單調的織物怎麼蛻變成毛茸茸的朋友。聚酯纖維的蓬鬆物從背上的小洞塞進牠的腦袋，再用手把洞縫合、修飾接合口、梳理毛皮、貼上黛芬妮的標籤。整個過程平均會花上一名工人二十分鐘。紀送給我三隻海鷗成品，其中一隻繡了我哥的名字。

「我猜大貓熊在中國是很受歡迎的護套。」我懶洋洋地說。

「中國？」紀笑著搖搖頭：「中國人說不定會想要美國國鳥白頭海鵰的護套，或喬治・布希的臉。」

沒有從我的海鷗身上挖到更令人戰慄的產業祕辛，讓我湧現內疚與釋然交織的失望。它的美國販售商是動物迷，它的中國製造商更是模範市民，就連污染層面也沒有什麼明顯駭人之處。一星期前，在南京，我拜訪兩家隸屬人造毛皮（或業界俗稱的長毛絨織物）龍頭麗盈公司（Nice Gain）的工廠，了解合成纖維勝過天然纖維的若干優勢。麗盈的人造毛皮最初是以一大包、一大包像棉花的壓克力纖維之姿從日本進口，再梳理成絨毛繩，投入電腦化的傑卡織機（Jacquard，或稱提花機），編成大量寬鬆、摸起來柔順的毛皮。壓克力纖維的原料是石油，不是乾旱的棉花田；沒有過度放牧而破壞草地；是比被吉普休旅車燃燒更好的石油使用方式；而丙烯酸纖維的染色過程又比染羊毛或棉花乾淨得多──後者會被五花八門的蛋白質污染。「如果出來的染料是髒的，那項產品就不能出口；意思是你的手絕對不會碰到染料。」麗盈的總裁鄭通告訴我。鄭總裁跟紀先生一樣位居市場頂端，所以有辦法經營乾淨的事業，他的天然纖維都是購買先染好色的，也從不過問供應商染色的問題。（「我知道的是，」他說：「如果凡事照規矩來，你會是市場最不具競爭力的業者。要當好公民，很快就會發現在業界活不下去。」）我的海鸚毛皮全是丙烯酸纖維，而如果日本的壓克力纖維工廠跟我在慈溪見到由青少年管理的壓克力纖維工廠大同小異，那也不會對環境有太大的危害。海鸚顯然是超乎我認知的奢侈品。

我問紀先生，他的生意主要是製作動物的玩具形象，那麼，他個人對動物的感覺怎麼樣。他選擇告訴我的故事是關於他小時候家裡養的一隻豬。他說，那隻豬擅長從豬圈的泥土和稻草挖洞逃走。紀父氣得不得了，拿三、四個鐵環穿過豬嘴，從此牠再也沒有逃離過。「現在這成了我會跟孩子說的笑話。」紀說：「『你最好不要在鼻子或肚臍穿環，因為那會讓我想起我的豬！』」

鼻環確實是足堪憂慮之事，因為他的孩子正在北美長大。如紀所說，他們夫妻倆一直希望讓孩子在「西方環境」成長，而最終促使他們來到新半球的動力出現在兩年前，紀獲選為模範市民之後不久。因為中國的人口政策，模範市民絕對不能做的一件事是有超過一個孩子。紀的前一段婚姻已有一個男孩，而妻子的前一段婚姻有一個女兒，現在他們懷了兩人結婚後的第一個孩子，而這會是紀的第二個。一天，妻子的孕期來到六個月，兩人決定她該去加拿大生產。孩子三個月後在溫哥華出生，而紀繼續保有模範市民的資格。

關於開發中國家經濟發展和環境保護之間的關係，有兩種不能並存的理論。碰巧非常符合商業利益的理論認為，社會一般都要等污染危及中產階級的財富、閒暇和權利，才會開始擔心環境。另一個理論則指出，發展的成熟度並未阻止西方社會過度消耗資源和糟蹋大自然；這個理論的擁護者（多半是擔心世界末日的人），一想到中國、印度和印尼正循西方模式前進就頭皮發麻。

「先發展、後環保」理論的支持者，看到西式自然愛好者緊跟著中國ＧＤＰ的爆炸性成長而來，可能會信心倍增。但問題在於，中國已幾乎沒有好的土地，而且變遷速度奇快。新的一代或許正在學習保育，但速度沒有棲息地消失得快。中國的國家公園正受到流動性漸高的中產階級歡迎。在美國，你仍可一次帶一巴士的學童前往一座自然教育中心，讓他們看一整天甚或一個星期動物。在人口馬上將破兩千萬大關的上海，只有一個自然保護區可以去——崇明東灘，位於長江一座沖積島上。該保護區管理完善，但仍飽受漁民和上游污染的強大壓力。全區的北三分之一，整個被不利鳥類生存的侵略性落芒草（rice grass）吞沒（據當地傳說，這種草是奉前國務院總理周恩來之命引進，他請專家替他找一種能擴張中國領土的植物）；而占地遼闊，包含「度假別墅區」和「濕地高爾夫」的濕地公園，正在西界施工。二〇一〇年起，橋梁和隧道系統將直接連接崇明島和上海市中心。屆時上海每一個孩子都能坐巴士到崇明東灘在大自然裡度過一天，但巴士將大排長龍，一輛緊挨一輛牛步過長江。

今天，中國成功的保育工作多傾向於避開平民百姓、直接吸引政府的利益。在上海，新聞記者出身的世界自然基金會成員張逸飛，正試著讓市政府思考它可維持的最大人口和未來的飲水來源。上海正計畫仰賴長江河口，但海平面上升使當地鹽分過高而無法使用，因此逸飛正極力呼籲城市發展替代水源，包括淨化長江支流黃埔江，及復育其流域——連帶好處是可以創造新的野生動物棲息地。「我們從不絕望，但也不會有過高的期望。」逸飛這麼說。在上海的上游區域，數百座湖泊與長江的聯繫已被永遠切斷，而世界自然基金會於二〇〇二年設定一個目標：說服湖北政府重新連結其中一條。「沒有人相信這有可能，」逸飛說：「這只是夢想——空中樓閣。但我們設了示範區，兩三年後，我們請地方政府試著在合適的季節開啟水閘門，讓魚苗進入湖裡，結果奏效！然後我們便能捐助小額金錢給地方政府展開試驗性計畫。我們先以一個湖為目標，著手進行，現在，已經有十七個湖重新連接了。」

我在北京遇到一位成效卓著的基層運動人士，名叫周海翔。他從事嚴肅的業餘鳥類攝影已二十年——亦自認是該領域的全國先驅——但最近才挺身行動。二〇〇五年秋天，他聽到禽流感在遼寧省他童年故居附近爆發的消息，而政府官員聲稱禽流感是野鳥傳播。擔心會有不必要的宰殺，周向公司請假趕往遼寧，然後發現，當地的水禽和定期移棲的鶴，都因更平凡的原因瀕臨死亡——獵殺、毒害、飢餓。

周戴著一副大到幾乎遮去半張臉的眼鏡。「非政府組織要是想在這裡做什麼事，必須跟政府合作。」他告訴我：「賞鳥和保育人士可以調查事情，但真要有所作為，必須有切入點。當地民眾總是希望有更多開發，政府的官方說法則是想要永續性發展和保護環境。因為資源非常有限，你可以協助官員證明他們真的有在做他們公開承諾過的事，一旦環境計畫推動順利，縣主官就會得到正面的評價，大有面子。」

周用筆記型電腦給我看了幾張照片——一些達官貴人在他家鄉打造的野生動物觀察台上微笑的照片。周正在研究遼東半島老鐵山自然保護區的一個新案子。每年秋天，中國東北整群候鳥都會在南飛途中經過遼東半島，而在半島的一塊公有地上，當地偷獵者卻架了數千張網來捕捉、殺害牠們。價值最高的是大型猛禽類，其中許多不是瀕臨絕種就是遭受威脅。周表示，一些鳥被在當地食用，但多數被送往視之為山珍海味的南部省分。周和他在保護區當志工的女兒正在蒐集資料，準備提交給中央政府，以協調地方政策。他的照片中有管理人員夜以繼日驅逐偷獵者的畫面，有被偷獵者砍倒以阻擋管理員貨車的樹，有被沒收的摩托車；一個房間布滿亂七八糟五顏六色的網子——管理員一個早上拖進來的；一籠籠被留置的小型鳥——牠們是抓大型鳥的誘餌；樹幹被筆直地綑在其他樹木頂端，以便把網子撐持到鷹的飛行高度，較小的捕鷹陷阱則從高樹枝垂下來，用原木增加重量；房子大小的網子裡滿是受傷的鴿子、白尾海鵰、獵隼；還活著，但翅膀複雜性骨折、骨頭突出、全身扭曲得可怕的鳥；被沒收的網眼洗衣袋裡塞滿隼和鵖，很多死了，很多還沒，全都像髒內衣一樣堆擠成一團；戴手銬的偷獵者穿著漂亮的襯衫和新運動鞋，臉上污跡斑斑；臉上掛著斗大汗珠的管理員正在解救困在網子裡的隼；某天早上沒收的一堆四十七隻死去的猛禽，偷獵者怕牠們咬人，把每一隻的頭都砍掉；稍小的那堆血淋淋的頭，在同一天早上被發現散落一地。

「做這種事情的人並不窮，」周說：「不是為了生計，而是風俗。我的目標是教育民眾並試著改變風俗。我想教導民眾鳥類是人們的自然財富，想把生態旅遊推廣為另一種謀生方式。」

當然，毫髮無傷地越過老鐵山的候鳥，大多飛往東南亞：一個也正在砍伐植物、露天開採，逐漸變成大泥坑的地區，因為中國的天然資源已不足以供應那些提供我們商品的工廠了。中國人民或許要承受中國污染的最大衝擊，但生物多元性的創傷正在世界各地重新輸出。而要中國民眾一面努力保護老鐵山、努力實現可呼吸的空氣、可飲用的水和永續性發展，一面密切注意東南亞、西伯利亞、中非和亞馬遜盆地的滿目瘡痍，這樣的要求似乎太高。中國有伯勞、周海翔和張逸飛這樣的人存在，已經夠令人刮目相看了。

「看到有東西正遭破壞卻束手無策，有時是很悲哀的事。」伯勞對我說。我們正站在南京市外一條污染嚴重的河邊，俯瞰一片兩年前還是濕地的新工廠群。但那裡還有一小塊尚未開發的地區，伯勞希望我去看看。

# 讀《大笑的警察》

## On *The Laughing Policeman*（2008）

這本書是一個如假包換的瑞典人，我的大學室友艾克斯托姆介紹我讀的。他給我的是大眾市場的版本，封面有一張漂亮的照片：一個身穿雨衣、戴著摩登墨鏡的男人，拿衝鋒槍指著讀者的臉。時值一九七九年，那時我只讀文學巨著（卡夫卡、歌德），雖然可以原諒艾克斯托姆不了解我已經變成多麼嚴肅的人，我仍對翻開一本封面如此刺眼的書毫無興趣。直到七年後，某天早上我臥病在床、虛弱得無法面對福克納或亨利．詹姆斯等大師，才碰巧拿起這一小本平裝本。那時我已和另一位作家結婚，並竭盡所能避免感冒，因為我一感冒就沒法寫作或抽菸，一旦沒法寫作或抽菸，我就感覺不到自己聰明，而覺得自己聰明幾乎是我抵禦這個世界的唯一防衛。結果，《大笑的警察》（*The Laughing Policeman*）成了完美的慰藉！我一認識探長馬丁．貝克（Martin Beck）就再也沒那麼怕感冒了（內人也不再怕我在感冒時變得難相處），因為從此以後，感冒就和瑞典重案警察可怕又可笑的世界連在一起了。馬丁．貝克共有十部推理小說，每一本都適合在喉嚨痛的悲慘日子一口氣讀完。我最愛也重讀最多遍的就是《大笑的警察》。兩位婚姻美滿的作者，舒華爾（Maj Sjöwall, 1935- ）和法勒（Per Wahlöö, 1926-1975），天衣無縫地結合了類型小說的簡明易懂和偉大文學的悲喜劇精神。他們的作品除了是優美、熟練的偵探之作，更強烈而純粹地召喚了喉嚨痛的人渴望能來作伴的那種苦難。

「天氣糟透了。」作者在《大笑的警察》的第一頁這樣告訴我們；而此後它始終沒好轉。警察總局的地板被「全身汗水和雨水、濕黏而煩躁的」男人「弄得髒兮兮」。其中一章的場景設定在「令人厭惡的星期三」，另一章的開頭則是「星期一。下雪。寒風刺骨。」天氣如此，整個社會也如此。舒華爾和法勒對戰後瑞典的反感——十本著作的共同主題——在《大笑的警察》達到最興奮的高潮。不僅瑞典的冬天無可避免地糟糕，瑞典的新聞記者更無可避免地煽情和愚蠢，瑞典的女房東無可避免地有種族歧視加貪婪成性，瑞典的警察官僚無可避免地自私自利，瑞典的上流階級無可避免地墮落或邪惡，瑞典的反戰示威人士無可避免地被迫害，瑞典的菸灰缸通通無可避免地滿出來，瑞典的性無可避免地骯髒和挑不起性慾地露骨，瑞典在耶誕節期間的街道無可避免地是噩夢一場。當探員雷納・寇柏格（Lennart Kollberg）好不容易有一個晚上不必幹活、給自己斟了一大杯阿夸維特（akvavit），你可以肯定他的電話一定會響，一定會有緊急事件。斯德哥爾摩在六〇年代晚期的醜陋和挫折或許真的過分了點，但在這本小說裡描繪的**完美**醜陋和**完美**挫折顯然是搞笑的誇大。

不用說，這本書懲戒性的受害者馬丁・貝克無法體會箇中幽默。的確，這本小說之所以讀來如此安慰人心，正是它否定了主角的安逸。當耶誕節那天，他的孩子播放〈大笑的警察〉，也就是查爾斯・潘洛斯（Charles Penrose）在副歌捧腹大笑的那首歌給他聽時，孩子一直笑、一直笑，貝克卻聽得臉色鐵青。貝克擤鼻涕、打噴嚏、忍受顯然無法治癒的感冒，抽他難聞的佛羅里達菸。他身子佝僂、皮膚暗灰、棋藝不精。他有胃潰瘍、喝太多咖啡（「為了讓他的狀況更糟糕一些」），一個人睡客廳沙發（為了躲開妻子的嘮叨）。不管怎麼看，他都無法漂亮地偵破在書裡第二章犯下的大規模殺人案。他確實萌生過一個寶貴的洞見——猜到一個已故年輕同事正重啟調查哪件陳年懸案——但他忘了向任何人提起，而未能徹查那名同事的辦公桌令他的部門陷入本可避免的不幸，且持續了一個半月。他在書中最令人難忘的行動是卸下一把槍的子彈，藉此阻止了一次犯罪，而非偵破刑案。

身為偵探小說作家，舒華爾和法勒令人印象深刻的一點是，他們完全不傾心於主角。他們讓馬丁．貝克當個真正的警察，也就是說，他們抗拒了誘惑，沒有讓他成為浪漫的反叛者、英勇的異類、傑出的問題解決者、令人激動的酒徒、默默行善者，或其他犯罪小說家常投射於主角的那種老王賣瓜型的人物。貝克謹慎、低調、鎮定、毫無作家氣質。但藉由賦予他苛刻的同情，舒華爾和法勒其實在對警察工作的真實性宣誓效忠。他們確實偶爾會任憑自己沉溺在次要人物，特別是「耽於酒色」、討厭用槍的雷納．寇柏格——很難不從他左傾的激進言論中聽出作者的聲音和意見。但引人注目的是，寇柏格卻是個覺得與警察局志不同道不合的探員。這系列到後來，他乾脆辭職不幹，馬丁．貝克則盡忠職守地繼續在警界升官。雖然舒華爾和法勒的企圖：創造描繪腐敗現代社會的十集系列，大抵獲得實現（也理應如此），但同樣令人印象深刻的是他們毫不遮掩地，透過馬丁．貝克的角色，一本接一本挖掘警察工作是多根深蒂固地與世界格格不入。

只要大規模殺人案繼續懸而未決，貝克就只能與不幸相隨。他和他的同事追蹤一千條無用的線索、在凜冽寒風中挨家挨戶巡查、忍受笨蛋和虐待狂的辱罵、在嚴冬的街道上開漫長而煎熬的車、讀冗長到無法想像的無聊報告。一言以蔽之，做警察工作就是在受苦。我們這些不是馬丁・貝克的讀者，可以一路開心到底，但最後卻是受苦的警察交出漂亮的成果：同時偵破一件年代久遠的刑案和一件可怕的新案——偵破關鍵在於一件有趣的汽車奧祕；目擊者接二連三的奚落：「你問這個很好笑……」更是前兆。《大笑的警察》是一場經歷現實世界的醜惡，邁向優良警察工作「自給自足」式美好的過程。兩位作者反烏托邦的觀念，與偵探小說樂觀本性之間的緊張，也為這本書添加了薪火。當馬丁・貝克終於在最後一頁笑了，他的笑是在彰顯，所有他承受的苦難原來多無謂，多不真實。

# 逗點—— 然後

Comma-Then（2008）

有太多東西要讀，偏偏時間太少，我一直在找理由把某本書放下，永遠不再拿起；而作者可以給我的最好理由之一，就是把「然後」（then）當連接詞用，後面沒跟主詞。

She lit a Camel Light, then dragged deeply.

（她點了一根駱駝淡菸，然後深吸一口。）

He dims the lamp and opens the window, then pulls the body inside.

（他調暗燈光並打開窗，然後把屍體拉進來。）

I walked to the door and opened it, then turned back to her.

（我走到門前把門打開，然後回頭看她。）

如果你在你的書裡前面幾頁頻繁地使用「逗點—然後」，除非逼不得已，我不會再讀下去，因為你已經告訴我好幾件關於你這個作者的重要事情，而且沒有一件是好的。你告訴我的第一件事是，你用英文寫作時沒有聆聽這個語言。沒有哪個以英文為母語的人會說出上面那些句子，除了在創作課。真正講英文的人會這樣說：

She lit a Camel Light and took a deep drag.
（她點了一根駱駝淡菸，深吸一口。）

He dims the lamp, opens the window, pulls the body inside.
He dims the lamp and opens the window. Then he pulls the body inside.
He dims the lamp and opens the window and pulls the body inside.
（他調暗燈光、打開窗、把屍體拉進來。）

When I got to the door, I turned back to her.
I went to the door and opened it. Then I turned back to her.
（我走到門前的時候，回頭看她。）

講英文的人真的很喜歡「and」這個字。也喜歡把「then」放在獨立子句的開頭，但置於句首時是當副詞用，絕對不是連接詞。「I sang a couple of songs, then Katie got up and sang a few herself」（我唱了兩首歌，然後凱蒂也起身唱了幾首）這個句子其實是兩個句子為了達到推進的效果而合併成一句。考慮到類似的句子只有一個而非兩個主詞，母語人士向來怯於在沒有「and」帶頭時用「then」。他們會說：I sang a couple of songs, and then I asked her to sing some of her own。

當然，書寫英文會使用林林總總鮮少在口語英文出現的習慣。我相信「逗點—然後」不在這些實用慣例之中（我知道它不同於勇敢的分號或令人肅然起敬的分詞片語，只是一種惱人、懶惰的癖性）的原因是，它幾乎僅僅出現於過去一、二十年來的「文學」作品。狄更斯和勃朗特三姊妹沒有「逗點—然後」依舊進展順利，今天市井小民寫電子郵件或學期研究報告或商業書信也是如此。「逗點—然後」是愛用動作動詞的現代散文敘事者獨有的一種病。感染這種病的句子十之八九伴隨著其他簡短而中間有「and」的敘述句。當你用「逗點—然後」來避免「and」，你是在告訴我，你要不認為「逗點—然後」聽起來比「and」**好**，要不就是意識到你的句子聽起來都太過類似，而你以為化個小妝就能騙倒我。

你騙不倒我的。如果你寫了太多類似的句子，解決之道就是重寫、改變長度和結構、讓句子讀來更有趣。（如果就是辦不到，那麼你描述的動作可能本身就不太有趣。）

下列三句：

She finished her beer and then smiled at me.

和

She finished her beer, then smiled at me.

或更糟的

She finished her beer then smiled at me.

（她喝完她的啤酒，對我笑了笑。）

唯一的差別是，後面兩句聽來就像是小說作坊出品的英文。它們聽來沒有思想；而每一篇文章都該做到的一件事是，促使它的創作者思考。

# 可信但可憎

## Authentic But Horrible（2007）

讀法蘭克．韋德金德（Frank Wedekind）的《春醒》（*Spring Awakening*）

法蘭克．韋德金德（Frank Wedekind）彈了一輩子吉他。如果他晚一百年出生，八成已是搖滾明星；那不確定的兩成是因為他在瑞士長大。後來他成為同時代最傑出、也最長壽的德國戲劇《春醒》（*Spring Awakening*）的作者，究竟是幸或不幸，主要取決於你重視藝術作品的哪些部分。《春醒》的強項——喜劇、人物、語言——並非好搖滾所必需。這部戲儘管欠缺吸引大眾的魅力，卻也帶有幾分搖滾最重要的特質：青春活力、引起混亂的力量、**真實可信**的感覺。事實上，在貓王、吉米．罕醉克斯（Jimi Hendrix）[46]和性手槍樂團（Sex Pistols）[47]不再令人震驚的數十年後，《春醒》甚至比一百年前推出時更騷亂、撼動人心。劇作家在深度、廣度上犧牲的部分，反倒成為此劇歷久彌新的關鍵。

在加州受孕、受洗時取名為班哲明．富蘭克林（Benjamin Franklin）的韋德金德，母親是年輕的巡迴歌手兼演員，父親則是年紀整整大母親一倍、政治立場激進的醫生。他的母親在十六歲時離開歐洲，跟著姊姊和姊夫去了智利瓦爾帕萊索。姊夫很快陷入財務困頓，靠兩姊妹在中南美洲沿海巡迴演唱來紓解，而當姊姊死於黃熱病，法蘭克的母親便搬去舊金山，當藝人以維持姊夫一家的生計。她二十二歲時嫁給在一八四八年政治叛變遭鎮壓不久後，從德國移居美國的弗雷德里希．韋德金德（Friedrich Wedekind）醫生。在法蘭克於一八六四年出生後，弗雷德里希回到德國放棄行醫，全心投入政治運動。但，德國的氣氛變得愈來愈不友善、愈來愈俾斯麥，一八七二年全家族永久定居於瑞士一座小城堡。

雖然韋德金德的婚姻宛如一場風暴，但這個家族規模龐大、關係緊密且智力高度發展。法蘭克在家裡和學校都備受喜愛。完成高中學業時，他已經在寫劇本、寫詩和寫歌，也會拿吉他自彈自唱創作曲。他是極端的無神論者，既堅毅地充分適應環境，也極度不適合傳統職業和中產階級生活。他和父親就他的事業起了激烈爭執，最後他忤逆老父，前往慕尼黑以寫作為業。他在一八九〇到九一年冬季寫了《春醒》，於復活節完成。接下來十五年，他努力迎合戲劇世界，讓劇作上演。他的好友包括一名靠不住的藝術交易商，和以吞火表演和模仿鳥叫著稱的馬戲團藝人，威利·魯丁諾夫（Willy Rudinoff）。韋德金德曾試著找馬戲團演出他的作品，也曾以慕尼黑一家名叫十一名劊子手（Eleven Executioners）的歌舞餐館為基地並參與演出。後來愈來愈常自己上台，一方面跟劇場建立關係，一方面也循序漸進地示範他希望日後戲劇作品能夠表現的反自然韻律。一九〇六年，總算功成名就的他娶了非常年輕的演員，也是之前他栽培接演《潘朵拉的盒子》（*Pandora's Box*）和《大地之靈》（*Earth Spirit*）兩劇女主角露露（Lulu）的蒂莉·諾伊斯（Tilly Newes）為妻（這兩部戲後來成為奧本·伯格〔Alban Berg〕歌劇《露露》〔*LuLu*〕的根本）。這對夫妻生了兩個女兒，兩個女兒都記得她們的父親以非常尊重的態度對待小

---

46 吉米·罕醉克斯（1942-1970）是著名的美國吉他手，被公認為流行音樂史上最重要的電吉他手，也是二十世紀最著名的音樂家之一。

47 為英國龐克搖滾樂團，被視為流行樂史上最有影響力的樂團之一，引發了英國的龐克運動，也啟發了許多後來的龐克和另類搖滾音樂人。

孩，彷彿她們和成年人之間沒什麼大差異似的。

部分因為演戲的艱苦，韋德金德在一次世界大戰期間患病，後於一九一八年因腹部手術併發症過世。在於慕尼黑舉行的葬禮上，發生了一場配得上搖滾巨星的暴亂。德國許多文學巨擘，包括年輕的貝托爾特．布萊希特（Bertolt Brecht）在內，都來到墓園，但一批年輕、怪異、瘋狂的暴民（一群在文化及性慾方面放蕩不羈的年輕人，他們認定韋德金德是有勇氣搞怪的怪胎）也來了，這些哀悼者暴風般席捲墓園，衝向打開的墳墓旁，搶占好位置。一個性情不穩、名叫漢瑞克．羅騰薩克（Heinrich Lautensack）的詩人（也是十一名劊子手之一），扔了一只玫瑰花環在棺材上，跳進墳墓，大叫：「給法蘭克．韋德金德，我的老師，我的模範，我的大師，你最卑微的弟子敬上！」在此同時，他一個朋友，來自柏林的電影製作人，錄下全部過程留給子孫。愛出風頭的送葬者和與之串通的攝影師：搖滾樂的世界儼然成形。

有一個好例子可以說明《春醒》持續不減的危險和活力：二〇〇六年，即這部劇本首演一百年後，在百老滙開演的搖滾樂版本索然無味，但隨即獲得過度讚揚。韋德金德於一八九一年完成的腳本，在性方面太過直率而無法登上任何後維多利亞時代的舞台。十五年後，當這部戲終於開始在劇院演出，沒有哪個德國或外國的地方政府不刪戲的。但即便是一個世紀前最殘酷的任意刪除，也比現今一齣危險劇本為成當代熱門而經歷的截肢手術來得輕微。

鬱鬱寡歡、韋德金德讓他因成績不理想而自殺的少年摩里茲（Moritz Stiefel），在音樂劇版本中成了集才華和魅力於一身的龐克搖滾樂手，很難想像一張成績單能讓他如此消沉。溫德拉（Wendla Bergmann）被本劇主角梅爾希奧（Melchior Gabor）強暴，在原著事出偶然，到新劇卻成了洋溢迷幻和默許的轟動場面。韋德金德描繪年輕的感官主義者漢西（Hansy Rilow）抗拒手淫的場景——他不願破壞一本恐將「侵蝕」他的腦袋的色情作品——我們二十一世紀的觀眾卻被招待了一場刻意安排，旨在使陰莖充血、精液揮灑的集體狂歡。韋德金德訴諸的猥褻頂多就是幾句好笑、誇張的雙關語，恰如其分地表現漢西的困境。他知道真正會讓手淫的羞恥雪上加霜的是孤獨，他揭露了自慰者對虛擬物體怪異的溫柔，他了解性的圖像擁有腐蝕性的自主權；但上述種種對我們色情充斥的現代來說，卻中肯到令人不自在，因此這部音樂劇不得不淨化韋德金德，把漢西的苦惱描繪成純粹淫穢的東西。（結果是「好笑」，一如低俗情境喜劇的「好笑」：戲一提到性，觀眾就緊張地大笑，而一聽到自己的笑聲，便斷言他們看到的東西很可笑。）至於勞工階級的女孩瑪莎（Martha Bessel），在原作遭父親毆打，因此為中產階級的受虐狂溫德拉深深羨慕：到了二〇〇六年，除了聖徒一般的年輕**性**暴力象徵，她還能當什麼呢？她情同姊妹、給予支持的朋友跟她合唱〈黑色記憶〉（The Dark I Know Well），一首聖歌，傾訴肉體遭成年人覬覦的悲哀。瑪莎在原作中對家庭生活務實得驚人（她說她「只有在發生特別的事情時」才會被打），到現代只剩下一團混雜多愁善感和壞信仰的濃霧。一群成年人創造了一部以青少年性愛為主要賣點的音樂劇（第一批百老匯海報呈現男主角壓在女主角身上的畫面），而劇中的少女們，在向主要是成人的觀眾哭訴她們是戀愛成癮的壞女孩後不久，便走上前來唱了一段，少女擁有令成年人神魂顛倒的性徵，是多麼痛苦、多麼不公平的事。如果從Bratz娃娃經過布蘭妮式[48]穿著的這條路，最終會讓一個女孩感覺像是別人的一塊肉，那顯然不可能是商業文化的錯，因為商業文化有這麼棒的音樂劇，而且沒有人比商業文化更了解青少年，沒有人比它更欣賞青少年，沒有人比它更努力地讓他們覺得真實，沒有人比它更頑強地堅持年輕消費者**永遠是對的**，無論他們是道德英雄或道德的受害者。所以必須怪罪別的對象：或許是搖滾樂仍想像自己正在反抗的某種難以歸類的暴政，或許是那些不知其名而制定了僵化規則的暴君，即商業文化不斷呼籲我們打破的那些規則。或許是他們吧。到頭來，對青少年來說唯一重要的是，他們有被認真看待。從很多方面來看，《春醒》似乎都不是適合改編成商業搖滾音樂劇的素材，而其中一點就是法蘭克．韋德金德嚴重冒犯上述原則：他取笑青少年——毫不遮掩地嘲笑他們——的程度不亞於認真看待他們。所以現在，更勝以往，他必須被審查。

韋德金德選擇做為該劇副標題的詞語：「一部孩子的悲劇」（A Children's Tragedy），帶著某種古怪的、不能解決而近乎滑稽的口氣。聽起來好像悲劇正屈身穿過一座劇場的門，又好像孩子連連踩到成人戲服的褶邊而摔倒。雖然十一點新聞可能會在青少年自殺時使用**悲劇**二字，但悲劇人物的傳統特質——力量、地位、自我毀滅式的傲慢、成熟的自我道德清算能力——皆絕非孩子所能及。何況，男主角梅爾希奧好端端地活了下來，這又算哪門子的「悲劇」呢？

長久以來，許多評論家和製作人都順應了韋德金德的副標，把這部戲解讀成某種革命性體制的悲劇。他們的看法是，悲劇英雄的位置不是由個人而是整個社會占據——這個社會正在摧毀它自稱喜愛的孩子。最早期德國人製作的《春醒》就凸顯了該劇的這些面向，暗示溫德拉和摩里茲和梅爾希奧都是春天一般生氣勃勃的無辜者，屈服於早已過時的十九世紀中產階級道德規範。對一九一四年的艾瑪．高德曼（Emma Goldman）[49]來說，這部戲「強有力地控訴」了在「性無知」中長大的孩子的「不幸與苦難」。對英文劇作家和導演愛德華．邦德（Edward Bond）來說（他在六十年後寫道），這部戲的作用則在於譴責「凡事都要遵照慣例」的「技術社會」。這些解釋的問題並非昧於事實——畢竟，這部戲確實包含兩件揪心的死亡案件——而是它們低估了這部戲字裡行間的幽默。早在一九

48 指二〇〇〇年前後的美國流行樂天后小甜甜布蘭妮（Britney Spears）。

49 高德曼（1869-1940）是美國無政府主義者，以其政治行動、寫作與演說著稱，也影響了二十世紀前半葉北美與歐洲的無政府政治哲學發展。

一年，韋德金德就曾為他的文本辯論，反對過分認真的政治解讀，堅稱他的本意是讓該劇成為「陽光的人生意象」，除了一個場景外，他在每一個場景都試著開採「無拘束的幽默」，盡可能逗人發笑。

評論家兼劇作家，也曾還算貼切地英譯過《春醒》的艾瑞克．班特萊（Eric Bentley）同意韋德金德逗人發笑之論，但也提出該劇控訴式的副標，做為韋德金德抗辯太過的證據。撇開副標可能純屬反諷，或旨在呼應歌德《浮士德》（*Faust*）的可能性（《浮士德》也不是其副標允諾的悲劇[50]），班特萊建議，《春醒》可解讀為「悲喜劇」。無論它表現人生意象有多陽光或不陽光，這部戲無可否認地從第一頁就浸滿死亡和暴力的預兆。而**悲喜劇**這個詞，一如**孩子的悲劇**，看似尷尬不得體，但感覺起來確實相當吻合年輕愛情注定具備的荒謬性：青少年的哀愁惹人發笑，青少年的可笑令人悲痛。

讓這個詞感覺沒那麼貼切的是劇中的實際情節。戲劇方面的悲劇，無論是希臘悲劇、莎士比亞悲劇、現代悲劇甚或半喜劇的悲劇，都只有在道德秩序井井有條的宇宙才有意義。（哈姆雷特先生，優秀的人一旦變得太有自覺，就是這種下場。羅曼先生[51]，當你把美國夢的漫天大謊從職場帶回家，就是這種下場。）悲劇一定要靠證實某種宇宙正義才能成功，要靠觀眾從自身人生經驗體認到那種正義，無論有多殘酷。而《春醒》真正令人震驚——在一九〇六年令人震驚，而從百老匯音樂劇壓抑它的力道判斷，它在二〇〇六年同樣令人震驚——的部分是，這部戲的情節有多漫不經心而徹底缺乏道德觀念。溫德拉和摩里茲的腦海從一開始都被死亡占據，這或許讓他們往後的命運看來不可避免，但悲劇需要的不只是不可避免。在具備何種道德意涵的宇宙，像摩里茲這樣傻氣、活潑、可愛的角色**非**英年早逝**不可**？他的死，就跟許許多多青少年自殺案一樣，是隨機、偶然、無意義的——因此完全符合他無神論朋友梅爾希奧的世界觀：照梅爾希奧自己的說法，世間種種他「什麼也不信」。

支撐本劇情節的大人們並不比摩里茲不無助。你可能會恨哈特潘（Hart-Payne）校長和其他學校行政官員的專制獨裁，但他們面對的是他們完全沒有能力理解的「自殺流行病」。他們的罪是身為成人，古板和缺乏想像力；他們是沒安全感的活寶，不是道德該受責備的殺人凶手。同樣地，你可能會恨梅爾希奧的父親冷酷無情地斥責他的兒子，但不爭的事實是他的兒子純為滿足感官而性侵犯了一個他不愛的女孩，而且不能相信他不會再犯。

要評論《春醒》中的人物，唯一可理解的方法是喜劇和美學，而非道德。所以我們又被丟回韋德金德的堅持：他的孩子的悲劇實為喜劇。摩里茲在讓自己腦袋開花之際，決

50《浮士德》原著全名為《浮士德：一部悲劇》（*Faust. Eine Tragödie*）。

51 指亞瑟．米勒（Auther Miller）戲劇《推銷員之死》（*Death of a Salesman*）的主人翁威利．羅曼（Willy Roman）。該劇對資本主義下的美國夢有相當嚴苛的批判。

定要在扣下扳機的剎那想著鮮奶油（它會滿出來，留下悅人的餘味）。艾兒絲（Ilse）跟瑪莎說她知道摩里茲為什麼飲彈自盡（「平行六面體！」），又不肯把自殺用的槍給瑪莎（「我要留作紀念。」）。因肚子腫脹下不了床的溫德拉（「我們可怕的消化不良啊。」醫生這麼說），宣布自己將死於水腫。「妳沒有水腫，」她媽媽回她：「妳有寶寶。」十個場景前，溫德拉的母親告訴她要先結婚才會有寶寶，於是韋德金德在這裡接上他在那時開的玩笑，發表了這兩句絕妙的母女對話：

溫德拉：可是那不可能啊，母親，我又沒結婚……！

柏格曼太太：萬能的神啊──正是如此，妳又沒結婚！

柏格曼太太毫無心機，竟讓梅爾希奧的父親把暗示梅爾希奧有罪的信件取走，最後在帶著會墮胎手術的鄰居進入溫德拉的病房時，對溫德拉編造了甜如甘蜜、意在保護的謊。當然，這部戲也有一些真的相當卑鄙的成人角色──摩里茲的父親、布立克黑牧師（Reverend Bleekhead）、普洛克路斯忒斯醫生（Dr. Procrustes）──但有些次要的青少年人物同樣卑鄙，溫德拉的朋友希雅（Thea）則表現出和她爸媽一樣墨守成規、心胸狹隘的徵象。較重要的成人角色全都至少流露一點人性，不過是以恐懼的形式表露。事實上，他們不僅**確實**流露，也**必須**流露，否則就不可能成為喜劇的題材。要適切地取笑人性，包括你的人性和別人的人性，你必須和寫悲劇一樣冷淡和嚴厲。但喜劇不同於悲劇，不需要堂皇的道德架構。喜劇是比較粗糙的文類，也是比較適合不信神時代的文類。喜劇只需要你有一顆能察覺別人心情的心。柏格曼太太的怯懦直接導致愛女死亡固然是事實，但這個人性弱點也讓柏格曼太太成為有血有肉的喜劇角色，而不只是平庸的諷刺象徵。你必須是持絕對道德觀念的青少年——或是迎合那種青少年的當代流行文化提供者——才能不對柏格曼太太感到同情，不同情她置身於她的恐懼讓她陷入的困境。

而一如成年主角們不可能同時壞得不可饒恕又惹人發噱，孩子主角也不可能不含雜質地善良。摩里茲的自憐和他對自殺的執迷、梅爾希奧的虐待狂和無道德感、溫德拉的被虐狂和任性執拗的無知、漢西憤世嫉俗的淫蕩：《春醒》帶給當代崇敬行為最殘酷的打擊，百老匯音樂劇試圖用更淫猥的羞恥來遮掩的深刻困窘，是韋德金德把他的孩子角色當成迷人的小動物一般處理——有瑕疵、可愛、危險又愚蠢。若說冷靜和正直是青少年安全的中間地帶，那他們遠遠落在兩個極端。他們既天真得不堪，又墮落得不堪。

直到生命終了，韋德金德收集了一系列形容詞來描述他和同時代劇作家對手格哈特·霍普特曼（Gerhart Hauptmann）的不同。在韋德金德個人特色清單的最下面，是**可信但可憎**一詞。這個自我描述蘊含的滑稽、悲哀和無奈，就是《春醒》的精神。

# 紐約州專訪

Interview With New York State（2007）

此次專訪是在二〇〇七年十二月於曼哈頓上東區進行，地點就在市長麥克．彭博（Mike Bloomberg）[52]和當時的州長艾略特．史匹哲（Eliot Spitzer）住家附近。

紐約州公關人員：我真的非常、非常抱歉！今天早上每件事都拖晚了，我們的前總統意外來訪，他老是這樣，而我們親愛的小小州似乎永遠不可能拒絕比爾！但我**向你保證**你有整整半小時可以跟她說話，就算那代表我們必須更動整個下午的行程。你對我們這麼有耐心，真是太親切了。

強納森：可是我們講好要談一小時。

紐約州公關人員：是的。是的。

強納森：我在這裡寫的是九點到十點。

紐約州公關人員：是的。請問這是，呃，旅遊手冊？

強納森：文選。五十州的。我真的覺得她不會想成為其中篇幅最短的。

紐約州公關人員：的確，不過，哈哈，她也是五十州裡面最忙碌的，所以長話短說也合邏輯啦。如果你現在告訴我她只是五十州海選的其中一員……我真的不大明白……

強納森：我非常清楚我是怎麼說的——

紐約州公關人員：也得是五十州，不可能是，比如說，五州之類的，對吧？聯邦頂尖五州之類的？甚至十大州？我只是想，你知道的，去蕪存菁一番。或者，如果你真的得把五十州通通納入，或許可以用附錄的方式？比如說，內文是十個最重要的州，然後把其他州放到附錄去。這可行嗎？

強納森：很遺憾，不可行。但或許我們可以改約別天，她沒有那麼忙的時候。

紐約州公關人員：強，坦白說，每天都像這樣，只會每況愈下。而既然我**保證**你今天可以訪問她整整半小時，我衷心建議你接受。不過，我的確了解你對長度的論點——假如你真的決定要納入那些雜魚的話。因此我想先讓你看一些她最近拍的超棒的新照片。這是她和旗下一個基金會合作擬定的計畫。二十位世界頂尖藝術攝影師正在營造任何人在美國任一州所能擁有最親密最熟悉的片刻畫面。真的不一樣，真的很特別。我無意告訴你該怎麼做你的工作。但假如我是你呢？我會考慮放二十四頁獨一無二、世界級的攝影，再放一段極為私密的小專訪，讓我們國家最棒的州流露她不為人知的澎湃熱情，也就是……藝術！我的意思是，**那**就是紐約州。因為，沒錯，顯而易見地，她美麗、她富有、她強大、她魅力四射、她認識**每一個人**、她擁有最動人的人生旅程。但在她靈魂最深處呢？全是藝術。

強納森：哇。謝謝你。那想必——謝謝你！唯一的問題是我不確定這本書的格式和紙張適不適合擺照片。

52 彭博是財經類媒體集團彭博社（Bloomberg）的創辦人，也曾於二〇〇二至二〇一三年任紐約市長。

紐約州公關人員：強，正如我所說的，我不是在試圖告訴你怎麼做你的工作。但除非你能想出把諺語般的千言萬語濃縮在一頁的方式，照片可以透露很多訊息。

強納森：你說得對極了。我會跟伊珂出版社（Ecco Press）確認，然後——

紐約州公關人員：誰，什麼？伊珂什麼？

強納森：伊珂出版社。這本書將由他們出版？

紐約州公關人員：唉唷，你的書要給小出版社出啊？

強納森：噢，不是小出版社，他們是哈珀柯林斯（HarperCollins）旗下的出版社。

紐約州公關人員：噢，所以是哈珀柯林斯。

強納森：是的，很大、很大的出版社。

紐約州公關人員：天啊，你害我擔心了一分鐘。

強納森：不，不，超大的出版社，世界最大的出版社之一。

紐約州公關人員：那就讓我去看看事情進行得如何了。事實上，如果你想讓我帶路的話，現在你就可以和范甘德先生聊聊了。就，沒錯，帶著你的包包。這裡……瑞克？你想跟我們的，呃，我們的「文學作家」聊一會兒嗎？

紐約州私人律師：當然！超級想！請進，請進，請進！哈囉！我是瑞克．范甘德！哈囉！很高興認識你！是你作品的大粉絲！布魯克林的生活怎麼對待你？你住布魯克林，對吧？

強納森：不，曼哈頓。但我的確住過皇后區，很久以前。

紐約州私人律師：哈！那裡怎麼樣？我之前以為你的文學類型已經在布魯克林退流行了。那些真的超嬉皮的。你想告訴我你不嬉皮嗎？經你這樣一提，你的外表看來不是很嬉皮。請你原諒啊！我在《紐約時報》讀過一篇報導寫到所有偉大的作者都住布魯克林。我理所當然……

強納森：那是個非常漂亮的老行政區。

紐約州私人律師：沒錯，藝術也很精采。我和內人試著盡可能多去布魯克林音樂學院，不久前我們才看了一齣從頭到尾都說瑞典文的戲。我承認那有點令我意外，因為我不會說瑞典文。但我們真的看得很開心。當然不是你們典型的曼哈頓夜晚啦！好啦，現在請告訴我，今天我能為你做些什麼呢？

強納森：我真的不知道。我不知道我會跟你說話。我以為我會採訪州的——

紐約州私人律師：這就是了！就是這樣！這就是你為什麼會跟我說話！今天我能為你做的就是診察你的問題。

強納森：診察我的問題？你在開玩笑吧？

紐約州私人律師：我看起來像在開玩笑嗎？

強納森：不像，只是，我有點吃驚。以前要見她輕而易舉。你知道，就一起出去，聊聊天這樣。

紐約州私人律師：當然，當然，我明白你的意思。一切曾經是那麼簡單。那麼簡單就能在九十八街的街角和哥倫布買到純古柯鹼！那麼簡單就能用多氯聯苯和重金屬幫哈德遜河鋪底。那麼簡單就能砍伐阿第倫達克山脈，看河流被表土堵塞。劃破布朗克斯的心臟，塞一條從中貫穿的高速公路。在百老匯大道南端經營奴役亞洲勞工的血汗工廠。用極低的價格租到一間租金管制屋[53]，你成天除了寫信辱罵房東，什麼都不用做。以前每一件事都那麼簡單！但一個州總會長大，總會開始更妥善地照顧自己，如果你明白我的意思的話。這就是我來這裡幫忙她做的事。

強納森：對一個來自中西部的孩子來說，恕我無法明白無拘無束、激動人心和羅曼蒂克怎麼會和害哈德遜河被污染畫上等號。

紐約州私人律師：你的意思是你愛上她了。

強納森：沒錯！而且我覺得她也愛我。她好像一直在等像我這樣的人走向她似的，好像她需要我們似的。

紐約州私人律師：嗯。這是什麼時候的事？

強納森：七〇年代末，八〇年代初。

紐約州私人律師：我的天啊，跟我擔心的一樣。那是個野性瘋狂的年代，好。那時她心情還不定。如果你別再對她提到那段時期，就是對她大發慈悲——也順便幫自己一個大忙。

強納森：可是我就是想跟她聊聊那些年。

紐約州私人律師：所以我才會在這裡診察你的問題啊！相信我，你不會覺得她想聊那個話題的。現在啊，每隔一段時間，就有人動歪腦筋想印出她那個年代的照片。通常不懷好意。你永遠可以在復健診所外面看到一兩隻討人厭的狗仔，等著在某位優雅人士燦爛一生最令人遺憾的時刻給她們拍照。但這還不是最糟的。難以置信的是那些人由衷認為她以前比較好看，因為以前她是那麼隨和。那些人以為給她看她髒亂不堪、看她往四面八方擴張、看她魂不守舍、一堆衛生議題纏身、口袋沒半毛錢的樣子，就是對她好，看她的犯罪、垃圾、破爛的建築、關閉的工業城、破產的鐵路、泥濘農田裡的嬉皮：我無法確切告訴你有多少遊手好閒的人和失敗的藝術家走進來，全都萎靡不振、懷舊傷感、自以為知道「真正」的紐約州。然後抱怨她怎麼變了個人。沒錯，她是變了！而且變好了！不妨想像，如果你願意想像的話，既然她的人生已經重整旗鼓，對於她在那些不幸年代的言行舉止，她會覺得有多丟臉。

強納森：這麼說，我猜我也屬於遊手好閒和失敗藝術家那一伙了。

紐約州私人律師：嘿，你還年輕啦。這件事就此打住。告訴我你還有什麼問題要問。賈奈兒有提到我們新展開的這個一流攝影計畫嗎？

強納森：有。

53 Rent-controlled apartment，美國部分地區針對低收入戶租屋者的補助。

紐約州私人律師：你會想多留一點時間給它的。還有別的事情嗎？

強納森：這個嘛，老實說，我希望能跟她私下聊聊。緬懷一些往事。這麼多年來她對我深具意義，有很大的象徵性，催化了很多事情。

紐約州私人律師：當然！當然！對我們都是！而且「私下」很棒——別誤會我的意思。近距離和「私人」很棒。她不僅與權力、財富相關，也與住家、家庭和戀愛有關。沒問題，帶著我的祝福去吧。只要記得別提那些年就好。差不多一九六五到八五年吧。在那之前你們有什麼話題好聊？

強納森：在那之前，幾乎沒有。只有兩、三個飾物——基本上是手鐲的意象，你知道的——除夕夜中西部時間晚上十一點，電視上會有時代廣場那顆降下來的大球。還有尼加拉瀑布，我後來才很驚訝地得知那每天晚上都會關閉。還有自由女神像，大人教我們那是法國學童捐錢建造的。還有帝國大廈。伊利運河二十四公里的地方。大概就這樣。

紐約州私人律師：「大概就這樣？」「大概就這樣？」你已經講了五個一等一名副其實的美國重要象徵了。五個都是！我會說，都還滿體面的！有其他州能相提並論嗎？

強納森：加州？

紐約州私人律師：除了加州之外呢？

強納森：但那些只是俗氣的東西。對我不具任何意義。對我來說，真正帶我認識紐約的是《小間諜哈蕊特》（*Harriet the Spy*）……一本童書。那是我第一次愛上文學裡的角色，是個來自曼哈頓的女孩。而且不只是愛她——我想**變成**她。拿我全部愉悅的郊區生活來交易，搬到上東區，變成哈蕊特．威爾許（Harriet M. Welsch），拿著她的筆記本和手電筒，擁有一對不插手的爸媽。然後，更令我興奮的是，兩年後，她的朋友貝絲．艾倫（Beth Ellen）在續集出現。也來自上東區。在蒙托克過暑假[54]。富有、纖瘦、一頭金髮。也不快樂得令人怦然心動。我覺得我可以讓貝絲．艾倫開心。我自認是世上唯一一個了解她，可以讓她開心的人，如果我出得了聖路易的話。

紐約州私人律師：嗯嗯。這聽來有點……脫離常軌。我說的是未成年的部分。紐約呢，當然以她多元及包容的悠久傳統為傲——說到這個，請給我兩秒鐘，我有個主意。（撥電話）傑樂米？是，我是瑞克。是這樣，你有一分鐘接待一下訪客嗎？對，是我們的「文學作家」，對，對，做點旅遊導覽之類的。我們試著幫他設定一些角度，還有——噢。噢，太好了，我不知道那件事欸。包容和多元？棒呆了！我帶他過去。（掛斷）州史學家有些東西要給你，有一整件包裹要給你。這年頭事情變得好瘋狂，右手都不知道左手在幹嘛。

強納森：真令人感激，只是我不確定需不需要包裹。

紐約州私人律師：相信我，你會想要這件的。傑樂米，嘿嘿，給的包裹都很棒。不是

54 蒙托克（Montauk）是位在美國紐約州長島南岸東端的村落，屬蘇福克縣東漢普頓鎮。

要戳破你的幻想泡沫，但在你寫你的書時，它遲早派得上用場。以免採訪不如你意。對了，基本規則我們都很清楚了對吧？你可以對我重複一次嗎？

強納森：避開那個有趣的年代？

紐約州私人律師：是的。很好。還有你跟那些小丫頭的事。

強納森：可是當時我還是孩子啊！

紐約州私人律師：我只是在提醒你她不會接受那種事。你對她及她令人興奮的新計畫充滿熱情？可以！當然可以！熱愛那粗野六〇年代某些虛構的青春期前的上東區小妞？可沒那麼好。請跟我來。

強納森：你可以幫我預估一下我什麼時候才能見到她本人嗎？

紐約州私人律師：傑樂米？希望你見見我們的「文學作家」，住曼哈頓，有趣吧。

紐約州史學家：包容……多元……以及向心力。展現紐約州之卓越的三大標語。

紐約州私人律師：就讓你們聊一會兒囉。

紐約州史學家：包容……多元……向心力。

強納森：嗨，很高興認識你。

紐約州史學家：北方：清教徒的新英格蘭。南方：動產─奴隸制大農場的殖民地。中間：壯麗的深水港口和可通航的內陸水道系統，坐擁豐富天然資源，為重商和以包容聞名的荷蘭人屯墾。他們是第一個彰顯會做生意和個人自由──致富和啟蒙──息息相關的民族；而新尼德蘭是他們的創作。荷屬西印度公司明令禁止宗教迫害——獨裁總督彼得·史岱文森（Peter Stuyvesant）時而冒犯和痛斥的禁令。第一批猶太人於一六五四年到達紐約，加入英國來的貴格會移民和麻薩諸塞的叛逃清教徒，包括安妮·哈欽森（Anne Hutchinson）一家人在內。史岱文森因騷擾猶太人和貴格會教徒而被西印度公司訓斥。他在抗辯時抱怨新尼德蘭「住著各個民族的渣滓」。幸好，我們很幸運，新尼德蘭優秀的孫女，我們最親愛的帝國[55]，到今天還有那麼多人居住。她是人們心目中聯合國唯一和藹可親的女主人，是同性戀和跨性別者平權的忠實擁護者，是大熔爐的長柄勺，美國女性主義的搖籃。在皇后區艾姆赫斯特的同一個學區，學生家長在家中說的語言多達近一百五十種。但他們全都會說同一種全球通用語言——

強納森：錢？

紐約州史學家：包容。不過，沒錯，錢當然也對。兩者攜手並進。紐約壯觀的財富就是那個論點的證明。

強納森：是。這論點多少有點吸引我，只是很不幸，那也完全超出……

紐約州史學家：獨立戰爭，是長期的消耗戰。滑溜的華盛頓將軍永遠閃過決定性的戰鬥。在這場沒那麼像戰爭的漫長戰爭期間，在這場棘手的捉迷藏、打帶跑、迂迴前進、躲

---

55 原文為「Empire State」，為美國紐約州之別名。

貓貓的遊戲中，兩場戰事是特別關鍵的轉捩點。兩場都在戰爭初期發生，以傷亡人數來看兩場都相對次要，但兩場都在哪裡打呢？

強納森：這，哇，這真的是——

紐約州史學家：唔，自然是在紐約啊。就在紐約的中心。我們第一場奠定勝基的戰事：哈林高地之戰。情勢危急，華盛頓和他靠不住的業餘軍隊在曼哈頓被圍困，危如累卵。威廉．豪威（William Howe）率領一支名副其實的艦隊抵達紐約港——載來三萬多名訓練有素的生力軍，包括傳說中的赫斯傭兵（Hessians）[56]。我們的大陸軍因傷亡慘重而士氣低落，看似就要潰不成軍。關鍵的一役：哈林高地，現今哥倫比亞大學附近。華盛頓的軍隊和英軍戰成平手，讓華盛頓能夠在堪稱沒有損兵折將之下逃到新澤西。英國痛失良機，華盛頓獲得喘息而士氣大振，繼續活著應付——或閃避——下一場戰役。

強納森：不好意思——

紐約州史學家：第二場戰事：薩拉托加的貝米斯高地。年代：一七七七年。英國贏得戰爭的計畫：簡單。豪威勢如破竹的南方遠征軍和加拿大來的英國八千人部隊，在俗稱「強尼紳士」的約翰．伯戈因（John Burgoyne）將軍的領導下聯合。建立補給線、控制哈德遜和尚普蘭湖、隔開新英格蘭和南方殖民地。各個擊破。但這裡是沼澤的北部，遍地臭蟲的窪地。大半是非正職軍人的美國軍深入薩拉托加的貝米斯高地，在班奈狄克．阿諾德五世（Benedict Arnold）豪行壯舉的鼓舞下，對強尼紳士發動一連串襲擊，重創對手，使他在一星期後率全軍投降。好一場激動人心、極具戰略意義的勝利啊！美軍得勝的消息促使法國決然選擇站在美國人這邊，對英國宣戰，而經過接下來六年的戰役，英軍這支全球最精良的部隊又更猶豫不決，對美國人更起不了作用了。

強納森：嗯？

紐約州地質學家：傑樂米？

紐約州史學家：教訓？控制紐約就是控制美國。紐約是制輪楔。熾熱的中心。關鍵之所在。

紐約州地質學家：傑樂米，不好意思，我要帶我們的客人到大廳去一會兒。他看起來有點驚恐。

紐約州史學家：依照新建立的美利堅合眾國傑出的新憲法規定，它的第一個首都在哪裡呢？喬治．華盛頓在哪裡宣誓就任我們共和國的第一任總統呢？有人說……紐約市嗎？而雖然我們初生的州或許未長久擔任首都，但她手裡當然有其他一、兩張王牌！這個年輕的共和國一面是大西洋沿海，其他幾面卻被雄偉的山脈包圍：從喬治亞一路綿亙至緬因。只有三條路線可以穿越，接上大陸中部的廣大經濟潛力：南經墨西哥灣到佛羅里達周

56 美國獨立戰爭時期，兵力不足的英國雇用了兩萬多名德國傭兵，其中大部分來自赫斯州，故日後常以「hessian」代表傭兵。

邊；北經荒涼的加拿大聖勞倫斯河水域抵達新斯科細亞；還有，**中間**，**中部**，可取道山脈被哈德遜河和莫華克河切開的豁口。我們只需要開鑿一條運河貫穿這片多沼澤的低地，便會有取之不盡用之不竭的木材、鐵、穀物和肉類順流而下經過紐約市，也會有大量製造品逆流而上，永遠增進國民的財富。看哪！看哪！看哪！

紐約州地質學家：請這邊走。

紐約州史學家：看哪！夢想一一實現！

強納森：嘿，謝謝你！

紐約州地質學家：是誰帶你去找傑樂米的？

強納森：是范甘德先生。

紐約州地質學家：真愛捉弄人啊，瑞克．范甘德。對了，我叫哈爾，是地質學家。我們在這裡可以呼吸得好一些。想來個甜甜圈嗎？

強納森：謝謝，不用了。我只想做我的專訪。至少，我認為那是我想要的。

紐約州地質學家：沒問題。（撥號）賈奈兒？作家？他在問他的專訪？……好，了解。（掛斷）她會過來找你。如果她記得我的辦公室在哪裡的話。這段時間有我幫得上忙的嗎？

強納森：不用了，謝謝。我有點被恫嚇的感覺。我原本以為可以和紐約在咖啡廳坐下來，告訴她我一直有多愛她。就很隨興地，我們兩個。然後我會形容她的美。

紐約州地質學家：哈，這方式在這裡已經行不通了。

強納森：我第一次見到她時，對眼前的一切有多翠綠、多蓊鬱驚詫不已。塔康尼克公園道（Taconic Parkway）、帕利薩德斯公園道（Palisades Parkway）、哈欽森河公園道。簡直像童話故事，有美麗的舊橋，兩邊都有綿延數公里的森林和公共綠地。那和我出身地區一望無際的瀝青和玉米田截然不同。大小不一樣，年紀不一樣。

紐約州地質學家：當然。

強納森：我媽的妹妹曾和她先生及我兩個表姊妹長時間住在斯克內克塔迪，她先生在奇異家電上班。我念高中時，公司要他離開斯克內克塔迪的製造區，搬到康乃狄克史丹福的企業總部。他生涯最後幾年都在領導那支設計新企業標識的團隊，結果幾乎跟舊的企業標識一模一樣。

紐約州地質學家：斯克內克塔迪也過得不好了，那些老工業城鎮過得都不好。

強納森：我阿姨和姨丈逃到附庸風雅的西港。我十七歲生日那年夏天，和爸媽開車去那裡看他們。在那裡發生的第一件事是我覺得自己深深迷戀我的表姊瑪莎。她十八歲，高䠷、風趣、活潑、視力不良，而我其實可以還算自在地跟她說話，因為我們是表姊弟。而我們不知怎麼安排了——我爸媽也同意——開車到曼哈頓度過一天的行程，就我們兩個。那時是一九七六年八月，又熱又臭、花粉飛揚、雷聲大作、雜草叢生。那時瑪莎的工作是三個西港女孩的保母兼司機，她們的父親和妻子及情婦一起去南美洲兩個月。三個女孩分別為十六歲、十四歲和十一歲，個子都極為嬌小，且對體重非常執迷。老二會吹長笛，很早熟，老是纏著瑪莎帶她去高中派對認識年紀較大的男孩。瑪莎載她們的車是部黑色的大林肯城車（Lincoln Town Car）。八月時，她已經撞壞一部而打電話到雇主的公司請他再調一部來。我們沿著梅里特公園道（Merritt Parkway）奔馳，開左側車道，車窗全開，火爐般的熱風灌進來，而三位公主在後座四肢攤開——較年長的兩位夠漂亮且年齡跟我夠接近，害我不敢開口跟她們說話。反正她們也沒對我顯露絲毫興趣。我們停在上東區，美術館旁邊，女孩的祖母在那有間公寓。令我印象最深刻的事情是，排行中間的那個女孩那天進城什麼鞋子也沒穿。我記得她光著腳丫、穿著無袖上衣和小巧短褲、拿著她的長笛走上第五大道火燙的人行道。我從未見過這樣的自主權，連想都沒想過。我既百思不解，又心醉神迷。我的爸媽來自中西部尾端，一輩子都在道歉，覺得自己沒有資格要求任何權利。你知道的，還有那霧濛濛的灰藍色天空，大片白色雲朵飄到中央公園上空。還有石造建築和它們的門房，第五大道像一條實心的黃色計程車圓柱，徐徐往鎮區退去，消失在重重煙霧溴褐色的棺罩之中。無遠弗屆的都市風格啊。我就在那裡和瑪莎，我那令人悸動的紐約表姊一起，和她在街上流連一下午，像兩個成年人共進晚餐，還去公園聽免費的音樂會：那一天我感受到的自我，是我認識的自我，因為我期待這個自我太久了。我在紐約市的第一天，遇見了我想成為的自己。我們大約十一點去女孩們的祖母家接人，前往美術館的停車場取車，就在那時發現右後方的輪胎洩氣了。一灘黑色橡膠泥。所以瑪莎和我並肩工作，揮汗如雨，像對夫妻一樣把車子用千斤頂頂起來換輪胎，這時排行中間的女孩翹著二郎腿坐在別人車子的行李箱上吹長笛，腳底被城市染得全黑。然後，午夜之後，我們驅車離開。女孩們在後面睡著，好像我跟瑪莎生的小孩；車窗已搖下，空氣依然悶熱但已比白天涼爽，夾帶海灣的氣息，馬路坑坑疤疤、空空蕩蕩，街燈綻放神祕的鈉橙色，不像至今仍是聖路易標準、帶點藍色的水銀蒸汽燈光。我們越過白石大橋。就在那一刻，我看到那刻骨銘心的景致；就在那一刻，我無可救藥地愛上紐約——當我在夜闌人靜時，看到合作城的那一刻。

紐約州地質學家：少臭蓋了。

強納森：真的。我已經在曼哈頓度過那一天。已經見過世界最大也最像城市的城市。而現在我們已驅車離開它十五二十分鐘，若換成在聖路易，這時間足以讓你進入一片漆黑的河底玉米田，而忽然間，就我目光所及，有好多座巨大的住宅高塔，每一座都跟聖路易最高的大樓一樣高，而且數目多到數不清。最遠的幾棟漂在水面上，坐落薄霧裡的另一個世界。成千上萬座城市相互交疊、成群簇擁。你可以看到布朗克斯東南區不計其數的公寓：看似無邊無際，廣闊得令人振奮，那一刻，我的未來看來就是這個樣子，有瑪莎坐在身旁共度七〇年代。

紐約州地質學家：那之後有任何發展嗎？你跟她？

強納森：四年後有一晚我睡在她的沙發，也是在上東區，在某座不知名的像合作城那樣的高樓，瑪莎剛完成康乃爾大學學業，她和其他兩個女孩同住一間兩房公寓。我和我哥湯姆一起過來。我們在中國城跟我另一個哥哥的姻親吃晚餐，他在兩年前娶了他的曼哈頓女孩。湯姆去跟他藝術學校的女友之一住，我則到鎮上找瑪莎。我記得她早上做的第一件事是在客廳的音響播放羅伯帕瑪（Robert Palmer）的〈鬼祟的莎莉過小巷〉（Sneakin' Sally Through the Alley），放很大聲。我們搭擁擠不堪的六號線到蘇活，她在《蘇活新聞》（*SoHo News*）負責賣廣告版的工作。那時我想：哇，這就是人生！

紐約州地質學家：沒反諷的意思吧，我想。

強納森：完全沒反諷的意思。

紐約州地質學家：「我寧可待在紐約！我聞乾草會過敏！」

強納森：該怎麼說呢？中西部和紐約有種特別的連結。不只是紐約替那些讓中西部之所以為中西部的物品創造市場；不只是中西部藉由供應那些物品，讓紐約成為紐約。紐約就像那顆亮晶晶的「陽」的眼睛鑲在中西部不爭取權利、自我輕視的「陰」的曠野中央。中西部就像那顆水汪汪的浪漫、充滿希望的「陰」的眼睛鑲在紐約冷酷、貪得無厭的「陽」的中央。某種類型的中西部人要來東方才會完整。正如某種類型的紐約在地人要去中西部才會煥然一新。

紐約州地質學家：呵。說得挺深刻的。而如你所知，真正有趣的是兩者在地質學的層面也有連結。我的意思是，想想這點：紐約是東岸唯一濱臨五大湖的州。你認為伊利運河會在那裡挖掘純屬偶然嗎？你從來沒有開高速公路沿著莫華克河西行過吧？在遙遠、遙遠的南方，好幾公里外，你可以看到壯觀、陡峭的河岸懸崖。你知道嗎？那些懸崖以前是這條河的邊緣。然後，一次冰河融化造成寬及數公里的大洪水，從大陸中部傾瀉而出，往大海奔騰而去。就是那次融冰開了一條路，讓你可以輕鬆前往中西部：最後一個冰河時期。

強納森：就我了解那相當接近現代，就地質學而言。

紐約州地質學家：就地質學而言是昨天下午的事。乳齒象和長毛象在熊山和西點附近遊蕩不過是一萬年前的事。所有瘋狂的狗屎——加州兀鷹飛到雪城來、海象和白鯨游到加拿大邊界，都是最近的事；差不多昨天下午。兩萬年前，整個美國還在一層冰下。當冰開始退，北美各地，冰融的水一旦無處可去，就形成這些大湖。它會一直累積、累積，到找出釀成大災難的宣洩管道。有時候它會往西邊氾濫，沿密西西比而下，但有時那裡會被巨大的冰壩堵住，水只好往東另尋出口。而當冰壩終於破裂，就真的破裂了。那比聖經描述的還大。令人嘆為觀止。那就是紐約中部發生的事。有一段時間，融冰唯一的出口就是經過今天的斯克內克塔迪而下。它沿著莫華克河南岸切割出河岸懸崖，切割出哈德遜谷地，甚至在延伸三百二十公里入海的大陸棚切割出峽谷。然後冰退得愈來愈北，直到另一個新的出口開啟：越過阿第倫達克山脈高峰和其東麓附近，經過最終形成喬治湖和尚普蘭湖之處注入哈德遜河。所以你今天看到的哈德遜河，其實是密西西比河的近親。這兩條河是一整個大陸的融冰最重要的兩條往南排水道。

強納森：頭昏腦脹了。

紐約州地質學家：就地質學而言，紐約市的世界主義也源遠流長。我們已經娛樂外國觀光客超過五億年的光景了。尤其是非洲大陸，它在大約三億年前過來撞上美洲，逗留得夠久而造出阿勒格尼山脈（Alleghenies），然後才往東邊回去。看著紐約的地質圖，就像看著一張州的種族分布圖。州北的床岩地質是相當一致的白人中產階級——從紐約還是副熱帶淺海的時候就是大型石灰岩沉積。但當你往哈德遜河下游和曼哈頓的支脈前進，岩石就變得異質性極高，且隨處可見褶皺和斷裂。每一種撞上大陸地殼的垃圾，裂谷作用種種岩漿噴出物夾帶的垃圾，還有被冰河推擠下來的垃圾，你都找得到殘餘物。下州看起來像需要好好攪拌的熔爐。為什麼？因為紐約向來為位居核心中的核心。它坐落於早期北美盾（North American shield）[57]的極東南隅，阿帕拉契褶皺帶的最北端，在後來如樹瘤般附著到美洲大陸的垃圾中的垃圾，即新英格蘭火山島的西緣，也在我們還在拓寬的大西洋的西北角。紐約位於上述各種地質交會點的事實，有助於解釋它最終何以成為沿海地區最開放也最吸引人的一個州，何況它有不難走的路線可北通加拿大、西抵中西部。因為，名副其實，過去幾億年來，紐約就是活動最熱鬧的地方。

強納森：聽你這番話，最有趣的是那些事情發生的時間好像不比我二十出頭時來得久。比起我大學四年級至今，三億多年的時光微不足道。甚至連大學時代好像都比之後那幾年來得接近。我結婚的那幾年。如果你想討論一種扭曲而深刻的地質學的話。

紐約州地質學家：你該不會娶了你活潑的表姊吧？

強納森：不是，不是。但是個如假包換的紐約女孩。一如我長久以來的夢想。她父系那邊的家族從一六〇〇年代就住在奧蘭治縣了。而她母親名叫哈蕊特。她還有兩個非常嬌小的妹妹，很像坐瑪莎城車後座的女孩們。而且她不快樂得令人怦然心動。

紐約州地質學家：不快樂從來不會讓我心動。

強納森：呃，基於某些理由，我會。三億年前。我們離開學校後做的第一件事是在西一一〇街分租一間公寓。那年夏末，我深深愛上這座城市，簡直不假思索就向她求婚了。我們一年後結婚，在奧蘭治縣帕利薩德斯公園道界標附近的山坡上。那一天稍晚，我們開著我們的雪佛蘭Nova離開，從熊山橋越過哈德遜河，回波士頓。我告訴公路收費員我們新婚，他揮手讓我們過。說我們當時很快樂並不為過，我們接下來五年也很快樂，住波士頓很快樂，拜訪紐約很快樂，隔著一段距離嚮往它很快樂。當我們決定真正住在這裡，我們的麻煩才開始。

紐約州公關人員：（遠遠地）哈爾？哈囉？哈爾？

紐約州地質學家：哎呀——不好意思。賈奈兒！錯邊了！這邊啦！賈奈兒！她永遠找

57 一般稱北美地盾（North American Craton），指六億年來北美洲地殼相對穩定的地帶，大致為北美洲陸地扣除新英格蘭、阿拉斯加和美西等地區，形狀亦像一面盾牌。

不到我……賈奈兒！

紐約州公關人員：噢，真糟糕，真糟糕！強，她已經準備好讓你採訪**五分鐘**了，而我卻在這個**兔子洞**裡轉啊轉啊轉的。我知道我答應給你半小時，但如果有十五分鐘，恐怕你就得滿足了。還有，我很抱歉，和哈爾躲在這裡，你自己確實得承擔某種程度的責任。說真的，哈爾，你得裝個**逃生路線照明**什麼的。

紐約州地質學家：有經費就偷笑了。

強納森：很高興能跟你說話。

紐約州公關人員：**走**吧，我們**走吧**。跟我一起跑！我該一路扔點麵包屑的……可能會有人在這裡倒下後死掉，而世界永遠不知道……她連五秒鐘都不願意等！而你知道她會責怪誰，不是嗎？

強納森：我嗎？

紐約州公關人員：不是！是我！是我！噢，我們到了，我們到了，我們終於終於終於終於到了，進去吧，她在等你——去吧——別忘記問照片的事。

強納森：哈囉！

紐約州：哈囉。進來吧。

強納森：很抱歉讓你久等。

紐約州：我也很抱歉。那打亂了我們已經非常有限的時間。

強納森：我早上八點半就來了，結果前半小時——

紐約州：嗯。

強納森：反正，很高興見到妳。妳看起來好極了。非常，啊，雍容華貴。

紐約州：謝謝。

強納森：我們獨處是好久以前的事了，不知從何說起。

紐約州：我們獨處過？

強納森：妳不記得了？

紐約州：也許。也許你可以提醒我。也可能沒辦法。有些男人比其他男人難忘。我傾向遺忘那些低俗的約會。我們的是低俗的約會嗎？

強納森：都是很**美好**的約會。

紐約州：噢！「都」，不只一次。

強納森：我的意思是，我知道我不是莫特・朱克曼（Mort Zuckerman）[58]或麥克・彭博，或唐納・川普——

紐約州：唐納！他好可愛。（竊笑）我覺得他很可愛！

強納森：我的天啊。

58《紐約每日新聞》（*New York Daily*）的經營者。

紐約州：噢，拜託，承認吧。他真的很可愛，你不覺得嗎……？什麼？你真的不以為然？

強納森：對不起，我……聽得入神了。這整個早上。我是說，我知道我們之間不可能跟過去一樣。但，我的天啊。現在真的只有錢、錢、錢了嗎？

紐約州：一直都是錢，你只是太年輕而沒察覺。

強納森：所以妳記得我？

紐約州：可能，也可能我只是憑經驗猜測，浪漫的年輕男士絕對不會察覺。獨立戰爭時期母親甚至覺得英國紅衣軍（Redcoats）很帥。不然她還能怎麼做？讓他們把一切燒光燒光嗎？

強納森：我猜那是妳們的家族遺傳！

紐約州：喔，拜託。請長大好嗎？你真的希望我們的十分鐘這樣度過嗎？

強納森：嗯，我上個月回去過那裡。我結婚的那座山坡——她祖父母家。我開車經過奧蘭治縣，於是回頭試著找找看。我記得有翠綠的草地綿延到一道柵欄，還有一座過度茂盛的牧場，四周都是樹林。

紐約州：是，奧蘭治縣。我討人喜歡的面貌之一。我希望你花點時間欣賞熊山附近很多塊壯觀的公共綠地，想一想，我的總面積有多驚人的比例保證公用，做「永遠的野地」。當然，那些土地有很大一部分是非常有錢的人送我的禮物。或許你會希望我單純、善良些，把那些地還給他們開發？

強納森：我不確定自己到底有沒有找到，地貌變化好大。都是駭人的市區擴張、車水馬龍、家得寶（Home Depot）、百思買（Best Buy）、塔吉特（Target）。鎮上磚造的老高中隔壁有棟全新粉紅色航空母艦大小的建築，入口有個標誌寫著**車輛請慢行，我們愛我們的孩子**。

紐約州：我們珍貴的自由包含低俗和惱人的自由。

強納森：我能做的只有把範圍縮小到兩座山坡。結果那裡也發生同樣的事情。建物大小的土方工程設備正把它刮成光禿禿的。改造那片土地的每一條輪廓線——建立可愛的假山谷和假濱螺讓那些可怕的房子可以賣給那些多愁善感，對這個世界憤怒至極的人——憤怒到必須在道路標誌上寫字來告知世界他們愛他們的孩子。柴油排氣的煙霧、斷裂的成年橡樹像細枝條一樣堆著，鳥兒驚惶地四處飛竄。我可以看到整個又灰又冷的未來。沒有城市，沒有農村，整個國家就是一片蓋得亂七八糟的荒原。

紐約州：不過，儘管如此，我還是挺美的啊。很不公平對不對？錢可以買什麼？而樹確實有辦法長回來。你以為你的山坡在十九世紀有橡樹嗎？那時整個國家碩果僅存的橡樹恐怕不到一千棵吧。所以我們別提過去了。

強納森：過去就是我愛妳的時候。

紐約州：那就更別提了！來這裡。坐到我旁邊來。我有些我自己的照片想給你看。

# 情書

## Love Letters（2005）

恭賀詹姆斯．普爾帝（James Purdy）以《尤斯塔斯．奇澤姆和夥伴們》（*Eustace Chisholm and the Works*）獲小說中心（Center for Fictions）頒發的法迪曼獎（Clifton Fadiman Award）

我不知道這裡有沒有人記得去年這場史丹佛大學出戰加州大學的美式足球賽。但容我提醒你：史丹佛是支個頭矮小、戰力薄弱得多的球隊，戰績大概二勝七負吧，但這場比賽的上半場，史丹佛看起來真的有機會擊敗加州大學，因為它的防守鬥志高昂到球員完全拋開受傷的恐懼。那些年輕人全速衝刺，豁盡全力，張開雙臂撲向那些比他們強壯且和他們一樣賣力朝反方向推進的年輕男子。雙方頻頻激烈、恐怖地衝撞——就像看人全力衝向電線桿——多到令人不忍卒睹的史丹佛選手受重傷被扛出場，但還是繼續撲向加州大學的球員。看著他們注定失敗的努力，那些年輕肉體周而復始、興高采烈、不顧一切、自我毀滅的碰撞，那種在一場緊張刺激、形式美好，但結局幾乎沒有懸念的大型比賽所發生的混亂——我找不到比它更類似的事來比擬閱讀《尤斯塔斯．奇澤姆和夥伴們》的經驗了。

普爾帝[59]先生的小說好到讓你覺得，你隨後讀的任一本小說，相形之下都至少有一點矯情或不誠懇，或自吹自擂。比如《麥田捕手》（普爾帝曾形容那是「有史以來寫得最糟糕的書之一」），將因此首度暴露出它的多愁善感和修辭上的斧鑿痕跡。殘暴程度有時僅略遜於普爾帝的理查．葉慈（Richard Yates）或許稍好，但你必須抹去葉慈的每一絲自憐，用奔放的愛代替；必須把葉慈的憂鬱增強為一種宿命論，使絕望成為狂喜。而索爾．貝婁（Saul Bellow），他對語言的愛和對世界的愛是那麼具有感染力，但如果你在讀完《尤斯塔斯．奇澤姆和夥伴們》後馬上讀他的作品，也很容易覺得那太冗贅、太學術、太賣弄。《阿奇正傳》（*Augie March*）最陰暗的一篇以阿奇陪伴朋友米米（Mimi）進入南區一名墮胎手術師的診間。貝婁在此拉上布幔遮住診間裡發生的事，普爾帝在《尤斯塔斯・奇澤姆和夥伴們》卻血淋淋地呈現——出名而令人難忘（更是不可思議）的一幕。索爾・貝婁（以及大部分的小說作者，包括我在內）穩定、熟悉的世界的極限，是普爾帝世界最正常的那端。他從我們其他人收手的地方開始。他跟著他的同性戀男孩、掙扎的藝術家和放蕩的百萬富翁到這樣的地方：

這個地處偏遠、在州界附近的冰淇淋店，卡車司機搬運走私商品、有夫之婦和在地建築及貸款主管偷情最愛的中途休息站，也是一個傳教士被得不到他的愛的寡婦槍殺身亡、當地的仙女常在傍晚時分降臨的地方⋯⋯

而他在這些地點徐徐注入一種怪異的自在感。你會想念自己去過那些地方，就像你會想念曾和娜塔莎・羅斯托娃（Natasha Rostov）[60]共駕一部雪橇那樣。在《尤斯塔斯・奇澤姆和夥伴們》接近尾聲之處，兩個主角走上密西根湖畔堆放的岩石：

59 詹姆斯・普爾帝（James Purdy，1914-2009）為美國小說家、短篇小說家、詩人及劇作家。

60 托爾斯泰名著《戰爭與和平》（*War and Peace*）的女主角。

他們坐下來，想起他們總算覺得沒那麼絕望而開心些了，他們已經習慣了一年前坐在這裡的感覺，雖然那時他們絕望得很。沾染油污的湖面上，幾隻海鷗在漂著的垃圾上空盤旋。

對我們多數人而言造成「**緊要關頭**」的東西，在普爾帝先生的世界是每天的食糧。他讓你試試走投無路，而你會發現那比你預期中適合你。他最異乎尋常的怪胎感覺起來沒那麼怪異；尤其，他們感覺起來就跟我一樣。我讀《尤斯塔斯．奇澤姆和夥伴們》的羞辱、亂倫，和自我憎恨與自我毀滅時秉持的興致，就和跟隨珍．奧斯汀裡違背的諾言和受挫的感覺時一樣生動鮮明、富於同情和洞悉道德。在剛開始讀普爾帝的小說時，你可以幾乎百分百肯定結局不會圓滿，而他就有這種天賦把趨向無法改變的災難的過程敘述得令人滿意**且對生命抱持希望**，就跟趨向美滿結局的過程一樣。而當普爾帝最後真的（就像《尤斯塔斯．奇澤姆和夥伴們》最後三頁那樣）扔給你一丁點平凡的希望和快樂，你很可能不由得感激涕零，彷彿寫這本書的目的（就算本意不是如此）就是讓你覺得，愛可以得到回報，兩個契合的人可以找到通往彼此的路，是何等的奇蹟。你是如此心甘情願地迎向災難，如此徹底相信他的宿命觀，以至於連稀鬆平常的祥和、仁慈的一刻，感覺都像是神的恩典。

普爾帝先生不該與已故的同時代作家威廉．柏洛茲（William Burroughs），或柏洛茲驚世駭俗的後繼者混為一談。背地裡或沒那麼背地裡，「越界文學」（transgressive fiction）總是針對它仰賴的資產階級而寫。如果你是越界文學的讀者，你有兩種選擇：要不震驚，要不就用你的不震驚來讓他人震驚。雖然普爾帝先生的公開言論常毫不留情地批判美國社會，但小說卻直指人心。《尤斯塔斯．奇澤姆和夥伴們》裡沒有哪個句子比較不在意有沒有讀者為它震驚。這本書的同名非英雄式主角——一個殘酷、傲慢、白吃白喝、正用炭筆在舊報紙上寫一首描述現代美國的史詩的雙性戀詩人——沉迷於閱讀別人的信件和日記：

不同於小鎮，城市收留了短暫居住的人……漫不經心地帶著他們的信，要不遺失，要不丟棄。大部分行人不會特地彎下腰撿拾那樣的信，因為會想當然地認為信沒有什麼他們感興趣或值得留心的內容。尤斯塔斯就不是這種人。他會仔細閱讀他找到的信，鑽研對他不具意義的訊息。對他來說，他們就像完整陳述意見的寶藏。最讓尤斯塔斯感到歡樂的或許是讀每一位寫信人的情書，無論內容多不合理，或多不具文字素養，只要是**真的**情書即可。這個消遣最令人興奮的是那世所罕見的東西：真誠、赤裸、毫不遮掩的愛的宣言。

奇澤姆最後完全沉溺於其他人真實人生的故事，因而放棄自己的工作，將全副心力奉獻給這本書的核心愛情：和年輕的前礦工丹尼爾．豪斯（Daniel Haws）及金髮鄉下美少年阿默．瑞特里夫（Amos Ratliffe）之間瘋狂而終未實現的關係。普爾帝本人比他創造的奇澤姆魁梧、剛強而善變得多——他是六十五本小說、詩集和戲劇的作者——但，身為作家，他顯然對人類的苦難有同樣無可奈何的迷戀和一體感，且受其驅使。無論普爾帝先生對自己當作家的評價有多高，無論他在發表公開聲明時看起來可能有多像狗娘養的，當他坐下來說故事時，他就能用某種方法把所有自我擋在門外，**全神貫注**於他的角色。他一直是，也將持續是美國最被低估、最少被細讀的作家之一。在他諸多出色的作品中，《尤斯塔斯．奇澤姆和夥伴們》是結構最成熟、文句最動人、敘事最嚴謹、結構最優美的一部。很少有比它優質的戰後美國小說，我甚至不知道有哪一本同性質的小說比它更離經叛道。我很愛這本書，挑選它做為法迪曼獎得主，是莫大的榮幸。

# 我們的小行星

## Our Little Planet（2005）

一九六九年，從明尼亞波利到聖路易的車程要十二小時，沿途道路大多是兩線道。爸媽一大清早就把我叫醒。我們才剛和明尼蘇達的表親度過超愉快的一星期，但我們一駛離舅舅家的車道，那些表親就像車頂的露珠，從我的腦海裡消散了。我又一個人坐在後座，開始睡覺，母親拿出她的雜誌，漫長七月車程的重量直接落在父親的肩上。

為熬過這一天，他讓自己進入一種演算法，成為數字精算師。我們的車是他用來攻擊路標里程數的斧頭，把簡直不堪忍受的三百八十三砍到仍然令人氣餒的二百八十八，再用棍棒毆打二百四十多和二百二十多和二百多，打到它們不得不讓出還算人道的二百零四，再修剪成一百九十三，到這裡他可以假裝車程只剩兩小時，雖然，因為前方路上有那麼多載牲畜的卡車和不為他人著想的駕駛，可能要接近三小時。全憑意志力，他刈去了三十二公里，然後一次削減十六公里、十九公里，直到他終於瞥見它：「錫達拉皮茲（Cedar Rapids）54」。直到那時他才允許自己想起（這是他這天難得的樂事），54是到**市中心**的距離——現在，距離我們喜歡在中午停下來野餐的那個有橡樹綠蔭的公園，不到四十八公里了。

我們三個人默默地吃東西。父親從嘴裡取出西洋李的果核，丟到紙袋裡，捻了一下手指。他恨不得能趕到愛荷華市——錫達拉皮茲根本還不到路程的中點——我則恨不得回到有冷氣的車上。和煦的微風是別人的微風，不是我的，頭頂的太陽嚴酷地提醒長日漫漫，公園裡陌生的橡樹則觸及我們內心深處不知身在何方的感覺。就連母親也沒什麼話說。

但真正沒完沒了的是穿越愛荷華東南部那段路。父親評論著玉米有多高、土壤有多黑、有多需要更好的道路。母親把前座扶手放下來，跟我玩瘋狂八點[61]，玩到我跟她一樣膩了為止。每隔幾公里就有一座養豬場。公路又轉了九十度的彎。又有一輛卡車讓五十部汽車跟在後面。每一次父親把油門踩到底，轉到外車道超車時，母親就驚恐地倒抽一口氣：

「嗯啊啊！」

「嗯**啊啊啊**！」

「嗯啊啊——**啊啊啊啊啊**！噢！厄爾！啊啊啊啊！」

白白的太陽在東方，然後白白的太陽在西方。鋁製貯倉的圓頂白白地映著白白的天空。我們彷彿已經一連開了好幾個小時的下坡路，衝向愈退愈遠、絲絨般的密蘇里州界。可怕的是現在可能還在下午。可怕的是我們還在愛荷華。我們已經將我表親居住的歡樂星球遠遠拋在腦後，正筆直地南下，朝一間安靜、陰暗、有空調的屋子而行，那間我甚至不把孤獨當孤獨看的房子，我太熟悉的房子。

父親八十公里不發一語。他默默接過母親遞給他的另一顆西洋李，一會兒後，把果核

---

61 一種撲克牌遊戲，玩家得打出一張跟底牌同一花色或數字的紙牌，如果沒有得抓一張，八點紙牌可以代替任何數字，先打完者獲勝。

遞給她。她搖開她那一側的車窗，把果核拋進一陣突然沉重得帶有龍捲風氣息的風中。看來像是柴油廢氣的煙霧迅速瀰漫南方天空。一團漆黑在午後三點聚集。無盡的下坡更陡了，長出穗花的玉米如波浪起伏，每樣東西突然都變綠了——天變綠了，路面變綠了，爸媽變綠了。

父親打開收音機，在靜電的爆裂聲中搜尋電台。他記得——也許從沒忘記——前面還有一個下坡。還是靜電、靜電、靜電，瘋狂地攻擊訊號的誠信，但我們可以聽到帶德州口音的男人播報愈來愈低的海拔，愈來愈接近零的里程數。然後滂沱大雨打在我們的擋風玻璃上，像油炸的怒號。到處都在閃電。靜電擊潰德州腔，車頂上的雨聲比雷聲來得大，車子在一陣陣側風中左搖右晃。

「厄爾，或許你該把車停下來，」母親說：「厄爾？」

他剛過了3的里程標，德州腔愈來愈沉著，彷彿已經理解靜電危害不了它，知道自己終將勝出。的確，雨刷已開始嘎吱作響，馬路正在變乾，烏雲已拆解成無害的碎片。「老鷹已經降落。」收音機說。我們已越過州界，我們就要回到月球上的家。

# 歡宴的尾聲

## The End of The Binge（2005）

評杜斯妥也夫斯基的《賭徒》（*The Gambler*）

要只顧皮肉，忘卻心靈，就得（暫時）存在於時間及敘事之外。縱情歡樂六十小時的吸毒者、黏著撲克牌電玩但也沒忘記吃正常三餐的業務員、剛吃了半加侖巧克力冰淇淋的消遣性嗜食者、從前一晚八點就脫了褲子弓著背在入口網站前的研究生，整個長週末猛吃威而鋼又吸冰毒[62]的同性戀夜店咖，都會對你指出（如果你有辦法吸引他們的注意的話），除了頭腦和它的興奮劑之外，任何東西都不具真實性。對那些強迫刺激自己的人來說，鄭重敘述得救和超越的經驗，和講述「我討厭我的鄰居」或「找個時間去西班牙玩應該不錯」的人生小故事，是同樣虛幻和無關緊要的事。對吸毒者的三個年幼子女、業務員的雇主、冰淇淋控的丈夫、研究生的女友和夜店咖的病毒學家來說，這種深刻的身體虛無主義當然值得憂慮。但有一種人的身分，也飽受類似可悲的唯物主義威脅：作家，因為他的人生和事業，就是要相信敘事。

沒有哪個小說家與唯物主義的搏鬥，比杜斯妥也夫斯基更激烈也更睿智了。一八六六年，當他的短篇小說《賭徒》首度出版時，原能穩定人心的宗教敘事，和神律定的社會秩序，正遭受科學、技術和啟蒙運動政治餘波的拆解；殘酷的共產主義唯物論（在俄羅斯及中國奪走數千萬條人命）和不受道德約束的個人享樂（造成較微妙的西方消費主義腐化和憂鬱），都在這時扎下基礎。杜斯妥也夫斯基成熟的小說或可解讀為對這兩種唯物主義的反擊，他認為唯物不但會威脅到他沉浸伏特加、政治過激的祖國，也會危及他個人的福祉。年輕時過激的理想主義驅使他在西伯利亞度過五年艱辛歲月，也為《罪與罰》（*Crime and Punishment*）和《群魔》（*The Devils*）提供動力；他的感官主義、強迫的天性和苛刻的理性是暗中顛覆自我的武力，為抵禦那些，他接著樹立了《卡拉馬助夫兄弟們》的堡壘，以及《賭徒》等較小的防禦工事。創造強大得足以抵擋唯物攻擊的敘事，既是愛國的責任，也是個人的需要。

一八六〇年代早期赴萊茵河谷旅遊時，杜斯妥也夫斯基發現自己有強迫性賭博的傾向，幾年後，如眾所皆知，他被迫於一個月內完成一整本小說時，那段經歷仍記憶猶新。因為《賭徒》創作的速度極快，這本書提供了一種猶如初稿的快照，看一個作家怎麼一邊玩輪盤，一邊設法接受他在自己身上瞥見的空洞。《賭徒》一開始，故事已經進行到某階段；懸疑的模式是「重要情報被隱瞞」一類；在很多地方，這個情報看似連作者自己都不知道。一家豪華飯店外，一個由絕望的俄羅斯人和一些跨國食客組成的鬆散家族團體在那裡露營，呈現非常凌亂的幻景。這本書的敘事者，艾列克謝·伊凡諾維奇（Alexei Ivanovich），是這個家族較年幼的家庭教師，他不顧一切且有點令人難以置信地愛上較大的孩子寶琳娜，他們的忠貞和動機從頭到尾都隱晦不明。艾列克謝的愛情困境，一如那家族的財務困頓，基本上是老套的十九世紀故事。這本書真正生動、清楚而急迫的是賭場裡的場景。賭場裡紳士賭徒堅忍克制的斯多葛精神、波蘭見證人的卑鄙、艾列克謝覺得其他

62 即結晶甲基安非他命（crystal methamphetamine）。

賭徒所散發「貪婪劣行」的吸引力、他失去控制、開始隨便自動下注的狂熱，以及賭場裡的極度興奮和不知歲月，全都有快活的描述。在《賭徒》中，一如他後期的作品，杜斯妥也夫斯基舉出來說明虛無主義的例子，也未免太貼切了。一個俄羅斯老富婆在輪盤桌前坐下，不用多久，這張桌子便將她的財富，以及她的財富所代表巨大的敘事可能性——那可以買到村裡的教堂、孫女的獨立、侄兒的順從——轉化成一堆純抽象而容易揮霍的籌碼。老婦人被形容成「不是表面在抖」而是「由內而外地顫抖」；世界已然退去，只剩這張桌子。同樣地，當艾列克謝．伊凡諾維奇不再漫不經心地玩寶琳娜的錢，改拿自己的錢上賭場時，他立刻不再掛念那令他魂牽夢縈的，寶琳娜痛苦的愛。驅使他上賭場的正是他對寶琳娜的摯愛，拯救她的希望，但他一旦落入強迫症的魔掌，就只剩一種懸疑而毫無故事可言了：

> 我幾乎記不得她不久前跟我說了什麼和我為什麼去了，而不久前，不過一個半小時之前的種種感覺，現在都好像是很久以前、修改過、已經廢棄的事了……

這本書也言行合一，實踐了它所描述的事。十九世紀複雜的長篇小說體系：Z將軍有沒有拿到繼承權、法國人和英國人有何差異，以及美少女寶琳娜跟誰暗通款曲，全都被「癮」這個現代故事摧毀殆盡。

在這本小說的尾聲，艾列克謝．伊凡諾維奇仍在萊茵河谷；他的興奮退去，被懊悔和自我憎恨代替，但這只是下一輪興奮的序曲。然而，艾列克謝．伊凡諾維奇的創造者卻逃離德國，並且毫不遲疑地坐下來寫了《地下室手記》和《罪與罰》。對杜斯妥也夫斯基——以及他當代的文學繼承人，如丹尼士．詹森（Denis Johnson）、大衛．福斯特．華萊士、厄文．威爾許（Irvine Welsh）和米榭．韋勒貝克（Michel Houellebecq）——來說，我們不可能永遠按著快樂的鈕、難免有陰冷和悔恨交加的黎明，就是虛無主義的裂隙：人類的敘事可以溜過那個裂隙，重申自己的主張。歡宴的尾聲，就是故事的開始。

# 你怎能那麼肯定自己並不邪惡？

**What Makes You So Sure You're Not The Evil One Yourself?（2004）**

讀艾莉絲．孟若（Alice Ann Munro）

艾莉絲·孟若絕對可以自稱是北美洲最優秀的現役小說作家，但儘管她的作品在加拿大銷售長紅，出了加拿大，她始終沒有廣大的讀者群。聽起來像在為另一個未獲正確評價的作家請願是吧？——或許你已經學會分辨而逃避這種懇求了？就像你已經學會不要打開某些慈善團體寄來的大宗郵件一樣？你一個星期區區十五分鐘的貢獻有辦法幫約瑟夫·羅特（Joseph Roth）取得他在現代正典應有的地位嗎？我想以孟若最新的驚奇之作《出走》（*Runaway*）為中心，略加猜測，她的優秀何以令人錯愕地勝過她的名氣。

一、**孟若的作品都在講「說故事」的樂趣。**這裡的問題是，許多嚴肅小說的購買者看似偏好抒情的、誠摯到發抖的、假文學的東西。

二、**只要讀孟若，你就沒辦法一心多用，比如吸收公民課題或歷史資料之類的。**她的主題是人。人、人、人。如果你讀的小說是關於文藝復興時代的藝術或我國歷史重要的一頁等扎實的主題，你一定會覺得獲益匪淺。但如果故事是以現代世界為背景，如果人物關心的事情跟你很像，如果你讀這樣一本書讀到廢寢忘食，那就存在著純屬娛樂的風險。

三、**她沒有為她的著作取個氣派的書名**，像是《加拿大牧歌》、《加拿大精神分析》、《紫色加拿大》、《加拿大國度》、或《反加拿大的陰謀》。

另外，她也不肯便宜行事，用東拉西扯的摘要來呈現重要的戲劇化時刻。而她對修辭的克制、對談話絕佳的傾聽能力和對她的人物近乎病態的同理心，也有代價慘重的影響：一連數頁遮掩了作者的形跡。另外，她的書衣照片展現她愉快的笑靨，彷彿讀者是個朋友似的，而非繃著一副悲傷陰沉、象徵毅然從事嚴肅文學的面容。

四、**瑞典皇家學院立場堅定**。

顯然，在斯德哥爾摩的氛圍是已經有太多加拿大人和太多純短篇小說作家獲頒諾貝爾文學獎了。夠了，就是夠了！

五、**孟若寫小說，而小說比非小說更難評論**。

我們有比爾．柯林頓，他寫了一本關於他自己的書，而且**有趣**得不得了。**有趣**得不得了。作者本身就妙趣橫生——有誰比真正的比爾．柯林頓更有資格寫一本有關比爾．柯林頓的書呢？——何況每個人對柯林頓都有一番高見，好奇比爾．柯林頓會在他的新書裡說和不說哪些關於他自己的事，比爾．柯林頓會怎麼編造這個、駁斥那個，而在你不知不覺中，評論已經自己寫好了。

但誰是艾莉絲．孟若啊？她是個距離甚遠、極度愉悅的個人經驗提供者。而既然我無意評論她新書的行銷策略，無意以嘲諷她的損失為樂，也不願談論她新作品的具體意義（因為這很難在不透露太多情節下做到），或許我還是引用一句出版商艾弗瑞．諾普夫（Alfred A. Knopf Jr.）的美言——

「孟若絕對可以自稱是北美洲最優秀的現役小說作家。《出走》是令人驚奇之作。」

——並建議《紐約時報書評》的編輯把孟若最大的照片放在最顯眼的地方，再補幾張比較小的、輕微撩撥色慾的照片（她的廚房？她的小孩？），或許引用一段她極少接受的專訪：

因為當你看著自己的作品，就會產生這種無力和困惑……你只剩下你現在努力在進行的事，所以你穿的衣服會單薄許多。大概就穿個短襯衫之類的，而那就是你正在做的工作，也跟你以前做過的種種有奇妙的一體感。這或許就是我無法以作家身分扮演任何公眾角色的原因。我如果那麼做，一定會犯下大錯。

——這樣就好。

**六、因為，更糟的是，孟若是純短篇小說作家。**

因為是短篇小說，評論者面臨的挑戰又更艱鉅了。所有世界文學中，有哪篇短篇的吸引力可以歷經典型的摘要而不減？（在雅爾達木板路的不期而遇，讓一個無聊的丈夫和正在遛一隻小狗的女士言歸於好……一個小鎮的年度樂透彩券原來別有驚人目的……一個中年都柏林人離開一場派對反思人生和愛……）歐普拉（Oprah Winfrey）是不會碰短篇小說集的。討論短篇小說實在太有挑戰性，讓我們幾乎可以原諒《紐約時報書評》前編輯查爾斯・麥克葛瑞斯（Charles McGrath）最近打的比方：他把年輕的短篇小說作者比作「學打高爾夫但從沒上過高爾夫球場，而只在練習場練習的人。」照這個類比，真正的賽事是長篇小說。

幾乎所有非教科書出版社都和麥克葛瑞斯有一樣的偏見，對他們來說，短篇小說集多半是一筆包含兩本書的交易中，討人厭的前端失敗品——而依照合約，後端不可以是另一部短篇小說集。但，雖然短篇小說就像灰姑娘，也或許正因如此，過去二十五年來最令人興奮的小說中——如果有人問我哪本書很棒，我可以立刻提及的小說——短篇小說占了相當高的比例。其中當然包括偉大的孟若，還有莉迪亞・戴維斯（Lydia Davis）、大衛・米恩斯（David Means）、喬治・桑德斯（George Saunders）、艾美・漢珮爾（Amy Hempel）和已故的瑞蒙・卡佛——全都是純或差不多純短篇小說作家——以及一大群在多種文類成就斐然，但在我看來最如魚得水、最真情流露的仍屬較短篇作品的作家（約翰・

厄普代克、喬依・威廉斯〔Joy Williams〕、大衛・福斯特・華萊士、羅麗・摩爾〔Lorrie Moore〕、喬伊斯・卡洛・奧茲〔Joyce Carol Oates〕、丹尼士・詹森、安・貝娣〔Ann Beattie〕、威廉・伏爾曼〔William T. Vollmann〕、托拜厄斯・沃爾夫〔Tobias Wolff〕、安妮・普露〔Annie Proulx〕、麥可・謝朋〔Michael Chabon〕、湯姆・朱瑞〔Tom Drury〕、已故的安德烈・杜布斯〔Andre Dubus〕）。當然也有一些非常傑出的純長篇小說家。但當我閉上雙眼，回想最近幾十年的文學，我看到一片微明的風景，而在其中最誘人的幾盞燈火，召喚我回去造訪的地點，是由我讀過的幾部短篇小說所點亮。

我喜歡短篇小說是因為它讓作者無處可躲。短篇小說不可能用連篇廢話帶你走出困境；我不用幾分鐘就能讀到最後一頁，而如果你已無話可說，我一定知道。我喜歡短篇小說，因為短篇小說的背景通常設定在現在或當今人們的記憶中；這種文類似乎會抗拒歷史動力（historical impulse）[63]，而正是那種動力讓許多當代長篇小說感覺起來難以捉摸或像死屍一般。我喜歡短篇小說，因為它需要最卓越的才能在一而再、再而三訴說同樣的故事時創造嶄新的角色和情境。所有小說作家都會碰到沒新鮮事可說的窘境，但短篇小說寫作者最慘，最容易遇到這種情況，也同樣無可躲藏。像孟若和威廉・崔佛（William Trevor）這些詭計多端的老手，根本不會躲。

孟若一直在說這樣的故事：一個生氣勃勃、熱情有勁的女孩在安大略農村長大，家境不怎麼優渥，母親生病或已亡故，父親在學校教書，而他的第二任妻子製造了困擾；女孩一有辦法就藉由求學或其他決定性的利己行動逃離內地。她很年輕就結婚，搬到不列顛哥倫比亞，養育子女，然後絕非無可責備地中止她的婚姻。她或許會當上成功的演員或作家或電視名人；會大膽追求愛情。後來，當她無可避免地回到安大略，她發現年輕時的風景全變了樣。雖然是她自己拋棄故鄉，但回鄉未受到熱烈歡迎，對她的自戀仍是沉重的打擊——她年輕時的世界，現在帶著它較老派的風俗習慣，大肆評判她所做的現代的選擇。當初只想努力以完整、獨立的個體存活下來，卻已招致令人痛苦的失落和混亂；她造成了傷害。

大概就是這樣子。五十多年來，就是這樣一條小溪滋養著孟若的作品。同樣的元素就像克雷爾．奎提（Clare Quilty）[64]那樣一再出現。孟若的大師級造詣能有如此乾脆而驚人的明顯成長——《短篇小說選》（*Selected Stories*）如此，三本近作猶有過之——正是題材的熟悉所賜。看看她單拿自己的小故事能做些什麼；她愈是回顧，就發現愈多。這不是練習場上的高爾夫球手；而是身穿樸素黑色緊身衣的體操選手，獨自在空無一物的地板上，表演得比所有服裝花俏，舞台上有鞭子大象老虎的長篇小說家還要精采。

63 歷史動力一語出自《動物農莊》及《一九八四》的作者喬治．歐威爾。他認為寫作的目的有四：純粹利己（Sheer egoism）、美學熱情（Aesthetic enthusiasm）、歷史動力和政治目的（Political purpose）。

64 拉迪米．納博科夫（Vladimir Nabokov）名著《蘿莉塔》（*Lolita*）中誘拐未成年女主角蘿莉塔的流浪劇作家。

「事情的複雜性——事中有事——似乎無窮無盡。」孟若這麼告訴採訪者：「我的意思是，沒有一件事是簡單的，沒有一件事是單純的。」

她說的是文學的基本原理，魅力的核心。而且，不管任何理由——或許是閱讀時間零碎、或許是現代生活有太多分心和瑣碎的事，也或許是引人入勝的長篇小說付之闕如——我發現當我迫切需要一部真正的作品，一杯充滿矛盾和複雜的烈酒時，我最可能在短篇小說中遇到。除了《出走》，我這幾個月讀到最令人信服的現代小說是華勒士在《遺忘》（*Oblivion*）中的故事，以及英國作家海倫．辛普森（Helen Simpson）令人驚豔的選集。辛普森這本選集是一系列以現代母性為題、令人連聲尖叫的喜劇，出版時原本叫《嘿耶快來把握人生》（*Hey Yeah Right Get a Life*）——這書名會讓你覺得沒什麼好改的。但這本書的美國出版社還是改了，而他們想出什麼好點子呢？《把握人生》（*Getting a Life*）。下一次當你聽到哪家美國出版社堅稱短篇小說集賣不出去時，不妨想想那個倒胃口的動名詞。

**七、孟若的短篇故事甚至比其他人的短篇故事更難評論。**

自契訶夫（Anton Chekhov）以來，沒有哪個作家像孟若這般努力在每一篇故事裡完完整整地呈現人生，而且做到了。她一直擁有逐步發展和揭露頓悟時刻的天賦。但她真正躍出邁向世界的那一大步、成為懸疑大師，是在《短篇小說選》（一九九六年）之後的三部選集中。如今她追求的不再是恍然大悟的剎那；而是決定命運、不可挽回、做出戲劇性行動的剎那。而這對讀者的意義是，除非你注意到每一個轉折，否則根本無從猜測一篇小說的意義；故事總要到最後一、兩頁才豁然開朗。

在此同時，隨著她敘事的企圖心愈來愈旺盛，她也愈來愈無意賣弄才華。她早期的作品充斥著華麗的修辭、古怪的細節和引人注目的語彙（可參見她一九七七年的故事〈王室般毆打〉〔Royal Beatings〕）。但隨著她的小說愈來愈像散文體的古典悲劇，不僅是她看似再也容不下無關緊要的東西，作者的自尊侵入純粹的故事，似乎也變成令人神經過敏、心煩意亂之舉——同時背叛了美學和道德。

讀孟若讓我進入默默反省、思考人生的狀態：關於我做過的決定、我做了和沒做的事情、我是什麼樣的人、對死亡的看法。當我說小說是我的信仰時，她是我想到寥寥可數、少數在世而多數已故的作家之一。只要我沉浸於孟若的故事，我就會向故事中完全虛構的角色致上鄭重的敬意和靜靜根植內心的興致，就是身為人類的我在過得比較好的時候，會給予自己的那種敬意和興致。

但懸疑和純粹固然是給讀者的禮物，卻會對書評構成問題。基本上，《出走》好到我不想再在這裡討論。引言無法公正地評判這本書，摘要也不能。要公正地評判它，唯一的方法就是閱讀它。

為徹底履行書評的責任，我想要改而提供孟若前一部選集《相愛或是相守》（*Hateship, Friendship, Courtship, Loveship, Marriage*，2001）最後一篇故事的一句大意：一個罹患初期阿茲海默症的婦女進了看護中心，歷經三十天的適應期，當丈夫終於獲准進入探視時，她已在其他患者中交到「男朋友」，對丈夫毫無興趣了。

對短篇小說來說，這不是個壞的前提。但開始讓故事散發獨特孟若風格的是，很久以前，回到六〇、七〇年代，這位丈夫格蘭特（Grant）一而再、再而三和其他女性發生婚外情；這是這隻背叛老鳥第一次遭到背叛。格蘭特最後是否對他的外遇後悔？這個嘛，沒有，一點也沒有。事實上，他對那個人生階段的記憶是「感覺幸福猛然滋長」[65]。他這輩子就屬對妻子菲歐娜（Fiona）不貞的時候最有活著的感覺。當然，現在來療養院探訪，看到菲歐娜和「男友」公然卿卿我我而對他冷若冰霜，他心碎了一地，但更讓他肝腸寸斷的，是那名男友的妻子將他移出看護中心、帶他回家的時候；菲歐娜一蹶不振，格蘭特也為她一蹶不振。

就在這裡我遇到了給孟若的故事做濃縮摘要的困擾。這個困擾是，我想告訴你下面發生的事：格蘭特去見那個男友的妻子，問她能否帶那個男友回看護中心探視菲歐娜。就在這裡你會明白，你以為這個故事在說的事——所有意味深長、關於阿茲海默和不貞和黃昏之戀的東西——其實只是布局：這個故事最棒的場景，是格蘭特和該名男友的妻子之間。那一幕，那個妻子拒絕讓丈夫見菲歐娜；她的理由表面上很實際，暗地裡卻在說教，且不懷好意。

而就在這裡，我想做濃縮摘要的嘗試徹底崩解，因為如果你對這兩個人物和他們的說話及思考方式沒有詳盡、鮮明的認識，我就沒辦法開始表達那一幕有多棒。那名妻子瑪麗安（Marian），心胸比格蘭特狹窄。她有棟完美無瑕的郊區別墅，如果丈夫回到療養院，她就養不起房子。對她重要的是房子，而非愛情。她沒有格蘭特擁有的經濟或情感上的優勢，而她顯然缺乏特權的事實，也引來一段典型的孟若式自省，發生在格蘭特開車回家的時候。

> （他們的對話讓）他記起了過去和親戚的對話。他叔叔、他家人，甚至他母親，思考方式都和瑪麗安一樣。他們認為其他人想法不一樣，是因為他們在欺騙自己——他們過得太輕鬆、受到太好的保護或讀太多書，所以腦袋不切實際。他們搞不清楚現實。受過教育的人、學者，像格蘭特信奉社會主義的岳父、岳母那種有錢人，都搞不清楚現實狀況。因為他們的運氣好到不公平，或者生來就很笨……
>
> 真是個混蛋，她現在一定這麼想。
>
> 面對這種人讓格蘭特覺得絕望、憤怒，甚至淒涼。為什麼？因為他面對這種人時無法堅持自己的信念？因為他怕說到底他們才是對的？

我很不甘願地中斷這段引言。我想繼續引用，而且不是一點點，而是完整的好幾

65 這一句及其他《相愛或是相守》的內文皆參照木馬文化出版之中譯本，王敏雯譯（二〇一四年）。

段，因為事實證明，要公正評判這篇小說——「事中之事」，階級與道德、慾望與忠誠、性格與命運的交互作用——我的濃縮摘要起碼需要的正是孟若已經寫在紙上的文字。這篇原文唯一適當的是摘要就是原文本身。

這讓我回到一開始的初衷：讀孟若！讀孟若！

但我必須告訴你——既然開了頭，就不能不告訴你——當格蘭特向瑪麗安請求失敗，回到家，答錄機裡有一段瑪麗安的留言，邀請他去退伍軍人會堂參加一場舞會。

以及：格蘭特已經開始探索瑪麗安的乳房和肌膚，也在想像中把她比作一顆沒那麼滿意的荔枝：「誘人的果肉彷彿人工做成，有股化學氣味與香氣，薄薄一層，底下包著大顆種子，一個硬核。」

以及：幾個小時後，格蘭特仍在重新評估瑪麗安的吸引力時，電話再次響起，答錄機接了：「格蘭特。我是瑪麗安。我剛剛到地下室去，把衣服放進烘乾機，聽到電話鈴響，但等我上樓已經掛斷了，不知道是誰打的。所以我想告訴你我在家，如果是你撥的，或你人在家的話。」

而這仍不是結局。故事有四十九頁長——在孟若手中是整個人生的規模——另一個轉折又來了。但請看看這位作家已經發掘了多少「事中之事」：摯愛的丈夫格蘭特、不忠的格蘭特、忠誠到願意幫妻子拉皮條的丈夫格蘭特、鄙視規矩的家庭主婦的格蘭特、缺乏自信、承認規矩的家庭主婦或許有權鄙視他的格蘭特。但真正能讓我們估量孟若具備何種作家性格的，是瑪麗安的第二通電話。要想像這通電話，你不能為瑪麗安的道德非難憤怒太過，也不能對格蘭特的道德敗壞羞愧太過。你必須原諒每一個人，不能指著誰的鼻子罵。否則你會漏看那些很低的可能性，那些微乎其微，卻能猛然撬開人生的機率：例如，瑪麗安的孤單寂寞可能吸引一個心胸寬闊愚蠢男子的可能性。

而這只是一個故事。《出走》裡有很多甚至比這篇更好——更大膽、更血淋淋、更深、更廣——讓我很樂意在孟若下本書一出版就給提要的故事。

或者，等等，我們稍稍窺探一下《出走》好了：萬一格蘭特的開闊心胸——他的不信神、放縱、虛榮、蠢——傷害到的人，不是某個不開心的陌生人，而是格蘭特自己的孩子呢？而那個孩子的評判感覺就像整個文化、整個國家的評判，最近愈來愈習慣接受絕對事物的評判呢？

萬一你給孩子最好的禮物是個人自由，萬一這個剛滿二十一歲的孩子，用這個禮物反過來對你說：「你的自由讓我覺得噁，你也一樣。」呢？

## 八、恨是一種娛樂。

這是媒體時代極端人士的卓越洞見。否則要怎麼解釋那麼多討人厭狂熱份子的當選，政治文明的崩解，福斯新聞獨占鰲頭？先是基本教義派的賓拉登送了喬治．布希一份恨的大禮，然後布希以他自己的狂熱回敬了那份恨，於是現在全國有一半的人相信布希正對邪惡力量發動聖戰，另一半（以及世界絕大部分）則相信布希**才是**邪惡力量。現在幾乎沒有人心裡不恨誰，更沒有哪個人不被誰恨。每當我想起政治，我的脈搏就會猛然加速，彷彿我是在讀機場驚悚小說的最後一章，彷彿我是在看紅襪洋基世界大賽的第七場。這就像是一場宛如夢魘，也宛如日常生活的娛樂。

一種更好的小說能拯救世界嗎？總是有些微的希望（怪事確實會發生），但答案幾乎肯定是否定的，它不能。如果你對心中已被釋放的恨感到不滿，你或許可以試著想像什麼樣的人會恨你；或許可以思考其實你才是邪惡力量；如果這難以想像的話，那你或可試著花幾個晚上和最可疑的加拿大人共度。而那個人──在她的經典故事〈乞丐少女〉（The Beggar Maid）的尾聲，女主角玫瑰在機場大廳瞥見她的前夫，前夫朝她扮了個幼稚、嫌惡的鬼臉，讓她不禁懷疑：

> 怎會有人如此痛恨玫瑰？當她滿懷善意準備走上前，漾著微笑坦言自己很疲倦，擺出禮貌示好的神態？[66]

此時，此刻，正在跟你、跟我說話。

66 本句參照木馬文化出版之中譯本，《妳以為妳是誰》（*Who Do You Think You Are*），廖綉玉譯（二〇一五年）。

# 我們的關係：簡史

Our Relations: A Brief History（2004）

有棟大宅裡住了五個兄弟。四個從小一起玩、一起打架，也一起度過童年疾病的哥哥，舒服地住在大宅比較老舊、但裝潢美觀的一側。五弟約瑟夫年紀小得多。他成年後，已經沒有舒服的房間給他睡，所以他被分去住大宅新建那一側的簡陋房間。約瑟夫是個怪異、孤僻、有點令人害怕的小孩，雖然他的哥哥們都愛他，但不必一天到晚看到他，倒也樂得輕鬆。

約瑟夫想成為和兄長一樣的紳士，但大宅簡陋那一側的生活艱困。新廂房是新教徒展現勤勉的地方，所以約瑟夫出去工作了。

後來，舊廂房變得擁擠——太多小孩、太多情婦。也有激烈的鬩牆內訌、招致災難的債務、醉醺醺的爭吵鬥毆。有一陣子，看來整棟大宅就要淪為廢墟，毀於一旦。但約瑟夫工作勤奮，事業欣欣向榮。古怪的小弟儼然變成可以隻手拯救全家的人。私底下，哥哥們會取笑約瑟夫的清教主義和他裝潢新廂房的俗豔風格，也很不爽現在小弟的姿態儼然大哥一樣。但無可否認，是他們自己把人生弄得狼狽不堪，也感謝約瑟夫為他們所做的犧牲。

至於約瑟夫，他不贊同兄長放蕩的行為——情婦，以及太大方的開銷。但他忠於他的家庭，也試著給兄長應得的敬重。

他的事業蒸蒸日上，連帶也開始鬆懈。他和新女友，一個來自阿肯色州的大美人，連開了好幾場奢華派對，而哥哥們通常會周到地帶幾瓶酒來。有些哥哥會埋怨派對品味粗俗，有些哥哥擔心約瑟夫背地裡仍是老古板，但他們接受他是一家之主，也愛慕他的新女友。

歷經八年派對歲月，約瑟夫該定下來了。他認為該娶明事理的好友艾柏汀為妻，但艾柏汀，哎呀，一點也不性感。一天晚上，為追求最後一丁點樂趣，約瑟夫和喬吉娜調情。淫蕩的她是同條街上一戶野心勃勃人家的女孩，最後他倆在她運動休旅車的後座廝混。

隔天早上，喬吉娜的爸媽帶著五名律師來到大宅，說約瑟夫非娶她不可。

「可是我根本不愛她！」他抗議：「她被寵壞了，又笨又卑鄙。」

對大宅覬覦已久的喬吉娜爸媽堅稱，娶她是唯一體面高尚的事。一心想成為和兄長一樣的紳士，也對八年派對生活備感懊悔的約瑟夫，娶了她。

大宅多麼不幸啊！雖然喬吉娜是個浪蕩的女孩，卻大聲喝斥大伯們荒淫，也故意對他們無理。她邀請爸媽和爸媽的律師搬來同住，責罵約瑟夫出手闊綽，卻把他的錢乾坤大挪移給自己的爸媽。

這段婚姻看來為時不久且不美滿。但一天晚上，一個來自貧窮地區的流氓扔了顆石塊打破約瑟夫書房的窗子，把他嚇壞了。他去找兄長，才發現娶喬吉娜已讓他失去手足的同情。他們說對石頭的事感到遺憾，但跟他們這麼多年在大宅舊廂房所受的苦比起來，窗子破掉根本算不了什麼。

雖然喬吉娜很笨，也被溺愛到不會獨立思考，但她的爸媽是精明的投機者。他們希望利用約瑟夫暫時的恐懼來取得整棟大宅的掌控權。他們去找約瑟夫，說：「戰爭的邏輯是這樣的。你是一家之主，現在喬吉娜是你太太，而只有她的爸媽可以守護這個家。你必須學會憎恨你那些沒用的哥哥，信任我們。」

哥哥們聽到這句話火冒三丈。他們去找約瑟夫，說：「和平的邏輯是這樣。你的妻子是個賤貨，是妓女。只要她在這間屋子裡，你就不是我們的弟弟。」

於是這個有錢的小弟掩面哭泣。

# 穿灰法蘭絨西裝的男人

The Man In The Gray Flannel Suit（2002）

小說的經典場景之一，一個和帝國的聖彼得堡或維多利亞時代的倫敦一樣令人放心的小世界，是一九五〇年代康乃狄克的郊區。如果你閉上雙眼，可以想像秋天的落葉飄落靜謐的街，可以看到戴軟呢帽的通勤者湧出紐哈芬線的月台，可以聽到傍晚第一個叫賣馬丁尼小販的叮噹鈴聲；午夜後可以聽到暴戾的鬥毆；嗅到迫不及待或難掩絕望的性。

這個小世界的慰藉和挫折，可以在《穿灰法蘭絨西裝的男人》（*The Man in the Gray Flannel Suit*）中見到。索倫・威爾遜（Sloan Wilson）的小說原著在一九五五年出版。小說極為暢銷，迅速被改編成由葛雷哥萊畢克（Gregory Peck）主演的電影[67]，但此後已絕版數十年。如今，人們大多只記得這本書的書名，它和《寂寞的群眾》（*The Lonely Crowd*）[68]及《組織人》（*The Organization Man*）[69]並列為五〇年代從眾性（conformity）的暗語。

或許你喜歡責難從眾性，也或許你偷偷對它抱有懷舊之情；無論何者，《穿灰法蘭絨西裝的男人》能為你注射一劑純粹的五〇年代。主角湯姆和貝琪・瑞斯（Tom/Betsy Rath）是一對外貌出眾的「白盎格魯薩克遜新教徒」夫婦，勞務分工是傳統的男主外女主內，貝琪在家帶三個孩子，湯姆通勤到曼哈頓從事乏味到無以復加的工作。瑞斯夫婦順應社會，但不快樂。貝琪抱怨街上的**沉悶**，夢想逃離她力爭上游的鄰居們（他們也不滿足）；她絕對不是「超級媽媽」。有一次，當一個女兒拿墨水塗污一面牆，貝琪先摑了她耳光，再陪她上床睡覺；傍晚時湯姆發現她倆「緊緊摟在一起」，臉上沾滿墨水。

一如貝琪，湯姆也認同自己的失敗。對他來說，「穿灰法藍絨西裝的男人」是恐懼和輕蔑的對象；但因為他賺錢養家的日子和郊區的家庭生活，感覺起來和他在二次世界大戰當傘兵的歲月完全不搭軋，他有意識地在灰色法蘭絨裡尋求慰藉。赴聯合廣播公司應徵薪水優渥的公關職務時，他得知公司總裁霍普金斯（Hopkins）計畫成立全國性心理健康委員會。湯姆對心理健康感興趣嗎？

「當然！」湯姆衷心地說：「我一直對心理健康很有興趣！」這話聽起來有點蠢，但他想不到修正的說法。

湯姆希望自己治療自己的心理問題，而從眾就是他用的藥。雖然本性老實，但他努力當個憤世嫉俗的人。「我畢生的志趣就是為心理健康效力。」有一晚，他對貝琪打趣說：「我不在乎自己，我是個犧牲奉獻的人類。」當貝琪斥責他的譏諷、告訴他如果不喜歡霍普金斯就不要為他工作時，湯姆回答：「我愛他。我欣賞他。我整顆心都屬於他。」

為《穿灰法蘭絨西裝的男人》建構道德和情感基礎的是湯姆四年多的軍旅生涯。無論

---

67 台灣片名為《一襲灰衣萬縷情》。

68 大衛・黎士曼（David Riesman）等著。

69 威廉・懷特（William H. Whyte）著。

是殺害敵人士兵或愛上一個無父無母的義大利少女，從軍時的湯姆．瑞斯都覺得自己熱情地活在當下。現在，相較於和平時期「緊繃而狂亂」的生活，戰爭的回憶儼然形成令人痛苦的對照，如貝琪哀嘆：「似乎沒有事情比那更好玩了。」或許湯姆的精神不幸遭到戰爭創傷，也或許，恰恰相反，他十分想念他在戰後失去的刺激感和男兒征戰沙場的豪氣壯志。

湯姆．瑞斯確實身處消費時代的困境中。有三個孩子要扶養的他，不敢貿然踏上道德疏離、諷刺和混亂無序之路，也就是凱魯亞克（Jack Kerouac）開拓、品瓊追隨的那條「垮世代」[70]之路。但那部消費主義的跑步機：渴望人人渴望之物的安逸方案，看起來沒有比較不危險。湯姆看得出來，如果他踏上那部「快樂的跑步機」[71]，他就真的會變成穿灰法蘭絨西裝的男人，像機械一般追逐高還要更高的薪水，以負擔「更大的房子和更高級的酒」。因此，在小說的前半，當他侷促不安地游移在兩個同樣不具吸引力的選項之間，他的心情和語氣驟然從疲倦轉為憤怒再轉為逞強，從譏諷轉為怯懦再轉為毅然決然；而深知丈夫為什麼不快樂的貝琪，只能陪著他一起游移，一起轉變。

這本書的前半顯然是比較好的一半。瑞斯一家人之所以吸引人，正是因為他們許多觀點不吸引人。而這本書一開始的跑龍套角色，彷彿在反襯瑞斯家的反覆無常似的，多半帶有喜感；有一個人事部經理平躺在辦公桌後面，一個來訪的醫師討厭小孩，一個受雇的女管家用鞭子把品行不端的小瑞斯們訓練得規規矩矩。本書的前半**妙趣橫生**。沉浸在威爾遜傳統社會小說的說故事方式，就像乘坐一部古色古香的「Olds」[72]兜風；你會對它的舒適、速度和操作性能感到驚訝；透過它的小車窗往外看，再熟悉的景象都會變得新鮮。

本書的後半則屬於貝琪——湯姆「比較好的另一半」[73]。雖然他倆的關係在為期三年的兩小無猜之後是四年半戰爭時期的謊言和分隔兩地，再之後是九年「沒有熱情」的性愛和「除了擔心別無任何真實情感」的扶養家庭，但貝琪仍支持她的丈夫。她發起家庭自我改善計畫。她讓湯姆參與地方政治。她賣了她憎惡的房子，帶領一家人結束單調乏味的流放，搬到比較高檔的郊區。她將畢生奉獻給高風險的企業家精神。更重要的是，貝琪不厭不倦地鼓勵湯姆**真誠待人**。於是故事的主軸逐漸從「一對因不完美而吸引人的夫婦與五〇年代的從眾性搏鬥」漂向「一個深感內疚的男人被動接受優秀女性的幫助」。世界雖然存在著像貝琪．瑞斯這麼優秀的人，但他們無法成為優秀的角色。在這部小說的序，索倫．威爾遜也熱情澎湃地感謝他「比較好的另一半」，第一任妻子艾莉絲（Elise，「這本

---

70 「垮世代」指二次世界大戰之後於美國出現的一群年輕詩人和作家，被視為後現代主義文學的重要分支。這個名稱最早是由作家傑克．凱魯亞克於一九四八年前後提出。「垮世代」的成員篤信自由主義，創作理念多為自發性，通常不遵守傳統創作常規，結構和形式雜亂無章，甚至有粗鄙的語言。

71 原文為「hedonic treadmill」，為普林斯頓大學心理學家丹尼爾．卡尼曼（Daniel Kahneman）所提出，指一種不斷追求快樂、嚮往更高消費的永不滿足心態。

72 指通用汽車的Oldsmobile車款。

73 原文為「better half」，可以單指配偶，但這裡也暗示貝琪比湯姆優秀。

書許多靈感都源自她的構想」），因此你可能不由得懷疑，這部小說會不會是某種形式威爾遜寫給艾莉絲的情書，慶幸他娶了她，或是試圖驅散對這段婚姻的疑慮，說服自己去愛。當然，這本書母性的後半段仍有些曖昧不明。當然，儘管瑞斯家衝突不斷，威爾遜卻從未讓他的人物接近真正的不幸。

《穿灰法蘭絨西裝的男人》最清楚的一個弦外之音是，社會的和諧取決於每一個家庭的和諧。戰爭挑起男人和女人之間的嫌隙，害美國生病；戰爭送數百萬男人到海外殺害和目睹死亡、和當地女孩做愛，卻讓數百萬美國妻子和未婚妻在家愉快地等待，培養對於故事書美好結局的信心，肩負起未受教育的重擔；現在，唯有誠實和坦誠可以修補男人和女人之間的連結，治療生病的社會。誠如湯姆的結論：「我或許無法為世界做任何事，但可以讓我的生活井然有序。」

如果你相信愛，相信忠誠，相信真理和正義，讀完《穿灰法蘭絨西裝的男人》，你可能會熱淚盈眶。但在心融化之際，你可能也會氣自己逆來順受。一如法蘭克．卡普拉（Frank Capra）較感傷的電影，威爾遜要你相信，一個男人只要能展現真正的勇氣和誠實，就能得到離家步行範圍內的理想工作，當地房地產開發商不會騙他，當地法官會執行完美的正義，為難人的壞蛋會被攆走，企業領導人會展現氣度和公民精神，在地選民會願意為了學童給自己大幅增稅，海外的前情人會知道分寸、不會惹出任何麻煩，沉溺馬丁尼的婚姻終將得救。

你信也好，不信也好，這部小說確實成功捕捉了五〇年代的精神——不自在的順從、逃避衝突、政治噤聲、對核心家庭的狂熱、欣然接受階級的特權。瑞斯夫婦遠比他們自知的更加「灰法蘭絨」。他們跟其他「乏味」鄰居的差別，最終不在於他們的哀愁或怪癖，而是他們的品德。瑞斯夫婦在本書前面的篇章不時口出諷刺、心生抗拒，但到了後面，他們開心地致富了。對第一章困惑的湯姆．瑞斯來說，第四十一章微笑的湯姆．瑞斯會是自滿的化身，是恐懼和輕蔑的對象。在此同時，貝琪．瑞斯斷然摒棄了郊區的抑鬱可能有大環境因素的念頭。（「這年頭人們太仰賴解釋了，」她想：「但勇氣、行動都不夠。」）湯姆困惑、不快樂不是因為戰爭引發道德混亂，也不是因為他雇主的事業包含「肥皂劇、廣告和喋喋不休的現場觀眾」。湯姆的問題純粹是個人問題，正如貝琪的積極力行僅限於地方和家庭。那四年戰爭（或說在聯合廣播公司工作四星期，或在西港一條乏味的街上當四天母親）所激起較深刻的存在問題，全被拋棄：也許，這正是那十年不可避免的傷亡。

《穿灰法蘭絨西裝的男人》是一本關於五〇年代的書。前半部仍可為了消遣而讀，後半部則可一瞥即將到來的六〇年代。畢竟，先有五〇年代，才有六〇年代的理想主義——以及盛怒。

# 沒有盡頭

## No End To It（1998）

再讀寶拉．福克斯（Paula Fox）的《絕望的人們》（*Desperate Characters*）

第一次讀時，這是一部懸疑小說。四十歲的布魯克林女子蘇菲・班伍德（Sophie Bentwood）給一隻流浪貓喝牛奶，卻被咬了，接下來三天，她一直在懷疑被咬這一口會有什麼後果：在肚子打疫苗？得狂犬病而死？什麼事也沒有？這個故事的動力是蘇菲冷汗直流的恐懼。一如一些較傳統的懸疑小說，曝於風險的是生死，以及自由世界的命運。蘇菲和丈夫奧圖（Otto）是六〇年代晚期首屈一指的都會仕紳階級，而那個時代，這個自由世界首善之都的文明似乎正在被垃圾、嘔吐物、糞便、破壞公物、詐欺和階級仇恨的連番砲擊下迅速崩解。奧圖的老朋友兼合夥律師查理・羅素（Charlie Russel）離開事務所，粗野地抨擊奧圖的保守。「我希望有人告訴我該怎麼過日子。」奧圖說。蘇菲則在恐懼及莫名的失望中游移：失望於她可能**沒有**感染狂犬病。她害怕一種她不確定自己是否不配承受的痛。她緊緊依附特權的世界，就算那令她窒息。

而在故事發展的同時，一頁接著一頁的，是寶拉・福克斯[74]的生花妙筆。她的句子是精煉又具體的小奇蹟，句句宛如一部微小說。例如她被貓咬的那一刻：

　　她笑了笑，懷疑這隻貓有多常，或可曾感受過人類友善的觸摸，當貓的後腿直立，甚至伸出爪子抓她時，她還在笑，一直笑到牠將牙齒沒入她的左手背，掛在她的肉上，讓她差點往前跌倒，她又驚又恐，但沒有忘記奧圖在場，於是憋住在喉嚨裡形成的叫喊，一邊把手從刺絲網中抽回。

藉由將一個戲劇性時刻想像成一連串身體的動作——藉由近距離的觀察——福克斯在這裡挪出空間給蘇菲複雜性格的每一個面向：慷慨、自欺、脆弱，以及最重要的，她對配偶的覺察力。《絕望的人們》公平對待婚姻雙方、恨與愛、她和他，是相當罕見的小說。奧圖是愛妻子的男人。蘇菲則是每星期一早上六點要喝一小杯威士忌、清洗廚房水槽，「大聲發出幼稚作嘔聲」的女性。當查理離開事務所時，奧圖是肯說「夥伴，祝你好運連連」的怪咖；蘇菲則是之後問丈夫何出此言的怪咖；奧圖在她這麼問時受辱；蘇菲則因羞辱他而受辱。

一九九一年，我第一次讀《絕望的人們》就愛上它了。我覺得它明顯勝過約翰·厄普岱克、菲利普·羅斯或索爾·貝婁等同時期作家的任何作品。我覺得它**卓然出眾**，所以，雖然我通常不急著做這件事，幾個月後我就重讀了。我在班伍德夫婦的婚姻中見到自己陷入麻煩的婚姻，而這部小說似乎暗示，對痛苦的恐懼比痛苦本身更具毀滅性，而我非常想要相信這點。我由衷相信，讀第二次，這本書可能會教我怎麼過日子。

沒這回事。它反而變得更神祕——更不見教訓，更像經驗。之前無法察覺的隱喻和論

---

74 Paula Fox（1923- ），美國兒童文學作家，曾獲國際安徒生文學獎、美國國家書卷獎。同時也寫作小說，《絕望的人們》（*Desperate Characters*）即為其中一本。

題密度逐漸變得醒目，就像隨機點立體圖（random-dot autostereogram）中的圖像。例如，我的目光落在一個描述曙光射入客廳的句子：「物體，隨著輪廓線在漸亮光線中開始變硬，成為幽暗與圖騰的威脅。」在讀第二遍的漸亮光線中，我看到書裡的每個物體都這樣變硬了。例如雞肝，在開頭段被介紹為山珍海味和高雅晚餐的核心——舊世界文明的要素。（「你取來原料，加以改造，」左派分子里昂後來這麼說：「這**就是**文明。」）正是雞肝的氣味，那股**濃郁**，率先吸引那隻造成問題的貓到班伍德家的後門來。一百頁後，在貓咬了蘇菲（那起「白癡事件」）後，她和奧圖開始反擊。這會兒他們來到叢林，而剩下的雞肝成了捕捉、殺害野生動物的誘餌。熟肉仍是文明的要素，但現在文明變成何等暴力的物事！或者，跟著食物往另一個方向走，看看一個星期六上午，心煩意亂的蘇菲想藉由花錢買廚具來重振精神。她去普羅旺斯市集（Bazaar Provençal）要給自己買個煎蛋捲的平底鍋，一個實現法式舒適和文雅的「家事憧憬」的道具。那一幕最後，長了詭異鬍鬚的女銷售員舉起雙手，「彷彿在抵抗什麼魔法」，而蘇菲拿著買錯的東西逃離現場——一個錯得離譜、非常貼切地呈現她的絕望到近乎可笑的東西：沙漏型煮蛋計時器。

雖然蘇菲的手在那一幕流血了，她卻有否認的衝動。第三次讀《絕望的人們》時——在我執教的小說寫作課上指定學生閱讀——我開始更留意這些否認的話語。蘇菲多少有點滔滔不絕：「**那沒關係。**」、「**噢，沒什麼。**」、「**噢，那個，沒什麼啦。**」、「**別跟我**

**說那個啦。」、「那隻貓又沒病！」、「只是被咬一口，一口而已！」、「我才不會為那麼蠢的事跑去醫院。」、「沒什麼。」、「已經好多了。」、「不要緊啦。」**這些一再重複、聽來相當危急的否認，反映了這部小說的基本結構：蘇菲從一個可能的避風港逃向另一個，而每一個都未能保護她。她和奧圖去參加派對、偷偷跟查理出去追求「不合法的刺激」、買禮物給自己、向老友尋求慰藉、認識查理的太太、試著打電話給前男友、答應上醫院、抓那隻貓、做了宛如「駝鳥巢」的枕頭、試著讀法文小說、逃到喜愛的鄉間別墅、考慮搬到另一個時區、考慮領養小孩、和老朋友翻臉——沒有一件事能給她安慰。她最後的希望是寫信給母親說她被貓咬的事，「恰如其分地激起那個老太婆的輕蔑和歡欣」——換句話說，將她的困境轉變成藝術。但奧圖把她的墨水瓶往牆上扔。

蘇菲在逃離什麼？第四次讀《絕望的人們》時，我希望能找到答案。我希望終能琢磨出在書的最後一頁，班伍德夫婦的人生撬開的是快樂還是糟糕的東西。我想要「理解」最後那一幕。但我仍然無法理解，所以我躲進這個想法避難：好小說的「悲劇性」在於它不肯簡單地提供意識形態做為解答、不肯提供治療性的文化做為對策、不肯提供大眾娛樂做為可以愉快地消退的夢想。我訝異於蘇菲和哈姆雷特的相像——哈姆雷特也是自我意識高到病態的角色，他接獲煩擾至極又非曖昧不可的訊息（來自一縷鬼魂）、經歷痛苦的心理曲折、試著判斷訊息的意義，最後把自己交到「神」的手中，接受他的命運。對蘇菲・班伍德來說，含糊的訊息不是鬼魂的告誡，而是直截了當的貓咬；曖昧完全存在於她的心中：「只有她的手被咬，她告訴自己，但身體其他部位似乎都以她無法理解的方式捲入其中。好像她受了致命的傷似的。」跟隨這個想法而至的心理曲折，不是她的不確定，而是她**不願**面對事實。接近故事尾聲，當她呼喊神明，說：「**上帝啊，要是我得了狂犬病，就跟外面那些東西一樣了**。」這不是天啟，這是「釋懷」。

曾經絕版（無論多短暫）的書可能會對讀者的愛造成負擔，連最虔誠的讀者也不例外。就像丈夫可能會惋惜妻子某種靦腆的癖性遮掩了她的美，或女人也許會希望丈夫對他自己講的笑話不要笑得那麼大聲，雖然那些笑話真的很好笑，我也承受了幾個可能會使準讀者排斥《絕望的人們》的小瑕疵。我一直在想開頭段的生硬冰冷、開場白的嚴厲，以及「repast」（餐，飲食之意）這個過時的字：身為本書的愛好者，現在我可以體會那一段的嚴謹和停滯是如何鋪陳後面那個簡短、尖銳的對話（「那隻貓又來了」）；但萬一讀者無法理解「repast」怎麼辦？我也懷疑，「奧圖．班伍德」這個名字能不能讀一次就記住。大致說來，福克斯相當用心地幫角色取名字——例如「羅素」（Russel）就巧妙呼應了查理靜不下來（restless）、鬼鬼祟祟的精力（奧圖還懷疑他「偷」〔rustle〕客戶），而一如查理的品格無疑欠缺了什麼，他姓氏裡的第二個「l」也不見了[75]。我相當欣賞「奧圖」（Otto）這個老派而略帶條頓風格的名字強加在奧圖身上，就像他強迫自己有條理、守秩序；但「班伍德」（Bentwood），就算讀再多遍，我仍覺得那個盆栽藝術的意象[76]稍嫌造作。然後是書名。它當然十分貼切，但它不是《蝗災之日》（*The Day of the Locust*）[77]、不是《大亨小傳》、不是《押沙龍啊！押沙龍》（*Absalom, Absalom!*）[78]。它是人們可能忘記，或者和其他書名混淆的書名。有時候，恨不得它能更有力的我，感覺好孤寂，深陷婚姻的人獨有的那種孤寂。

時光荏苒，我持續拾起又放下《絕望的人們》，從一段段熟悉的優美尋求安慰或保證。但現在，在我為了撰寫這篇導讀再次從頭讀到尾之際，我驚訝地發現，這本書對我仍是那麼新鮮，那麼不熟悉。例如我一直沒怎麼注意到奧圖在步入尾聲時所說，關於辛西亞·康菲德（Cynthia Kornfeld）和她信奉無政府主義藝術家丈夫的趣聞——辛西亞·康菲德的果凍和鎳幣沙拉是怎麼嘲笑班伍德食物和特權和文明的方程式；翻新打字機來吐出一堆廢話的念頭是怎麼巧妙地預示這部小說結尾的意象；這個趣聞是如何堅決要求《絕望的人們》要以當代藝術為背景來讀，因為當代藝術的目標就是**毀滅**秩序和意義。然後是查理·羅素——我真的**認識**他了嗎？前幾次讀，他一直都是某種陳腐的反派，一個叛徒，壞

75 這個名字一般的拼法是「Russell」。
76 「Bentwood」由「bent」和「wood」兩個字組成，為彎曲的木頭之意。
77 納撒尼爾·韋斯特（Nathanael West）一九三九年出版的小說。
78 威廉·福克納一九三六年出版的小說。

到骨子裡的人。現在他在我心目中幾乎和那隻貓一樣重要。他是奧圖唯一的朋友，他打來的電話引發了最後那場危機，他引用的梭羅語錄正是本書書名的由來，他也對班伍德夫婦下了判決：「反省，反省，被反省奴役到索然無味，使自身特權的基礎從裡到外徹底炸毀」——一針見血。

但，時至今日，我反而不確定是否想要新的理解。婚姻的一大嚴峻危險是，對於你愛的那個人，你會了解得太透徹，透徹到難以忍受。蘇菲和奧圖因了解彼此而受苦，我則因為熟悉《絕望的人們》而受苦。我底線愈畫愈多、旁注愈寫愈滿，儼然失控。最近一次讀，我又發現並標註了一大堆先前沒標註的重點：與秩序和混亂、童年和成年有關的意象。而且，因為這本書不長，也因為我已經讀了六遍，我現在認為**每一個句子**都可以標為重點。當然，這種非比尋常的濃郁證明了寶拉・福克斯的才華。整本書幾乎找不到一個無關緊要或任意填塞的字。這等規模的精確和切題不是偶然形成，但作家要一邊做到這點，一邊放鬆得讓人物躍然紙上、敘事行雲流水，幾乎是不可能的事，然而這樣的小說就在眼前，傲視二次世界大戰以來所有美國寫實小說。

但，這部小說的濃郁卻有個具諷刺意味的結果：我愈是領略每一個句子的含義，就愈無法清楚表達，這些局部的意義可能是為哪個整體重大意義效勞。最後，一股對於意義超載的恐懼油然而生。如同梅爾維爾（Herman Melville）在《白鯨記》（*Moby-Dick*）裡「那頭鯨的白」一語所暗示，這相當類似於意義完全白化，進而**缺乏**。這也是——亦非偶然——精神狀態出現病變的首要症狀。躁狂症、思覺失調症和憂鬱症患者常備受這種信念折磨：他們生命中每一件事物都充滿意義——太滿了，以至於追蹤、破解和組織這些意義可能會壓倒現實生活。在奧圖和特別是蘇菲（兩名醫生分別力勸她接受精神治療）的例子，讀者不是唯一被壓得喘不過氣的人。班伍德夫婦本身就是極具文化修養、十足現代化的角色。他們的不幸在於，太善於把自己當成富含重疊意義的文本來解讀。在一個晚冬的週末，他們覺得備受壓迫，最後覺得連最漫不經心的話、最微不足道的事都像「凶兆」而不知所措。這本書發展出的莫大懸疑不只是蘇菲憂懼的產物，也不是福克斯一步步關閉所有逃生路徑，或將婚姻伴侶關係的危機、事業合夥關係的危機，以及美國都會生活的危機畫上等號所致。我覺得比什麼都重要的是，文學意義這道沉重的浪慢慢漲高，讓人不堪負荷。蘇菲刻意且昭然若揭地召喚狂犬病做她情緒和政治困境的隱喻，而奧圖，到最後一句台詞，就算他終於崩潰而大聲呼喊自己有多絕望，仍不得不「引述」（依照後現代的意義）他和蘇菲稍早講到梭羅的對話，從而喚起其他所有穿過整個週末的主題和談話，特別是查理對「絕望」一事的惱人議論：單純的絕望就算了，遠比這糟糕的是在絕望的同時，又意識到公法、秩序、特權和梭羅的詮釋等與個人的絕望息息相關的問題，因而感覺只要崩潰，就是在證明查理．羅素是對的，就算你打心裡明白他是錯的。當蘇菲自稱想得到狂犬病時，當奧圖用力扔墨水瓶時，兩人似乎都在反叛一種不堪負荷到威脅性命的感覺：他們的話語和想法太**重要**的感覺。本書最後幾段情節沉默無言也不奇怪——蘇菲和奧圖已「不再聽」從電話裡湧出的話，而他們最後慢慢轉頭去讀的那個墨水寫成的東西，是團暴力、無字的墨水漬。福克斯一達成這個最耀眼的成就：在晚冬一個週末所發生一連串無實質意義的事件中找到秩序，便（以最優雅的姿態！）否定了那個秩序。

《絕望的人們》是一部造就完美，卻又反叛那份完美的小說。它引發的問題極端而不討喜。在一個狂犬病的現代世界，意義——特別是文學意義——何在？如果文明就如同它反對的無秩序一般令人筋疲力盡，又何必費心創造、維護秩序？何不乾脆得狂犬病？為什麼要拿書折磨自己？重讀這部小說六、七遍後，我覺得對它的詭祕、文明的矛盾和我們大腦的不足，憤怒、受挫到極點，然後，彷彿沒來由地，我對結局心領神會了，我感覺到奧圖・班伍德把墨水瓶砸向牆壁時的感覺了；忽然間，我又戀愛了。

文學森林 LF0079

# 到遠方

## Farther Away

作者

強納森・法蘭岑（Jonathan Franzen）

一九五九年生，美國小說家、散文作家，《紐約客》撰稿人。出生於美國伊利諾州，母親是美國人，父親是瑞典人。一九八一年從斯沃思莫學院（Swarthmore College）畢業，主修德文。一九七九－一九八〇年，通過韋恩州立大學設立的「去慕尼克讀大三」合作項目，曾到德國留學。一九八一－一九八二年，獲歐布萊特獎學金在柏林自由大學學習，因此會說一口流利的德語。創作第一部小說期間，曾在哈佛大學地震實驗室打工。

一九九六年，法蘭岑在《哈潑》（*Harper's*）雜誌上發表的一篇題為〈偶然作夢〉的文章，表達其對文學現況的惋惜，從此聞名於世。他的第三部小說《修正》（二〇〇一）震驚文壇，獲得美國國家書卷獎及普立茲獎提名，也是年度暢銷書。第四本小說《自由》（二〇一〇）獲《時代》（*Time*）雜誌譽為「偉大的美國小說家」。最新長篇小說《純真》（二〇一五），亦引領話題旋風。另有文集《如何獨處》、《到遠方》等。

譯者

洪世民

六年級生，外文系畢，現為專職翻譯，譯作包括《如何獨處》、《一件T恤的全球經濟之旅》、《告別施捨》、《獨居時代》等非小說，以及《應該相信誰》、《浮生》、《靈魂的代價》等小說。

視覺構成　莊謹銘
生態名詞審訂　王誠之
編輯協力　巫芷紜
版權負責　陳柏昌
行銷企劃　賴姵如、王琦柔
副總編輯　梁心愉

初版一刷　二〇一七年三月二十九日
定價　新台幣三四〇元

**ThinKingDom 新経典文化**

發行人　葉美瑤
出版　新經典圖文傳播有限公司
地址　臺北市中正區重慶南路一段五七號十一樓之四
電話　02-2331-1830　傳真　02-2331-1831
讀者服務信箱　thinkingdomtw@gmail.com
部落格　http://blog.roodo.com/thinkingdom

總經銷　高寶書版集團
地址　臺北市內湖區洲子街八八號三樓
電話　02-2799-2788　傳真　02-2799-0909
海外總經銷　時報文化出版企業股份有限公司
地址　桃園縣龜山鄉萬壽路二段三五一號
電話　02-2306-6842　傳真　02-2304-9301



ISBN：978-986-5824-78-5
FARTHER AWAY by Jonathan Franzen

Published in Agreement with Susan Golomb Literary Agency, through The Grayhawk Agency

Printed in Taiwan


到遠方 / 強納森・法蘭岑（Jonathan Franzen）
著；洪世民譯. -- 初版. -- 臺北市：新經典圖文
傳播, 2017.03
304面；14.8×21公分. --（文學森林；YY0179）
譯自：Farther away
ISBN 978-986-5824-78-5（平裝）

874.6　　106003688